旅伴文库·锦囊旧书

聂震宁 / 总主编
刘硕良 / 主编

栗树下的晚餐

LE DINER SOUS LES MARRONNIERS

[法] 莫洛亚——著
孙传才　罗新璋——译

漓江出版社
·桂林·

出版说明

《旅伴文库·锦囊旧书》，从改革开放初期的80年代，即漓江出版社初创阶段，广西最早走向全国的畅销外国文学名著中遴选书目，旨在重温党的十一届三中全会开创的改革开放新时期的光辉岁月。选题视野开阔，经典意义鲜明，且多属市场稀缺之作，在全国以至海外产生过很大影响，至今仍在市场上具有竞争力。

漓江出版社是改革开放的产物，又是改革开放的见证者、促进者、服务者。在不断深化改革开放的新时代，出版这样一套经典文集，既是对漓江优秀传统出版物的一次有效梳理，更是对改革开放成果的纪念性回顾。

宝物压舱，好货沉底。书虽曰旧，读之弥新。此番重印，装帧设计统一，内文略有校正，并在可能条件下增入译者附言，或相关资料、图片，以期焕发更多新的光彩，为更多的后来读者服务。

在此谨向诸位译著者致以深切的谢意，对业已离世的先贤哲友表示深深的怀念！

刘硕良

刘硕良

湖南宁乡人，1932年生。著名出版家，中国韬奋出版奖获得者，《旅伴文库·锦囊旧书》主编。1980年进入广西人民出版社，并参与漓江出版社的组建，成为漓江出版社主要创始人之一。曾组织出版《获诺贝尔文学奖作家丛书》等多种外国文学作品，在文学界内外产生广泛影响。1993年调广西新闻出版局创办《出版广角》杂志，2001年应聘到云南教育出版社创办《人与自然》杂志及同名文库。2004年在北京开办硕良文化发展有限公司。所策划图书，曾获国家图书奖提名奖、中国图书奖一等奖、全国优秀外国文学图书奖一等奖、桂版优秀图书奖特别奖等突出奖项。

总 序

聂震宁*

《旅伴文库》乃应时而生的出版项目。当今之世，既是提倡全民阅读之时，又是高铁出行渐成趋势之际，正应了古人“读万卷书，行万里路”的美好向往。究其实，现代交通工具大大方便了百姓的出行，旅行几乎成了普通民众的一种生活常态，令“千里江陵一日还”有了现代意味；而全民阅读则还在国家、社会的提倡中，有识之士一直在呼吁让阅读成为一种生活方式。可是，要达到这一点要求，似乎还比较难；唯其难，故而需要多方设法推动，长期用心

* 聂震宁，第十、十一、十二届全国政协委员。曾任中国出版集团公司总裁，人民文学出版社社长兼总编辑，漓江出版社社长、总编辑，现任韬奋基金会理事长、中国出版协会副理事长、中国作家协会全国委员会名誉委员。《旅伴文库》总主编。

提倡。漓江出版社策划设计这一文库，既顺应了现代人出行的方便，更是推崇全民阅读，颇具趁旅行热潮助推全民阅读，借全民阅读提升旅行质量的匠心。

相比较已经形成热潮的出行，全民阅读还不够热。尽管国家为促进全民阅读立法，各级政府为全民阅读提供支持，每年“世界读书日”各地开展活动有声有色，“书香中国”活动在全国范围风生水起，家庭阅读、校园阅读、社区阅读、机关阅读渐次开展，然而，平心而论，这些大都还是在外力推动下的阅读，距离“让阅读成为一种生活方式”的目标还有长路要走。那么，如何才有望接近于这一目标呢？我们以为，让阅读与日常生活相伴或许是努力的基本方向。当民众出行热潮形成，包括旅游在内的旅行已经成为普通百姓的一种生活方式，提倡在旅途中阅读乃是顺理成章的事情。国际上曾有过“中国人不爱读书”的负面评价，评价者举证的，正是旅行途中许多欧美人在读书，而许多中国人并不读书的现象。那么，要改变这一国际负面印象，窃以为，最直接的办法就是让更多的中国人在旅行途中读起书来。当然，在旅行途中读书并非为了做样子给国际人士观赏，而是全民阅读之树必然开出的日常生活阅读之花。《旅伴文库》正是为了催生这美丽的花朵而做出的努力。所谓“人生漫旅，好书伴你”，是该文库在广义层面的取意。

事实上，开展在旅行途中的阅读生活，对于提高我国旅游事业的质量也是大有裨益的。对于国人的旅行生活，一直都有某些负面的评价，认为盲目、简单、粗糙，缺少文化内涵和审美情趣，其中有一个我们前面已经提及的负面评价：中国人在旅行途中几乎都不读书。这些负面评价已经成为国民文化素质不高的重要证据。知书达理或知书达礼，不爱读书的民族谈何文化内涵和审美情趣！于是，近些年来，就有许多关于改善旅行生活，提高旅行质量的意见提出，其中有一条意见颇具感染力，那就是“带一本书去旅行”。

“带一本书去旅行”，其直接的用意是让人们在旅行途中闲暇时刻不至于无所事事。人在百无聊赖时，“第一等好事还是读书”，让休闲的状态也有优雅的生活方式，而阅读正是一个人最优雅的生活状态。旅行是一个发现美、欣赏美的历程，“带一本书去旅行”，读书可以明理，可以直接帮助我们丰富旅行知识，探寻美的存在，增加旅行的深度和厚度。旅行即意味着暂时摆脱日常世俗生活的纷扰，暂时忘却生活中某些庸俗无聊的烦恼，所谓“偷得浮生半日闲”，让身心得到休养，“带一本书去旅行”，可以让一本好书帮助我们超凡脱俗，让一本好书优雅的精神气质在旅途上陪伴我们的灵魂，让一次次旅行成为与一本本好书相伴随的精神之旅。

应时而生的《旅伴文库》，其主旨便是倡导“带一本书在路上”，让精品图书成为旅行者的精神伴侣，在旅行热潮扑面而来的同时，也要让全民阅读热潮相伴而去，让“读万卷书，行万里路”成为现实。

为了旅途上阅读而设计的《旅伴文库》，自然要更多顾及旅行阅读的特点。旅行阅读当然是各有所好，可专门为旅行者编撰的图书，则要更多体现旅行者阅读的便捷、休闲、审美、精粹等需求特点。《旅伴文库》已经面世的“散文精品城际阅读”系列，选了七位散文名家，颇有“七剑下天山”的意趣；每人每本不过5万字，显然走的是精品精读的路线。这是出版社此项目主持者的原则，也是编选工作的实际状况。“散文精品城际阅读”第一辑收入刘亮程《半路上的库车》、朱秀海《一个人的车站》、王剑冰《水墨周庄》、徐则臣《去额尔古纳的几种方式》、陈彤《玻璃栈道》、董谦《种稻记》、阿德《北行记》，其中任何一位散文家都是实力派作家，任何一位实力派作家都努力奉献了自己卓具新意的作品集。在邀约散文名家加盟过程中，编选者主张多选新人新作，名人也须新作为主，大有不新不选的原则，因而有了一个好的开头。管中可以窥豹，开局能见气象，从开头推出的七种散文集在文学圈子里引起的兴趣和图书市场上的热烈反响，可以看出《旅伴文库》能够而且正在成为众多旅行者满意的伴侣。

现在，《旅伴文库》的“锦囊旧书”系列又面世了。如果说先前出版的七种散文集强调的是名家新作，突出了一个“新”字，那么，“锦囊旧书”系列顾名思义，强调的是旧书，突出了一个“旧”字。

不知从何时起，我国读书界忽然就兴起了读旧书的雅趣。我们不妨上网浏览一下，就会发现旧书网、旧书市场网、旧书亚马逊网特别是旧书孔夫子网等热闹得很，已经有不少读者每日徜徉在这些网上。在出版业里，出版旧书也成了一件时兴的业务。早些年清华大学图书馆刘蔷编著的《清华园里读旧书》就引起了学术界特别是文献专业人士的极大关注，紧接着就是民国时期开明书店出版的小学国文课本，莫名就受到图书市场的热捧。更有甚者，英国作家毛姆的长篇小说《月亮与六便士》2018 年忽然就大大地热卖了一阵。2018 年岁末，我也被出版社拉着去“媚雅”了一下，凑了一回重出旧书的热闹，把我早已绝版了 20 年的小说集《长乐》拿出来重版，不承想，半年过去，居然也一印再印起来。如此一来，我开始相信总有许多读书人是要找旧书来读的了。

关于读旧书，人们很容易就想到北宋大学士苏东坡的名句：“旧书不厌百回读，熟读深思子自知。”苏轼的这两句诗出自他的七言古风《送安惇秀才失解西归》，全诗如次：“旧书不厌百回读，熟读深思子自知。他年名宦恐不免，今日栖迟那可追。我昔家居断还往，著书不复窥园葵。朅来东游慕人爵，弃去旧学従儿嬉。 狂谋谬算百不遂，惟有霜鬓来如期。故山松柏皆手种，行且拱矣归何时。万事早知皆有命，十年浪走宁非痴。与君未可较得失，临别惟有长嗟咨。”这是苏轼赠给参加贡举考试未中的秀才安惇的诗，旨在劝慰、鼓励安惇莫以中举为念，可是却道出了一个道理，那就是：读书人要去追求知识本身的价值，因为在先贤的典籍中蕴藏着无穷的学问。平心而论，这首诗算不得苏轼诗词的上品，可是起首两句却成了流传至今的名句。

读旧书好，有人喜欢拿老酒的价值来比喻，其实不然。说到旧书，有人就会想到 50 年的茅台老酒、40 年的波尔多陈酿，以为越老越醇厚。其实这二者间除了年代久远有相似之处，内涵是不太一样的。老酒的价值除了比新酒醇厚之外，主要是因其稀少而贵，可是读旧书呢，哪里是因其稀少而贵啊！据说毛姆的书去年一年居然就卖了 200 万册，分明是读者一伸手就能买到书，为什么还会热卖呢？想一想还是因为读旧书的好处多多。在我看来，读旧书至少有三个好处：一是读旧书可靠，因为凡值得重读的旧书总归是有价值的书，读来让人放心，而现如今不少书并不让人放心；二是读旧书省力，因为不少读者对旧书已经有所了解，读起来要轻松一些，亲切许多；三是“熟读深思子自知”，读旧书往往可以温故知新。

漓江出版社《旅伴文库》的编辑团队显然是对当前出版业和读书界的一些现象有着相当的洞察，这才有了“锦囊旧书”系列的策划。事实上，我并不认为，甚至并不赞成出版社都来做旧书、淘旧书，因为不是每个社都有旧书可淘的，然而漓江出版社却是有的。岂止是有，简直是太有了！从改革开放初期的80年代，漓江出版社还在初创阶段，就出版了一批在全国畅销的好书，特别是出版了一批外国文学名著，口碑很好，颇具经典价值，暌隔多年，不免令人想念。记得当时一本《白夜/别人的妻子、床下的丈夫》（[俄]陀思妥耶夫斯基著，王庚年译），甫一面世，就让文学读者惊艳不已，一印就是四五十万册，且供不应求。现在，他们邀请当时漓江出版社主持外国文学业务的老编辑家刘硕良先生重出江湖，把这些一直留在读者记忆深处的旧书淘了出来，冠以“锦囊旧书”这一优雅的丛书名称，以飨读者，实在是很具匠心的事情。

“带一本书在路上”是《旅伴文库》编撰出版的主旨。这项主旨需要更多好书的支撑。当我们的旅行者远足上路之前，忽然看到30年前曾经风靡大学校园的《西方爱情诗选》（莫家祥、高子居编），一度受到众多文学读者追捧的《在撒旦的阳光下》（[法]乔治·贝尔纳诺斯著，李玉民译）和一直令中国读者醉心的《老人与海》（[美]海明威著，董衡巽等译），等等，一定大有旧雨重逢，“似曾相识燕归来”的惊喜。“旧书不厌百回读”，读旧书可靠，读旧书放心，读旧书省力，读旧书或许会温故知新。带上一部旧书去旅行吧，这是一个肯定不会错的主意。

2019年6月6日

安德烈 · 莫洛亚

（1885—1967）

安德烈 · 莫洛亚与第二任妻子西蒙妮

《栗树下的晚餐
1986 年 9 月第 1 版　首印 13500 册
1987 年 4 月第 2 次印刷　累计 33500 册
书号 10256 · 203

罗新璋（摄于 2013 年）

一九三六年，生于上海。一九五七年，北大毕业，曾在外文局《中国文学》杂志社从事中译法文学翻译十七年。一九八〇年，调入中国社会科学院外国文学研究所，专攻法国中世纪文学。译有《特利斯当与伊瑟》《列那狐的故事》《红与黑》《栗树下的晚餐》《不朽作家福楼拜》等。其《红与黑》译本，被公认为重译外国文学名著中的出群之译，并在台湾出版。编有《翻译论集》《古文大略》等。

目 录 / Contents

附录一

附录二

译本序

罗新璋

莫洛亚是位勤奋的作家。笔耕六十载，成绩斐然，著作等身。尤其在传记写作方面，多为鸿篇巨制，常洋洋数十万言而不能自止。比较起来，所写短篇，为数戋戋。然牛刀小试，亦有可观。

莫洛亚自称生性颇具浪漫情调。这一禀性在他的短篇创作中常有精彩的发挥。《在中途换飞机的时候》，循名考实，题目本身就不无浪漫意味。果然，我们看到一位俏丽的法国少妇，飞赴美国成婚途中，飞机因技术故障推迟起飞，便与一位在候机时邂逅的英国男子，跑了半个伦敦城，做了竟夜之谈，使她的人生道路为之一变。“明日隔山岳，世事两茫茫。”而这盛会难再的夜晚，成了她终生难忘的美好回忆。《星期三的紫罗兰》里，那位科大学生倾心于女演员谢妮出神入化的表演，每逢星期三都奉献一束紫罗兰，后来谢妮也以花相酬，至死不渝，而两人竟缘悭一面，似乎更加不可思议！要说浪漫固然浪漫，但这种风流高格调，不也写出人人心中蕴有的高尚情操和美好情怀？旅途遇良友，在生活里也非绝无仅有的事。那种“知音偶一时，千载为欣欣”的感受，不也是可能有的人生经验吗？只是程度略有差等而已。

莫洛亚短篇的另一特色，是笔调幽默。他的文字，不光是好，而且俏皮，风趣。王蒙说：“幽默应该是一种生活的智慧，对生活的洞察。幽默就是智力的优越感。”莫洛亚在中学时代就显得“思路活泼”，又生性好学，终于成为一位极有造诣的作家。他的幽默，往往比较含蓄。一个中学教员和一位美貌少妇，失去自己的所爱，不胜哀婉，不时去坟头放上一束鲜花以寄托哀思。一次偶然机会，彼此开始搭话，渐而有所了解，于绝望中又萌发希望，人生在这一刻又重新开始。上坟路遇结良缘，细细咂摸，不无调侃意味。而莫洛亚的幽默，可说纷呈不同色彩：《时令鲜花》“戚而能谐”，《传记》一篇“婉而多讽”，《阿莉雅娜，我的妹妹……》可说“无一贬词，而情伪毕露”。《弥莉娜》中，弥莉娜这个人物，在剧本的初稿里本不存在，为了解决演员的出租汽车问题，而把这个人物充实丰富，结果成为剧中的主要人物。——这个故事，读后使人莞尔而笑，然而仔细想来，意味深长，不也揭示偶然性在艺术构思中的作用吗？只是较为夸张而已。

如果说莫洛亚的幽默一般比较温和，那么当他的幽默含了讽刺，其嘲谑的程度就大大加强了。《天国大旅馆》可视为一篇具有代表性的讽刺作品。生活竞争的失败者，在走投无路的情况下，闯进这家豪华旅馆，以求解脱人生的苦恼，但在优雅的环境里，遇到了可爱的伴侣，正当勃发求生的欲望时，旅馆老板把杀人当营生，为了赚钱照样把他送上“天国”，对资本主义社会冷酷无情的金钱关系做了绝妙的讽刺。而《栗树下的晚餐》里最后一则故事，那个叫“教授”的强盗，把另一个强盗和他所勾引的女人一起打死，罪名反比单杀一个对头要轻。“如果留着她，便构不成情杀；但若将她连同奸夫也一块杀掉，我觉得您反容易辩护些。”律师道貌岸然地说，“如果就道义与仁爱来说，您就该罪加一等。不过，您杀了一个没法子辩护，杀了两个，您反倒无罪了，这也是真的。”出言奇，却有理。听来头头是道，实质上又何等乖讹，何等荒谬！给了资产阶级法律以有力的一戟！我们看到，当作者讽刺的锋芒指向社会生活的荒诞、悖理方面，这时的作品就发出异样的光彩，其思想意义已向批判现实主义升华。但可惜这类作品不多，限于作家的社会地位和生活经历，表现的对象大多是养尊处优的男男女女，往往以他们之间的谈情说爱，甚至私情为题材，显得视野不够开阔。

莫洛亚的短篇，一般说来，篇幅不长，而结构精巧。莫洛亚被誉为世界三大传记家之一，于传记编撰做过专门研究，有《传记面面观》一书问世。短篇也是他运用娴熟的一种体裁，虽未见有专门论著，但零星论述似也不少。

他认为，短篇就因为短，易于驾驭，能臻于长篇难以达到的完美境界。他有的短篇，短到三四页，如《大师的由来》，但词义兼佳，不失为小小的杰作。但短篇的写法，自是不同于长篇。短篇不是长篇的缩微。长篇要创造一个世界，刻画一种性格，延续一定时间；短篇则偏于一隅，集中写一种景况，因篇幅有限，“题材在时空上就比较短窄；作品的中间或末尾，常产生突变或出现反转”。就是说，短篇比较注意布局，讲究效果，安排戏剧性的转折，以收出人意表的效果。如《移情别恋》这篇小说，写一个羞怯的情人，经过精神分析大夫有效的治疗，变羞怯为奋勇，结果把医生的贤内助也骗了去。从这个例子可以看出，以幽默作为一种情节手段来结构整篇作品时，喜剧效果往往更强，讽刺力量也就更大。对作品的结尾，莫洛亚也不掉以轻心，有时曲终奏雅，用最后一句点题，给人以隽永的回味。总括起来说，莫洛亚的短篇，有故事，有波澜，有声色，有余味，有较高的审美情趣。法国有位评论家谈到本国的短篇成就时，称莫洛亚为莫泊桑之后的第一人，或许倒是偶言而中。

袁枚诗云："爱好由来笔难，一诗千改始心安。"莫洛亚的原作，有文字之美，早就为我们所喜读，且亦久有移译之志，但自忖才力不副，迟迟不敢动笔。《在中途换飞机的时候》和《大师的由来》作为试笔，就正高明，曾发表于一九七八年的《世界文学》。其他一些短篇，虽相继译出，都因未能尽如人意，一搁多年。今年为莫洛亚百年诞辰，经友人再三敦促，收拾旧稿，又补译几篇，杂凑成章，编成此集。旧稿再改，一时难以词义圆足，补译各篇，更是速而未工；力不从心，愈有"译"然后知不足之感。因限于时日，未能"一诗千改"，谬误之处，尚望读者不吝赐教。

一九八五年七月二十五日

于莫洛亚百年诞辰前夕

栗树下的晚餐

阿莉雅娜，我的妹妹……

一　戴兰丝致谢霍沫

一九三二年十月七日，于埃夫勒

你的大作，业已拜读……是的，我也不例外，像别的女人一样……放心吧：这本书我觉得写得挺好……不过，我要是你，便要反躬自问一下："这样写法，对她公平吗？她看了，不难受吗？"但诸如此类的问题，你连提都不会提的。你敢说自己岂止公道，还是大度的吗？……瞧你是用什么口气，讲到我们的婚事的！

---

① 语出拉辛《费德尔》第一幕第三场，从本篇内容看，或许也关涉梅特林克《阿莉雅娜与蓝胡子》的故事。蓝胡子为童话中的恶魔，相传他讨一个老婆虐杀一个。阿莉雅娜嫁过去后，设法打开地窖，营救被囚的几位前妻；哪知她们能奔向光明时，却恋栈不去。

“在我热诚追求一个理想的女性，一个事业的同伴和人生的爱侣时，失之疏忽，没注意到戴兰丝是个实际的女人。共同生活开始之初，显现在我面前的，是一个既在意料之中，又是出乎意料的女子。我是一个出身平民、献身艺术的人，可我在戴兰丝身上碰到一个布尔乔亚贵妇人。她有她那个阶级的长处，也有她那个阶级的弱点。作为妻子，可谓忠实，谦抑，甚至聪敏，当然是她那种法子的聪敏。但要说一起奋斗，过精神使徒的生活，那是再也没有比她更不合适的人了……”

这种话，谢霍沫，你自己相信吗？当初我经不住你苦苦哀求，不顾父母劝告，同意嫁你的时候，难道你是要我跟你去过“精神使徒”的生活？不管怎么说，谢霍沫，我肯嫁你，得有相当勇气才成。你那时在社会上还默默无闻，名不见经传。你的政见，我家里人听了又怕又气。而我，阔绰的住房，和睦的家庭，都弃而不顾，跟你去做贫贱夫妻。过了一年，你又说在巴黎无法工作，把我拖到你穷乡僻壤的内地老家；所见者，就是那个矮小的女佣，畏畏缩缩，一副倒霉相——对这一切，我有没有说过半个“不”字？一切的一切，我都无不忍受，无不照办。甚至好长时间里，我还装得很幸福的样子。

但是，跟你，哪个女人能有幸福可言？看到报上讲到你的力，道义上的勇，有时我只好苦笑。你的力！……我从没碰到一个，谢霍沫，比你更软弱的人了。从没碰到！一个也没！！我这么写，绝不是出于怨恨。恚怨的时光已过，不再见到你之后，我的心情又复归平静。这你知道有好处。那种惶惶不可终日的焦虑，那种怕到稠人广众去的畏怯，那种渴望赞扬的病态需要，那种像小孩一样怕生病怕死的恐惧，不，这不是力，虽则这类骚动的情绪所引起的反应，给你的徒子徒孙以力的幻觉！

坚强？你哪里谈得上坚强？你最不堪一击了，一本书失败，就弄得你失魂落魄，像得了一场大病。而且又最爱虚荣，哪个傻瓜说你一句好话，就马上对他是否痴呆发生怀疑。固然，你生平曾有两三次为自己的主张做过斗争。但那是你盘算来盘算去，觉得胜券在握了。你难得有推心置腹的时候，有一次算跟我说了句洞见肺腑的话，但你拘谨的作风，马上就后悔不迭，而我出于愤恨，还记得很周全。

“一个作家年纪越老，”你对我说，“思想就越该激进。这是把年轻人留在自己身边的不二法门。”

可怜的青年！他们怀着纯真的感情，醉心于你的《启示录》时，万万想不到你炮制时那种虚假的热诚和工巧的心计。

既不坚强，也不阳刚……是的，干吗不说呢，尽管显得我很刻毒。告诉你，亲爱的谢霍沫，你根本不配做情人。只有跟你离婚之后，我才领略到欢娱的佳趣，体会到事毕之后的酣畅、充实，和在男子强壮的臂膀里睡去的夜晚有多美好。跟你在一起，所谓男欢女爱，我只知道一点可悲的虚应故事、拙劣的模拟蹈袭而已。我还没想到是遇人不淑；我那时年轻，相当无知。你开导我说，艺术家要爱惜精力，我相信。不过，我还是想望能睡在你身旁，偎着一个热烘烘的肉体，得到一点温情，几许怜爱。但是，你对我的拥抱，我的眠床，甚至我的卧房，都避之唯恐不及。我好不忧伤，你是连想都没想过。

你活在世上，就是为你自己，为你的空名，为你的女读者看了你笔下那个人物所感到的异样的骚动，其实，你心里明白，那个人物并不是你。一个爱你的女人烦恼也罢，苦闷也罢，你都若无其事，而报上只要有三行表示敌意的文字，就能叫你辗转不安。有几次承你关心我，那是因为有政界要人或文坛名流要来家里做客，此辈的毁誉，对你事关重大，那时你便希望我打扮得容光照人。他们来访之前，你舍得半天半天跟我聊天，不再以你神圣不可侵犯的工作来作挡箭牌了。你循循善诱，告诉我什么话该说，什么话不该说，这位有力的评论家有什么可敬的癖好，那位尊敬的父母官爱吃什么甜食。那几天里，你要我们家显出清贫的样子，因为你的学说如斯，但菜肴应当精良可口，因为大人物总归也是人。

还记得吗，谢霍沫，你开始挣钱，挣好多钱的时光？你既欣欣然，因为你骨子里是法国的一个小农，渴望有田有地，却又有点不好意思，因为拥有财富与你的思想相违太甚。哈，我有时觉得挺有趣，贪财就贪财吧，还要用狡猾的伎俩，求良心平安，其实明眼人一眼就能看穿。你跟我说："我差不多倾其所有，都给你了。"其实，你的账我早就看过了，知道你腰包里装了多少。有时我故作娇憨，夹进一句：

“你现在阔得很啦，谢霍沫……”

“这制度，真叫我厌恶……唉！既然活着，就得适应啊。”

不幸的是，抨击现行制度，成了一种时髦；攻击得越凶，财就发得越大。这种命运真是惨，可怜的谢霍沫！而且得承认，一涉及我，你就特别严正。看到你要成百万富翁了，我像所有爱情上受了亏待的女子，想望奢华，皮货，珠宝。我承认，你驳我的理由，仁义道德，绝顶正确。

“什么貂皮大衣，珠宝项链！你啊，亏你想得出！要知道，我的一支笔，以善于嘲谑布尔乔亚妇女出名的，一旦自己老婆也变成那种女人，你不替我想想，我的冤家对头会说些什么？”

当然，那还能猜不到。我懂了，谢霍沫－万斯的夫人是不该受怀疑的。我咂摸到自己愿望之不当。固然，你手头有证券地产，但那是小意思。再说，银行存款又是看不见摸不着的，不像钻石在阳光下熠熠生辉。你是对的，谢霍沫，你是常有理。

我再次把一切的一切，连这最后的一本书，都接受下来。听到周围人称赞你见识大胆，心地善良（在我所认识的人中，你是个名副其实的混蛋），待我宽厚，我无可回答。有时，我顺口应道："可不，他待我不错，我没什么好抱怨的。"我这样为你摇唇鼓舌，是否对头？让显扬你的神话奇谈任意滋蔓扩散，是否明智？让青年把一个我认为不是人的东西奉为导师，是否应当容忍？凡此种种，我时常扪心自问。但我按兵不动，甚至也不想写点回忆文字，以正视听。顶什么用？对文字一道，你已使我厌恶透顶。再见了，谢霍沫。

二　谢霍沫致戴兰丝

一九三二年十月十五日，于巴黎

你写信来，像跟我一起生活时那样，是存心要折磨我……但愿你生活幸福；你的目的也已达到……你并不认识你自己，戴兰丝……总认为自己是个受害者，殊不知你自己才是害人精……我花了好长时间才认识你。你自诩为性情温柔，肯于自我牺牲，我也以你的看法为看法。慢慢地，我才发现你寻事吵闹的脾气，你残忍的手段，狠毒的心思。因为青年时代，你木讷的父母使你感到屈辱，所以对人生只想报复。谁不幸而爱上你，就成为你泄愤的对象。我遇到你的时光，我为人颇有自信，你便执意要毁掉我的自信。你攻击我的思想、我的学说、我的人身。一来二去，弄得我自己都觉得自己可笑起来。即使在摆脱你之后的今天，每一忆及你快言快语打发我，给我造成的内心创伤，犹不能不为之赧然。

你看我的目光，真可谓毫不留情！你说我："你小不点儿，太小了。"不错，我个子小，像大多数终日伏案的人一样，脂肪丰厚而肌肉不多。这就有罪了，抑或是过错？我看出，在你眼里，至少是个笑柄。男女情好之际，理应放浪形骸，无任信赖。两个人卸去衣衫，也该放下畏怯、疑虑、羞耻。而躺在你身边，犹如受审，像给一个理智健全、冷眼旁观的仇敌打量着。面对一个令人战栗的女人，怎么还成得了能干的情人？雄性在欢娱时应能放任本能，为所欲为，而看到对方那么拘谨古板，谁还敢轻举妄动！你怪我躲避你的眠床，你敢说，难道不是你赶我走的？

"不管怎么说，"你写道，"我肯嫁你，得有相当的勇气才成……"你难道不知道，我很快就出山了？

你之所以看中我，戴兰丝，是因为发现我身上有种实实在在、生气勃勃的东西，那是你家的人所没有的。或许也因为你觉得我好欺，而伤害别人，是你最快意的、唯一的乐事……我此刻穷思极想，才记起我认识你时自己是什么样子。一个相当罕见的人！可以这么说吧，对自己的思想、才能，深信不疑……而对这个人，你却无所不用其极，必欲置之死地而后快。我在那里飘飘然的时候，你却对我不胜轻蔑，用软刀子杀人。怪矣哉！你为了我的力而嫁我，转而肆意攻击的，恰恰也就是这种力。当然，你的所作所为，本来就没有什么前因后果，什么意识活动。你跟许多女人一样，完全受生理和神经的支配，因青年时代的挫折而性情大变，因怨恨自己的失著而愤激不已，结果变成一个给人带来不幸的女人。跟父母一起生活时，你把自己这种漫无定向的恨意发泄到他们身上；等到我成为你唯一的伴侣时，便又来作践我了。

“旧恨加新仇，”你会说，“这番指责都是临时想来对付我这封信的！……”

是的，你可以拿着我的书到处张扬，尤其是你仔细抄录的那段：“作为妻子，可谓忠实，谦抑，甚至聪敏……”这话是十分宽容的，戴兰丝，切勿百分之百地相信。你既然逼得我采取最后的自卫手段，用上所有的兵器家伙，那么我得承认，这句话，是欺人之谈。而且是有意为之的欺人之谈。我想显示自己的豁达大度。但我错了。任何虚假，都会毁掉一件艺术品。我后悔没用刻薄的笔调，摹写你这妖精，记下你的刁钻恶毒。

“忠实”？……我早就知道，还没离开我，你就已谈不上“忠实”两字。但在公开发表的文字里，何苦这样着笔呢？说你用情不专，太抬举你了，反倒给自己抹黑？“谦抑”？……你骄纵已极，而控制别人、炫耀自己，可作为你大部分行为的注解。“聪敏”？……是的，现在很多人说你聪敏。你确实是变聪敏了。你道为什么？因为是给我调教出来的。因为这二十年里，耳濡目染，你跟我学到了你所欠缺的一切：识见，学问，辞令。时至今日，久别之后，你还在仰承我的鼻息，就说这封信吧，你想写来气死我，岂知内中最有分量的几句话，还不是得之于我！

虚荣？否，是骄恣。我要再说一句，我自信能摆脱你的魔障。你的来信，我不想逐点驳回。为此自寻烦恼，正好中了你的圈套。不过再答辩一句。“报上讲到你的力……有时我只好苦笑……我从没碰到一个比你更软弱的人了。”你很明白，戴兰丝，你攻击的是两个不同的侧面，只是故意混为一谈罢了。你可无权放肆。就你我的关系而言，我的性情如何，只跟我们两人有关。现在我倒跟你一样看法，在这场较量中，我太软弱了。这固然是出于怜惜，但怜惜并不排除懦弱。然而，一个人在俗世显得软弱，并不妨碍他写出雄健的作品，你只是佯装不知而已。甚至常常因为在生活中软弱，作品反格外有力。青年人在这部作品里看到的东西，请放心，戴兰丝，是确乎存在的。如果说你曾让我受罪不少，那么事过之后，痛定思痛，倒正该感激你呢。我之有今日，很大程度上倒缘于你锲而不舍的恨意。

你么，你首先是个破坏者。可说怨恨借你而显形。因为你觉得自己不幸，便仇视幸福。因为你自己不解风情，便鄙视逸乐。出于怨恨，你把什么都看得雪亮，也把什么都看偏了。正像光束扫描，能探测铁板里隐秘的裂纹，你在一个人身上，首先看到的是他的弱点。但凡是美德，你都能看出瑕疵。真是了不得的本领，戴兰丝，也是可诅咒的能耐。因为你忘了，美德是实际存在的，钢梁铁柱自能经得住时间的侵蚀。你用你的狠毒，在我身上抉发出的那些弱点，我有自知之明，知道的确有的。你看得很清楚，异常的尖锐。但是，些少弱点在雄浑的实体里，会给淹没过去，而雄浑的实体是任何人间的力量都破坏不了的。放心吧，你无法售其奸的。越出了你的黑暗王国，我的事业和灵魂才得以幸存下来。

你写道："跟你，哪个女人能有幸福可言？"须知我们离异以后，我也领略到了欢爱。在一个善良纯朴的妻子身边，我终于获得了安宁。我猜到你在窃笑："不错，可她怎么想？……"拿娣娜，你只要有机会看上一眼，对她是否幸福，就不会有怀疑的余地了。并非所有女人都像你一样，不害人就无法活。眼下，你又在拿谁开刀呢？

三　拿娣娜致戴兰丝

一九三七年二月二日，于巴黎

收到我这封信，太太，你或许会略感惊讶。依传统看法，你我该是冤家对头。我不知道你作何想法。就我这方面而言，非但不恨你，还不由自主深表同情。如果说，你离婚那阵子，在头几个月里，曾是我的情敌，曾是我竭力想从自己看中的男人心里赶走的女人，那么，在我结婚之后，你很快成了我一个不见面的陪伴了。蓝胡子的几个妻子，给凌虐得死去活来，但在想及共同的丈夫时，冤家对头又聚在一起了。谢霍沫说着说着，就跟我提到了你。他的性格有点怪僻，很难伺候，我爱想象这要是你，会拿出什么态度来，有时觉得你的强硬或许要比我的忍让，更为得法。

谢霍沫过世后，我在整理他的文稿时，发现有你不少的信。其中的一封，尤其能拨动我的心弦。那是五年前，他的《日记》发表后你写来的。我早跟他说，那一页发表出来，会伤害你感情的，以删去为宜。但他这个人，别看平时那么懦弱，一涉及他的作品，却特别固执，特别奋勇。你的答辩也够横蛮的。说不定你会感到惊异，依我说，我倒觉得你说得很对！

别以为谢霍沫一死，我就背义忘亲。他在世时，我爱他，现在仍忠诚于他；对他，我有我的看法，不说谎话。他作家的才能，正如作家的良心，是可敬可佩的。至于他的为人，你说出了实际情况。不，谢霍沫不是使徒，他可以在弟子面前显得俨乎其然，但骗不了我们，他的前后妻子，他需要把自己的行为，自己的政治抉择，总之把自己的一切，围上圣洁的光圈，但促使他如此这般行事的动机，我们知道，都是微不足道的。他把自己的憎恶社会，变成一种美德，而他之所以憎恶社会，追原祸始，无非是他病态的怯弱。他对女性不失为一个殷勤、谦恭的朋友，但，正如你信里所说的，那是因为力的不足，而不是真的温柔。他回避官方的荣誉，更多的是出于倨傲，出于算计，而不是谦逊。总之，没有好处的牺牲，他决不会做；他自以为很乖巧，实际上很拙劣，我们心知肚明，只装不知罢了。

真的，太太，我相信他并不认识自己的本性，他在分析别人的心灵时，能那么洞烛幽微，那么严针密缝，而反诸自己，他至死都认为自己是个圣贤呢！

跟他在一起，我幸福吗？尽管不无失望，但应该说是的，因为他是个极有意思的人物，是种日新月异的现象。甚至那种表里不一，我在前面刚说到的，也使他成为一个活生生的谜。听他说话，向他求教，看他活动我永远不会厌倦。他的软弱，尤其使我动心。在他生命的最后几年，我对他的感情，与其说是妻子爱丈夫，不如说像母亲疼孩子那样。要紧的是爱，何在乎方式，不是吗？我独自思量时，不免对他腹诽心谤，但他一站到我面前，就又乖乖听命了。我的烦忧，他是从无所知的。再说，知道了又怎样？我想过，哪个女人假如揭穿他的真相，硬逼他镜子里照见真实的自我，那非但不能起到规劝的作用，反而只能招恨。你也是知道不会再见到他了，才敢开口说话的。

然而，你给他留下多深的印记！你们分袂以来谢霍沫没干别的，就是在我身旁，年复一年，写这段决裂的经过。你成了他所有作品里的核心人物和唯一的女主人公，各本书里，人名虽殊，我看到的，都是你佛罗伦萨式的发型，仪态万方的举止，带撩拨性的热情，睥睨一切的高洁和冷峻逼人的眼神。我的感情，我的相貌，他从来不知描绘。为了博我欢心，他也试过几次。每次看到他照我摹临的人物，不顾雕塑家本意，渐渐变得像你那样一个女人，啊，你真不知道我有多痛苦。他有一篇小说，用了我的名字，《拿娣娜》，但是那个女主角，那个聪敏颖悟，可望而不可即的少女，怎么会叫人看不出那还是你呀？有多少次，誊清稿子时，看到你时而是神秘诡谲的未婚妻，时而是不安于室但仍深受疼爱的娇妻，时而是令人憎恶、不知好歹，却依然叫人割舍不下的俏冤家，我抄着抄着，不免暗自落泪。

是的，打你离开之后，他就靠回忆，靠你留给他的恶劣的回忆讨生活。我尽量给他安排一种平静的环境，有益于身心健康，使他能把全部精力放在事业上。我今天不禁怀疑，这种做法是否对头。或许患难能造就一个大艺术家？单调沉闷的生活，对他或许比妒悍、仇恨、忧患更有害？谢霍沫最有人情味的作品，写于你做他夫人那个阶段，这是事实；而失却你之后，你们共同生活的最后几个月，成了他反复咀嚼的材料，这也是事实。此刻摆在我面前的你那封信，措辞即使那么刻薄，也不能使他忘情于你。他晚年，一直在心里，在作品里，试图加以反驳。他最后一本书，没写完，手稿在我这儿，是一本情不自禁的忏悔之作，他把自己暴露无遗，竭力为自己剖白辩冤。啊，太太，你这种冷漠的态度，使他不得安宁的魔力，着实叫我艳羡不已！

为什么我今天要跟你说这些事呢？因为很久以来，一直想说一说，一吐为快。因为我觉得，有些事只有你才能理解，也因为我希望这种相见以诚的态度，能邀你的殊宠。你知道，谢霍沫过世后，关于他的评论，写得可谓不少。论及他作品的文字，我不认为写得很准确、很深刻，但我尽量不置一喙。评论家有失误的权力，后人自有公论，我相信谢霍沫的作品是能够流传下去的。但看到传记家歪曲他的形象，讹传我的生平，我就不能照旧保持沉默了。谢霍沫生活里一些枝枝节节的事，性格里一些亲切内在的特征，太太，那只有你我才最清楚。经过长久的犹豫之后，觉得这些回忆材料，在我撒手人寰之前，理应写就定影。

所以，我准备写一本关于谢霍沫的书。噢，我有自知之明，晓得自己无才。但这里，重要的是材料，而不在乎表现形式。至少能留下一份真实的记载，说不定日后哪位天才的传记家能用上，借以勾勒出他最终的形象。近几个月，我在广事搜集材料。然而其中有一个阶段材料甚少，就是你们订婚和结婚那个期间的。直接致书于你，求你予以支持，我相信这是一个大胆的、逾常的，然而是诚心诚意、正大光明的举动。如果对你没有这种奇特而真切的好感，如本信开头所说的那样，我多半就不会这样行事了。彼此虽然素昧平生，但我觉得我比谁都了解你。有种本能告诉我，我有理由这样待你，即使这种信任看来近乎冒失。请来信告诉我何时何地可以前往拜访，以便当面向你说明我的计划。那些陈年旧纸，你如还保存在那里，翻出来整理一下，也颇费时间，但不管怎样，我切盼能尽早跟你晤谈一次，告诉你我是怎样构思这本书的。届时你会了解到，我不会对你有任何苛刻，甚至偏颇的言辞。恰恰相反，我向你担保，我愿意卖好讨俏，为你主持公道。当然，我知道你已结婚，凡是今天会使你感到难堪的事，我尽可能不引证，不讲述。相信你定会予我以方便，谨此预致谢忱。

拿娣娜·谢霍沫－万斯

附言：今夏我拟去乌里阿奇，那是你们定情之地，以便实地描写谢霍沫在司汤达旅馆平台上见到你的情景。能造访一下你父母的住处，对我当甚有用处。

又及：谢霍沫与特·凡尼埃夫人那段交往，我不甚了了。你是否知之更详？他不断讲到你，但对青年时代这段艳史，总是讳莫如深，或者语焉不详。特·凡尼埃夫人是在一九〇七年与他在莫丹相遇，然后一起做意大利之游，不知确否？

谢霍沫的祖母，名叫奥当斯，还是梅拉妮？

四　戴兰丝致拿娣娜

一九三七年二月四日，于埃夫勒

夫人：

抱歉之至，真是爱莫能助。我也决定写一本谢霍沫－万斯传。当然，你是他遗孀，顶着他的姓，就凭这层理由，你写一小本杂忆文字，自会大受欢迎。但咱们之间，不妨直说，你对谢霍沫算不得深知。你嫁给他的时候，他已经文名大噪，他的公开生活已经掩过了私人生活。我么，有幸目睹这位作家的成长，看到这种神话的诞生，你也没法儿不承认，他最好的作品，是在我身边写的，或是为想我而写的。

进一步说，任何严肃的谢霍沫传记，缺了我这份海内孤本，就难以成书。我有他两千封信，两千封倾诉爱情和发泄怨恨的信，我的复信尚不计在内，那都留有底稿。二十年里，凡有关他的为人与作品的文章我都做了剪报；他朋友和慕名者的来信，我都分类归档。谢霍沫所有的演说、讲座和文章，我都齐备。这批珍贵的文件，国立图书馆刚列完清单，因为我打算他年遗赠给国家；馆长对我说："这批藏品是无与伦比的。"随便举个例子说吧，来函询及那位出生于波尔多的祖母究竟叫什么名字；须知对这位奥当斯－波琳娜－梅拉妮·万斯，我就保存一整套材料，像对谢霍沫任何一位祖先一样。

谢霍沫喜欢自称"出身平民"。其实不然。十八世纪末，万斯一族在贝利谷已小有田产，生活较为宽裕；谢霍沫的外公一辈，从梅里涅克方面又并进一百顷地。他祖父在路易－菲利浦时代当过村长，有个叔公是耶稣会士。地方上把万斯家族看作是殷实的中产阶级。这方面的史料，我拟加以透露。倒不是想揭露谢霍沫这种以贱为贵的风雅，这是他的一个弱点，而是愿持一种不偏不倚的态度，甚至不惜略示宽容。当然，也力求翔实。这就是，太太，我俩所爱过所认识的大人物的小毛病。

你信里表示愿对我例示宽厚，那么反过来，对于你，我容人之量也不会稍逊一筹。干吗咱们要自相残杀呢？你在结婚之前已是谢霍沫的情妇；这有我手中的信件可资证明，但我力戒引用。无论对人对己，我都讨厌把事情闹得满城风雨。尽管我对谢霍沫其人不免心中恨恨，但对他的作品，我历来崇拜，今后也愿竭诚为他的事业效劳。我们两本书差不多联袂出版，我想彼此传阅一下校样，或许不无可取。这样当可避免一些事实上出入，免得批评家见而起疑。

关于谢霍沫的晚年，他第一次中风后的衰迈，你知道得比我详尽，这段生活就委之于你了。拙作拟迄止于我们分手之际。（后来的争吵，提又何益？）但在尾声中，将简略提到你们的婚事，以及我的再嫁，讲我怎样同第二个丈夫在美洲听到谢霍沫的死讯。那是在新闻短片里，突然看到国葬仪式，看到谢霍沫的最后照片，以及议长搀着你走下主席台的情景。这可以写成一个很精彩的结尾。

但我毫不怀疑，你的小书写出来，也一定饶有兴味。

五　谢霍沫－万斯夫人致百合出版社

一九三七年二月七日，于巴黎

我刚得知戴兰丝·贝尔杰夫人（您想必知道，系我先夫的前妻）也准备写一本回忆录。故我们这本书以能在暑假后刚上班时居先出版为宜。拙稿准定于七月十五日送上。获悉美国和巴西恳请优先出版，甚慰。

六　戴兰丝致拿娣娜

一九三七年十二月九日，于埃夫勒

夫人：

鉴于拙作在美出版以来，咸有佳评（每月新书俱乐部都列为推荐书目），好莱坞刚给我发来两份长电，为此，义应听听你的意见。有位经纪人，代表一家大制片公司，提议把《谢霍沫－万斯传》搬上银幕。你不会不知道，谢霍沫在美国，在自由派知识分子中，声名大著，他的《启示录》俨然成了经典作品。正是由于这种知名程度，以及我们的丈夫在那里赢得的近乎使徒的品格，制片公司有意把这部影片拍得情致动人，格调高尚。他提出的某些要求，有点逾乎常情，我一听就跳了起来。但细想之下，觉得只要有助于谢霍沫在公众之间享有普遍的声誉，而这种尊荣在当代只有电影才能获致，那么任何牺牲都不谓过分。你我对他都有相当认识，知道如果他本人遇到这类事会有何种反应：凡事关荣誉，历史事实在他思虑里是次要而又次要的。

比较棘手的，是下面三点：

1. 好莱坞坚持，宜把谢霍沫写成平民出身，生活极端穷困，借以用悲剧色彩写他早年从贫贱中奋斗出来的事迹。我们知道，事实并非如此，但这种说法当为谢霍沫本人所乐于接受，我们没有理由做得比他本人更苛刻。

2. 好莱坞希望，谢霍沫在特雷弗斯事件中旗帜鲜明，舍身抗暴。从史的角度来讲，并不翔实；从时间顺序来讲，亦不可能，但于他的形象无损，且甚或有益。

3. 最后一点，也是最难办的一点。好莱坞认为在谢霍沫生活中安排两个妻子，手法上很拙劣。他第一次婚姻，既然是恋爱结婚（尤其与我家庭的冲突，颇具浪漫色彩），从电影美学的特殊角度考虑，宜拍成美满良姻。制片商要我允准把两位夫人，也即你我，“合成”一人。影片的结尾，将采用你那本书里的材料，把你在他病死时的态度移用于我。

你会有所反感，当不难想象，对最后一点，我一开头就拒绝了。但经纪人目前又发来一电，提出一项不容置辩的理由。万斯夫人的角色，自然由一位明星来演。但从来没有一个大演员，肯拍一部在上集露面之后就销声匿迹的影片的。他举出一个例子：在《玛丽·斯图亚特》这部影片里，为了争取一位名重一时的演员扮鲍茨威尔[①]这个角色，就编了一段青梅竹马的爱情故事出来，使他得以进入皇后的少年时代。这是根据人尽皆知的事实，略加变通，使故事适应银幕的要求；你我要是取一种迂腐的态度，尤其涉及的只是我辈卑微的人生，那就会贻笑大方，反为不美了。

故我提出：一、这位唯一的妻子，扮相不必像我，

① 鲍茨威尔为英国女王玛丽·斯图亚特（1553—1558 在位）后期的情夫。

也不必像你，何况扮演我们的演员，就是现在与制片公司签有合同的那位，跟我们之中的谁都不像。二、酬金甚高（六万美元，照现行牌价约合一百多万法郎），上述改动倘蒙接受，对尊著所提供的合作，酬金自当从优。

盼即电复，因我得电告好莱坞。

七　拿娣娜致戴兰丝电

一九三七年十二月十日

事关重大　不便函商　14 : 23 巴黎动身 16 时许至尊府　祝好　拿娣娜

八　戴兰丝致拿娣娜

一九三八年八月一日，于埃夫勒

亲爱的拿娣娜：

我又回到了乡下，回到那幢你见过并且喜欢的屋子。我现在独自一人，丈夫要出门三个礼拜。你倘愿来此盘桓一阵，我将十分快慰，能住多久，愿住多久，悉听尊便。我有本新书要写，甚忙；你愿意看书，写作，干活，都可以，我让你安安静静的。如愿探幽访胜，这里风景殊佳，我的车子就是你的。但是晚上，你若有空到花园里来一起坐坐，那我们可以随便聊聊：谈谈我们“恶劣的回忆”，我们自己的事。

请接受我好意的问候。

戴兰丝·贝尔杰

——罗新璋译

混世魔王

一个善于广交名人雅士，乐于酬酢宾朋的聪明女子，就该嫁个爱讲排场的银行家，这样，她才撑得起场面，能在乡下拥有偌大一幢别墅。戴妮丝·霍勒芒在诺曼底的圣阿尔诺，就有一座环境幽雅的宅邸，墙上糊着轧光花布，每到夏季，在周末时，从星期六到星期一，她便邀来一批熟客。我在那里就见到贝特朗·斯密特夫妇、克利斯蒂安·梅内特里耶夫妇，也不时碰到女作家谢妮、演员雷翁·罗朗（不演出的日子）、政界人物如蒙戴克斯或朗培－勒格莱克，以及皮阿斯大夫。这批常客形成稳定的班底，此外，戴妮丝时常临时请几个生客。这样，有一个周末，我见到剧作家法培尔，他的《狂欢节》两年来历演不衰；另外还有一对是不怎么知名，但我很喜欢的安多华纳·盖斯奈夫妇。

法培尔，我很熟。我们在尚松中学是同学。他有唐璜之雅号，我感到很气愤。倒不是这名声安在他头上不合适，他结交过当代好几个最迷人、最出色的女性，但我责备于他的，是他喜欢张扬其事，指名道姓，自负得不上路。他这情场得意，是什么道理呢？此公远非风流俊雅，但他肩膀横阔、身材魁梧、浓眉大眼，给人以孔武有力的印象，我想，使女人们惊异和着迷的，想必就在于此吧。靠剧作家的名声，他弄上手不少女演员；借了女演员的情人这一招牌，又做成他别的好事。而他谈吐的魅力，补足了其余的一切。法培尔是讲故事的能手，真是名副其实的剧作家，会制造一种效果，安排一个在高潮中结束的“幕落”。女人跟他在一起，永远不会感到烦闷，而要女人不烦闷，却很难得。他对女性尤其殷勤备至。所幸他写东西很快，能腾出许多时间陪她们。说真的，女人就属于想望她们的人，更其属于想望她们甚于一切的人。此外，金钱对她们之中的很多人，也绝无坏处，而法培尔是巴黎上演最多剧目的剧作家。

他夫人奥苔特这次跟他一起在圣阿尔诺过周末。一般不大看到他们在一起。那层出不穷的风流韵事，占去法培尔很大一部分时间。奥苔特开头很痛苦。她倒是恋爱结婚的，给丈夫带来一份不容小看的陪嫁，而且正当他十分需要的时候。慢慢地，她就隐忍下来，而且我知道，她有时也自行方便；不过，她很机密，与她丈夫的张扬，各有千秋。她对罗伯特·法培尔的仰慕，带有一点恐惧心理；名作家夫人的所有实惠，她着实也享到不少；罗伯特的情妇像列队游行一样，在她面前快速走过，她出奇地通融，所以安然不动，留了下来。这正是她成功之处。法培尔时常和哪个相好住在单人公寓里。奥苔特在拉缪艾特保留一套漂亮的房子，法培尔逢到场面上的事便回来，坐在奥苔特对面，主持晚宴。银餐具就在单人公寓和夫妻住家之间，穿梭一般拿来送去。

法培尔一时兴起，做交易所，蚀掉一部分稿酬。“罗伯特就不该去做投机，”奥苔特以其特有的沉静精明对我说，“他容易忘乎所以。”在这个故事开始的星期六，晚饭之前，我跟法培尔在圣阿尔诺的林荫道上散步，他向我夸奖他夫人如何贤惠，如何能干。“啊！要是我听了奥苔特的话，用低价买进一幢房子，本钱就保住了……可怜的奥苔特，说不定我会把她败光的；但她倒无所谓，银钱上并不看得很重，那光景，她在七层楼里有间房子住住就满足了，只要我不时去看看她……她在拉缪艾特保持这一大套房子，其实也是为了免得人家说闲话，好像我跟她分开住了，要她减缩生活用度……真的，她活着就是为了我……无论如何这总是使人感动的！”事实上，奥苔特在这套房子上花了大钱，把隔墙打通，将罗伯特从前的书房改建成梳妆间兼小客厅。但罗伯特对女人一向出手很大方，讲起来时，快然自得，说她们如何不计利害。他要自己相信，人家是为了他本人而喜欢他的；结果他竟真的相信了，当然有部分是对的。但也只是部分而已。他在一家时装公司投资一百万，因为老板娘非常漂亮，他还特意声明：“这不是送礼，这是投资。”奥苔特讲究实际，天真未泯，一切行头，不费分文，全由这家时装公司包了。法培尔对他夫人唯一不满的，是在这种为难的局面里，表现得太安分了点。结婚之初，她常流泪，倒使法培尔越发骄横，更加来劲。所以，他尽管夸奖他夫人，心里不免有点气恼，因为她气色这么好。

“但说到底，究竟是怎么回事？”他对我说，“奥苔特不可能真的伤心，她不是还在发福吗……你怎么想的？”

我也确实觉得她并不伤心，但我避而不谈。再说，他的思路已转到别的题目上去了。“盖斯奈夫妇怎么样？”他问我。“她倒娇滴滴的，蛮俏，那小娘们。”“法朗索华丝·盖斯奈可不是‘小娘们’了。她总有三十了吧。”

“那才是正当妙龄哩，”他露出一副馋痨的神色，“肉体还很鲜艳娇嫩，人情世故却已相当老练……到了这个年纪，人生的失意反为胆大妄为开了方便之门……她那位夫婿究竟是何许人也？方才喝茶的时候，我想跟他攀谈攀谈……岂知是个哑巴！……他人聪敏不聪敏？”

“聪敏不聪敏？当然，安多华纳很聪敏，只是非常腼腆。当了你的面，他该一个字都不敢说了。”

“奇怪，”法培尔悠然出神地说，“这样漂亮的女人，我好久都没领教了。”

“他们从来没在巴黎住过。他从前是开厂的，离这儿不太远，在六和桥。他们和我们的女主人，从小是朋友。战后[1]，安多华纳为了潜心著述，离开了工厂。他们就搬到南方去住了。”

“怎么？这哑巴还写作……他能写些什么呢？”

“历史著作，着重于经济生活、社会习俗。写得还不坏。”

法培尔听了哈哈大笑，他的笑声很特别，像战马得胜后的长嘶。

“哑巴，腼腆，写历史著作……她肯定会做出对不起他的事情来的。”

对于人的情感，他就像名医一样，喜欢做出不容置辩的诊断。

“看来不大可能，”我说，“戴妮丝跟我讲过他们的婚事。这其中还有一段蒙太古·凯普莱特[2]式的故事，所以他们的关系该是很牢固的。”

“那要看手腕如何……得！我这个周末，可以填满了。”

然后，他灵活的头脑马上又跳到另一个完全不相干的题目。

---

① 本书所说“大战”“战后”，均指第一次世界大战。
② 分别为罗密欧与朱丽叶相互仇视的家长。

“你在美国不是有个朋友吗？你能不能发个电报，问问他对小麦行情的看法？上个月，我在纽约碰到一个非凡的金融家，他说行情看涨，要我取强硬态度，打这以后，麦价却不断下跌。每股蚀掉我八百法郎……你明白吗？美国种庄稼的，没受到优惠保护……真是国家的耻辱！”

我只能老实说，粮食经纪人我不大认识，说着我们就走回圣阿尔诺。

夜晚，圣阿尔诺的平台，把庭院的秀媚和大自然的雄伟融为一体。正面左侧，是一片草地，遍植苹果树，顺着地势迤逦而下，一直伸展到谷底；右侧也是一片草地，没长别的，只沿边缘种上一排枞树，形成一条呈倾斜状的对称的弧线。这两条秀丽的风景线，差不多在画面的正中相交围合，景色之浑朴丰美，乡野之清幽静穆，自有一股令人心旷神怡的力量。空气中，飘荡着金银花和薄荷的清香。天空上，星光灿烂，动人遐想。

这时，一道月光正照着法培尔虎势的脸膛。他在讲自己最得意的风流韵事，听众有女主人戴妮丝·霍勒芒、法朗索华丝·盖斯奈和伊莎贝尔·斯密特，她们或感到佩服，或觉得有趣，那我就不得其详了。奥苔特·法培尔跟贝特朗·斯密特在悄悄说话。我的椅子在浓荫下，稍微离开一些，坐在安多华纳·盖斯奈的旁边。在幽暗之中，他倒似乎胆子放大了些。

“这个法培尔，还有那些个女人家……”他对我说，“好像只听到他一个人说话……不过，即使是我，算得置身化外了，有时也不无机会，颇受诱惑……那一天，有个朋友的妻子几乎跌进我怀里……是的，像这样的一个夜晚，甚至还幽美，因为在南方，在我的家乡……我轻轻把她推开……她还怪怨我。我说：‘总之，你是法朗索华丝的朋友；这里有个忠诚的问题。’她答道：‘你呀，真是不懂人情世故。你这样会招所有女人忌恨的，甚至你自己的女人也会恨你……’她也许说对了，我依然是个蒙昧无知的孩子……然而，法朗索华丝对我说的，却是截然相反……是不是有一天她也会？……我很难想象，所有这些男男女女，相互追逐，彼此欺骗，朝三暮四……这种样子，我是不会感到幸福的……我要的是心地纯洁，独善其身，相见以诚。”

“因为人是社会动物……但这种平衡的心境却越见其少了……在所有人身上，兽性和道德总形成冲突……于是就生出许许多多事来……世界就是这样……男人，你改变不了……女人，也改变不了……”

“尤其是女人，更其可怕。”他说。我看看他女人，正俯身向着法培尔。三样东西在暗中发亮：她的眼睛，黑白相间的珠圈和手镯。“端整舒齐，可作祭献，”我心中想，“令人馋涎欲滴的牺牲品……”

法培尔这时正讲到死的问题。我们也走过去听听。

“我么，”法培尔在高谈阔论，“要是有十足的理由对人生感到不满，要是作品接二连三失败，或是倾家荡产，那我就自杀。唯一使我踌躇的，是自杀的方式。我很想走进大海里去，一往直前，直到海水把我淹没……怎么样，很有气魄吧？”

“但说不定到某刻，”皮阿斯大夫说，“你会停止往前走的……我告诉你一个更实际的方法。你等海水退潮的时候，先躺在那里，喝足巴比妥催眠剂，潮水一涨就把你给收留去了。”

“这想法很妙，”我接口说，“可这已不是自杀了。海涛会把你轰死的。”

“但上帝是骗不了的。”克利斯蒂安·梅内特里耶的口气很庄重。

法培尔发出一声恶魔般的笑声。

“这个想法对我胃口，”他说，“谢谢你，大夫！但是，我得带条地毯去。因为沙子湿漉漉的！……那才不好受呢！”

他想了想，加上一句。

“带条好的地毯……中国或波斯出的……再把奥苔特也带上。”

奥苔特亦庄亦谐，回答说：“噢，对不起……让我置身事外吧……罗伯特心思特别活，一会儿一个主意，等他给我喝了‘嘎特钠’，自己却又决心要活下去了……那我成何体统？再说，我是信教的，后果我可挺怕。”

话一引开头，大家便纷纷讲起死人的事。克利斯蒂安·梅内特里耶讲，有一次一帮孩子在闹着玩，有个魔术师把扑克牌、魔术杯的戏法变过几次后，说他会隐身法。他钻到一条毯子底下，铺头盖脚把全身遮住，说了声："嗳嗨，我不见了。"大家只看到毯子往下陷，以为他钻到地下去了。过了两分钟，声息全无，在场的人有些惊慌了。房东说："我们都看见你了，这没什么稀奇，孩子也不觉得逗。"还是什么动静也没有。原来变魔术的家伙死掉了。

"真是戏法啦！"法朗索华丝笑着说。

凡是法培尔另眼相看的女人，注意力被别个男人吸引住了，他可最受不了。克利斯蒂安讲的故事居然引起法朗索华丝·盖斯奈的兴味，法培尔感到浑身不自在，所以马上接着讲另一个故事。

"我的朋友中有对夫妻，每礼拜都弄弄室内音乐。丈夫拉小提琴，妻子弹钢琴，还有两位演奏家，凑全一组。有一晚，常来的大提琴手病了，临时派来一个替手，演奏四重奏当中，此公突然身子一软倒下去了。大家围上去看是怎么回事，他连一丝气也没了。惊惶之下，我那朋友打电话找医生，医生来了，确证人已亡故，建议通知家属……但家属是谁？连他名字也是刚刚知道的。他们把他的衣袋翻个遍，想找份证件或地址什么的……但什么也没找到……于是打电话给警察局，值勤的回说太晚了，明天早晨再派人来。

怎么办？他们把尸体平放在沙发上，恭恭敬敬地演奏了一曲贝多芬的三重奏。到半夜里，中提琴手告辞要回去，主人拦住他：‘听我说，我心再好，也不愿把他留在这儿。明天，我几个孩子一进到这房间，会吓着的……咱们把他送到停尸场去吧。’中提琴手咕哝了几句，还是同意了。两个男人把尸体抬下来，去找出租汽车。司机看到其中一个乘客是死人，就不肯搭载：‘我可不愿意给自己找麻烦。’他们只好把尸体再抬回来，放在楼梯下面凹进去的空当里，在门房的踏脚垫上留了一张字条：‘明晨扫地时当心，楼梯后面有个死人。’”

“这倒很出奇，”戴妮丝说，“不过说穿了，又有什么出奇的呢？倒是更叫人觉得凄凉。”

“对于所怕的事，只有一笑置之，”贝尔朗说，“死亡会捉弄人，因为谁都怕死。”

法培尔不愿话头被别人抢去，立刻又接着讲别的死人故事，不是暴死就是怪死。他说：“应当承认，一个有教养的人，就不该死在别人家里。我认识一个小伙子，礼数非常到家，却身不由己，做下这桩错事。有一次他到罗茨舍尔德府上赴宴，上咖啡时，他把手放在心口上，说了声：‘噢，对不起！’便往后一仰不省人事了。”

从悲伤阴郁的故事，法培尔讲到寻欢作乐，讲到风流逸事，谈兴越来越浓。到半夜一点钟时，贝特朗不愿落夜，提议大家回去睡觉。法培尔最怕晚上孤独冷清，感到一阵惶恐，便说再讲一个，讲他下一个剧本。他连说带比画，讲得有声有色，模仿一些场面，学别人的声音，对自己的得意之笔哈哈大笑。就这样，把我们羁留到两点钟。男人们哈欠连连，用厌烦的目光相互看看，无可奈何地摇摇头；女人们则给蛊惑住了，佩服得五体投地。

第二天，我得知安多华纳·盖斯奈下午动身要走，到巴黎去出席一次晚宴，法朗索华丝则由贝特朗·斯密特夫妇负责，星期一早晨送回去。我把戴妮丝拉到一边：

“坦白说，戴妮丝，我不喜欢这种安排……法培尔这个人，你总该知道。他跟我讲起法朗索华丝时，那种虚火上升的样子，可绝不是好兆头。只要有个晚上给他缠住了，她就非上钩不可。”

“我们都在这儿啊。”

“戴妮丝，他诡计多端，我们不是没领教过。他能想出十种法子来，把这可怜的女人弄到花园里去，在迷漾的月色下……”

“还有奥苔特呢。”

“奥苔特，你跟我一样清楚，她是决不会过问的……敢情你把法培尔夫妇安排在一间房里啦？”

“没有，他顶讨厌这样了……奥苔特住二楼有阳台的房间，罗伯特在底层那间蓝房间。”

“那不得啦？”

“可是，亲爱的，这跟你有什么关系？你是法朗索华丝的保镖？”

“在某种意义上，可以这么说吧……她丈夫是个正派人，我对他很有情谊……而且不只是情谊……”

“闷声闷气，呆头呆脑的……”

“这我倒不觉得，除非你把男人宠爱老婆，叫作呆头呆脑……这倒叫我奇怪了，你不是喜欢‘伟大的灵魂’吗？”

“呆头呆脑，”她说，“在我的用词里，带点亲热的意味……说正经的，你要我怎么办？你得明白，不是我劝安多华纳走的。我出于礼数，自然该挽留挽留法朗索华丝啊。”

“她不了解法培尔这个人，你该叫她提防着点……现在还来得及。”

“法培尔跟你一样，也是我的客人。我不该说他坏话，恶语中伤。而且，我对他不无好感，尽管他有这样那样的毛病。或许也正因为他有这样那样的毛病，他身上，无论精神方面还是肉体方面，什么都显得过头。过头，就不一般啦。”

“可以肯定，所有女人，哪怕最聪明的，都会上这种虚有其表的当。”

“好，引一句你喜欢的作家说过的话，‘女人上男人的当，不见得比上女人的当更多。”

“不见得更多吗？至少也一样……得！……既然你不愿，也不肯提醒法朗索华丝，那我来。”

“行你的好去吧，亲爱的……不过事情的结局，一丝一毫都改变不了啦，当然你可以求得良心平安……当心！她丈夫过来了。”

安多华纳踏着草坪，朝我们走来。我仔细打量他，心里想：他比法培尔要强上百倍。他向女主人表示歉意。“我们大战时期的伙伴，今天晚上有个聚会……我三个月前就已答应下来……没法回绝了。”

戴妮丝有事要吩咐，先走开了。我坐在安多华纳旁边的靠椅里。他很想说说心里话，我当然很高兴。我问他是出于什么理由离开工厂的。他说：“有很长一段时间，我认为行动对我是有益的鸦片。后来，我对自己从事的活动，失去了信心，变得不称职了。于是我就尝试写作这一行动，但有时也感到厌倦。说真的，唯一能使我超乎自己的，是爱这种感情……爱情能予人某些美妙的瞬间，唯其短暂，需要期待，就足以给人生以价值。所以我做出抉择，和法朗索华丝单住在南方。我除了她，没有别的愿望了。只是我常怕她会觉得沉闷……啊！人生啊，可真不容易！”

“你对自己缺乏信心，”我对他说，“别人再看重我们，也绝不会比我们自己的估价高。”

“这我知道……但是我不大看重自己……这是事实……或者可以这样说，为了使自己感到幸福，我需要依附于某种比我更伟大的事物……年轻时，我热衷于‘立正’‘稍息’这一套。大战期间，倒没有不幸的感觉，那时有我敬佩的长官……在工厂期间也不，我爷爷在厂里威势撼人，不容争辩，也无法争辩……其实，大多数人都感到需要有种权威……合唱团，唱诗班，足球队，都是出于一种信念，才聚拢在一起的……我么，我相信，对一个女人的爱，可以成为一种信仰……现在，我自问是否只有对上帝的爱……不幸的是，人必须信点什么。”

吃过中饭，他便走了。我们把他一直送到汽车旁，他久久地拥抱法朗索华丝。我看着法培尔。等汽车一开走，他像马嘶一般狂笑起来。

我打定主意和法朗索华丝谈一谈。真是天从人愿，或许也是她助成了我。在圣阿尔诺，有个安静的角落，我爱上在那儿看书。那里有一张浅绿色的长凳，靠背很舒服，散步到这里，坐下来可以观赏眼前的美景：一片长满金雀花的斜坡。有几株菩提树，荫蔽着这个角落。树枝间听得到蜜蜂飞来飞去的嗡嗡声。我带来一卷巴尔扎克的作品，开始重读《卡迪央王妃的秘密》，这篇小说可能已读过上百遍了。这时，隐隐约约好像有人走近来。我抬起头，看见法朗索华丝正朝我走来，她一个人，清新妩媚，笑意盈盈。

“呦！”她说，“你也发现了这个清静的地方？”

“我发现得比你早多了……圣阿尔诺，我都来过十年了……别人都睡午觉，你不睡吗？”

“不，我觉得精神挺好，心里很高兴，打算散一回步……可以在你旁边坐坐吗？这凳子的颜色，跟我这件袍子没什么不相宜吧？”

“要是不相宜就太遗憾了。恰恰相反，挺配的……‘玛丽安多纳德的蓝条子长袍，那时她在巴黎身为东宫的王妃……’不要紧。这凳子也有好几年没漆了。”

“可不，”她坐下来时说，“你是主人的常客了……我现在算了解你了，住在这里真很愉快。我觉得，戴妮丝待人接物，真到了炉火纯青的地步……你愿意独处，她就让你安安静静的……你想说说话，这里有的是有趣的人物……啊，这位法培尔真逗！昨儿晚上，我的印象仿佛是听到他的剧本由一批神奇的演员在串演角色。”

远处山谷里飘来教堂的钟声，徐缓悠扬。

“不错，”我说，“法培尔有机智，有才能，但是个很可怕的家伙。”

她抿嘴一笑。

“你们都拿我开心，你们这些男人……今天早上，要我提防法培尔的，你已是第三个人了。”

“另外两位是谁呢？”

“当然是贝特朗和克利斯蒂安啰。”

“倒不是你丈夫。”

“可怜的安多华纳！不，他能够不露声色，暗中痛苦。”

“你要知道，我很喜欢他，你那丈夫。今天早上，我跟他聊了一会儿。他心胸高尚，人很深沉，令人惊讶。”

“他很谦和，我知道。”

“远不止谦和吧？”

“那我也知道……可是你刚才跟我讲起的法培尔……为什么你觉得他‘可怕’……对谁而言？我想不是指我吧？”

“对你，跟对所有的女人都一样。你想得到吗？法朗索华丝，一个在爱情方面肆无忌惮的男人……我用‘爱情’这个词，因为找不到更合适的词儿，须知他一点也不爱……他追女人，像别人打野鸡打麋鹿一样……一幅优美的行猎图，只增加他统计数上的快活……当然，也有这方面的快活……但一旦弄到手，记录在案，也就不再能引起他的兴趣了。于是，他又转下一个的念头……年轻时，我跟他同过学，对他早有认识了，我真难以告诉你，有多少不幸的女人，生活全给他毁了……失掉了丈夫、孩子、自尊……有几个痛不欲生，直想自杀。而他，骄纵自己，不知底止。”

“倒很浪漫，你讲的这些！……总之，法培尔是恶魔。”

“对，很对……不错，就是恶魔，是违拗天意，以作恶为乐的家伙。”

“是个叫人愉快的恶魔……”

“恶魔也是绅士一流，谁都知道。”

“你真相信有恶魔？”

“我看到他就信……只要看他的眼睛……听我说，法朗索华丝，一个人心中并不爱，却去征服一个清白的女人，而且对情场角逐有不少门道，或者说有很多诀窍，百灵百验；为了吃到天鹅肉，能够冷静考虑最见效的杀手锏，这种男人，你不觉得像恶魔吗？”

“你怎么知道他是‘冷静考虑’‘心中并不爱’呢？”

“那是他自己说的，自己吹嘘的……喏，要不要我先告诉你，你跟他之间会发生什么？”

她看着我，盈盈一笑。

“但是，什么也不会发生的！……我是个不见世面的内地女子，他有的是更能满足他虚荣心……更艳丽的女人，怎么会对我感兴趣？”

“你开始沽名钓誉，要人奉承啦？……他对你感兴趣，第一，因为你长得好看，如克利斯蒂安说的，‘从头到脚都好看’……第二，恰恰因为你是内地女子……巴黎的绝色美人，早就给他搜罗遍了，为了更新他的三宫六院，他开始向那些刚涉足社交的妙龄少女打主意，但并不能回回得手……内地女子透着新鲜，从未领略过，如果碰巧又是个规矩女人，那更成了他‘一时之选’了……恶魔需要优美的灵魂；而勾引优美的灵魂，才是他的乐趣所在。”

她俯下身去，摘了一棵草，把爬到她裙子上的蚂蚁撣掉。

“优美的灵魂……”她说，“是什么意思？我可没有优美的灵魂；我老是烦闷……迷惘……我们女人，都是些可怜的生物……我们身边需要一种力量，能支持我们……你称赞我丈夫，有你的道理。安多华纳人很好……是种支持吗？噢，那还谈不上！……这不是说我不爱他，但是……”

“这正是我所担忧的。凭这点别人就可以打你主意了。”

“我可没流露这个意思啊。”

“你不知不觉已经流露出来了……这样，你就进入了法培尔的分类学。”

“法培尔的分类学？是怎么回事？”

“是他自己这么说的……在男人堆里，朋友之间，他很乐意宣讲大义，说情场角逐，像下棋对局一样，开局有若干走法，都习以为常了，哪种走法适合于哪种特定类型的妇女，应当牢记于心。他有一份单子，我记不准了，但大致可归成这几类。可以打她主意的女人，如果你愿意，就说可望得手的女人，大致可分为：淫荡的女人，母性的女人，聪慧的女人。各种女人，有各种不同的进攻手段……”

“那么，哪种女人是可望而不可即的呢？”

“一种是多情女子，她们已经恋恋于另一个男人，还有一种是老孵鸡，她们只关心自己的子女……但那是另外的故事了……我回过头来先讲可以征服的女人。对每种类型，法培尔都有一套攻心的谈话，虽然总是同样的话，但据他说，竟是攻无不克，万无一失。”

“举例来说？”

“我没记住……对母性的女人，他就唉声叹气，虽然跟他的外貌很不合，说自己非常孤独，病患缠身，深感不幸，需要人生的安慰。这种心灵的愿望，富于母性的女人听了就抵挡不住，对叹幼嗟弱的男人帮助还唯恐不及。乔治·桑就是这种情形，对病人心理总是老大不忍……对淫乱放纵的女人，法培尔就说：‘什么叫快活？像你根本不知道……不错，你有丈夫，有情人……他也不坏，我承认……但此中道道，我跟他谈过，他可谓一窍不通……啊！真是一窍不通！……真正的爱，既非本能，也非感情，而是技巧，而是艺术……不才我，大可以叫你领略领略体酥骨软的滋味，那种快活你简直想都想不到。’大意就是这样……只是他发挥得更淋漓尽致……更有激情。”

“而是艺术？干吗不是呢？……说到底，他有这么多经验……”

“法朗索华丝！你已经入彀了！”

“恰恰相反，是我使你入彀了……那么对才女怎么说呢？”

“我真是忘了，但可以想得出来：‘你呀，比周围的人要高出多多，别人理解不了你；你要有个男的，非但不会抑止你的天赋，反能因势利导，发展你的特长。’说到这里，他就自告奋勇……在这三种情况里，他会加上些由衷的赞美之词，说什么对你的仰慕，是他从未体验过的情绪……你的秀发，你的眼波，你的身材，你的风姿，等等，等等。加上月光作美，偷寒送暖……这就是法培尔的窍门。”

“这也没什么新鲜，没什么危险呀，”她说，“这些话我们都听到过。”

“或许是吧，但说的时候不会有他这样的力量，有他这样的戏剧才能……恶魔有恶魔的手段。我之所以劝你提防着点，因为我知道他的招数……今天晚上，他一定会要你陪他一起散步，希望你能断然回绝……”

“要是我接受，你认为他会把我归入哪一类？”

“他没有跟我亮过底。但风月场中的老手自有一种特殊的本能，他的分类几乎都十拿九稳。”

“要是你，又会把我归入哪一类呢？”

“天机不可泄漏……小卒子走了几步之后，就可以看出他的棋路来了……但我更希望的是，他的棋路你根本不看，而且放聪敏一点，绝对不要跟他单独在一起。”

她站起身来。

“你愿意走几步吗？”她问，“这件袍子薄了一点，我有点凉。”

我们取道走回村子，这条路是边上高中间低，两旁是杂树矮林。我斜眼打量法朗索华丝，她金黄色的鬈发，柔媚娟秀的侧影，顾盼撩人的美目，我想：“应该想方设法，别让这姣好的女子，断送在那家伙手里，用不了半年他就会把她全忘了的。”

“你知道希尔薇亚·诺瓦泰勒的事吗？”我问。

“我哪里会知道……别忘了，我是个内地女子……她的事跟法培尔有点关系？”

“岂止有点关系而已……法培尔是主要角色……或者说，是罪魁祸首……希尔薇亚是个容貌艳丽，举止端庄的女子，丈夫于倍·诺瓦泰勒是桥梁工程师。堪称模范夫妻。有两个孩子。丈夫不在家的时候也太多了点，因为有些工程在国外。但妻子很通情达理，像吉罗多笔下的法国女子一样安分守己，照管孩子，家庭和睦。总之，像牧歌一样……”

“于是大灰狼来了……”

“就是啊……不幸的是，法培尔在朋友家里遇见了希尔薇亚。马上向朋友兜头问了一大堆问题，就像问我关于你的那些话：‘她是谁？丈夫在哪儿？我怎么会不认识她？’”

“关于我，他也问你这些事来着？”

“你以为怎么着？除了这些，还有别的哪……言归正传，还是先讲希尔薇亚吧。法培尔走过去坐在她身边，花言巧语，把她大大奉承了一番。第二天，他就兵临城下。电话，鲜花，戏票；蓄谋，布雷，策反。工程师在土耳其。希尔薇亚无拘无束，太自由了点。她英勇卓绝，防过几天，不知怎么竟会发痴，跑到法培尔住处，成了他的情妇。真是令人扼腕，就像看到什么好东西黯然失色，给糟蹋掉了一样。要是碰到别个男人，这类事情还保得住秘密。但是，对法培尔，拿女人招摇，比同床共枕还快活。等诺瓦泰勒回来，全巴黎已无人不知，传说纷纷。希尔薇亚本人，一向谨慎小心的希尔薇亚，也做出了最没头脑的事。她丈夫要是没发现，恐怕她自己都会嚷嚷给他听的。”

“那是因为她真的爱了，道理很简单。”

“当时伦敦要上演法培尔的一个剧本。他提出，要她一起去。她犹豫再三，不敢奉命，知道这意味着跟丈夫，跟家庭决裂……法培尔十分强横，非要她以此证明情爱深笃，于是她只好让步。”

“结果给丈夫离弃了？”

“那还不至于。她丈夫性情很豪爽，愿意给她一个机会，让她回到孩子身边；她走后，还替她遮掩。但灾难接二连三落到她头上……法培尔是个灾星……先是车祸，发现她和法培尔在一起，这本来就闹得满城风雨，等伤好了，脸破相了……婆家气不过，提出分居……接着，小儿子雅克得脑膜炎死了，她那时正在美洲……最后只好离婚，因为局面难以维持，成为笑话了……事隔不久，希尔薇亚就给甩了，因为法培尔弄到了更年轻的女人。”

法朗索华丝听到一半已不再打趣，这时叹了口气，弯腰在斜坡上摘了一株有四片叶子的三叶草[①]。

“这结局真够惨的，”她不胜感慨，“希尔薇亚后来怎么样了？”

“跟所有弃妇一样，愁眉苦脸，巴黎这种人有的是……最后一着才叫人寒心哪……有一晚，在法兰西喜剧院，演出休息的时候，我和法培尔在走廊里聊天，她从我们身旁走过，忧患余生，脸上纹路很深。法培尔看到她，发出马嘶一般狞笑，对我说：‘耶洗别[②]！……我管她叫耶洗别，因为她总打扮得像盛殓一样……我知道她恨我……这婆娘……’唐璜就是这样对待受他伤害的人。”

法朗索华丝默然许久。一辆汽车从我们身旁开过，留下一长溜尘埃和汽油味。

“往回走吧，”法朗索华丝说，“我有点累了。”

那天晚上，平台上的夜景比往常更美，树叶儿纹丝不动，只听到稀稀疏疏的一点声响：夜阴中的一声鸟叫，远村里的一阵狗吠，山谷间的火车长啸。圣阿

① 法国人视为幸福之兆。
② 耶洗别为以色列王亚哈的妻子，以放荡无耻著称，事见《旧约·列王纪》。

尔诺的宾客三三两两，聚在一起低声细语。我么，一个人坐在靠椅里，看着满天的星斗。宇宙浩茫，极天无际，更感到尘世一切营营役役之无谓。法培尔坐在法朗索华丝旁边，冲她俯着身子，讲得眉飞色舞。看她听得入神，不禁感到有些哀愁。

“我们的周围，一切都是伟大的，除了我们自己……”我心想。靠面对这神秘的天宇，无穷的大自然，多征服一个女人，对法培尔又能有什么意义呢？

但他像缀网劳蛛一样，耐心伫候。他在仕女们上面盘旋，像蝙蝠在夜里追逐飞虫……说到底，如果每种族类都有其本能要满足，那又何必多事？”

我还想：“可怜的法朗索华丝……我自信已尽到回护之责了。”

戴妮丝喊我：“为什么这么孤高一人，遗世独立？你在做梦吧？”

“是的，”我说，“是个噩梦。”

后来，大家分手时，法朗索华丝和法培尔互道晚安，高声喧嚷，太着痕迹了，我的担忧都应验了。我回到房里，朝窗口望去，看到两个人影，其中一个很魁梧，朝林木浓密的地方走去。我暗下决心，一定守着，看他们回来，但等着等着，我睡着了。

第二天早晨，我没见到他们。他们一起乘法培尔的车走了。法朗索华丝给贝特朗·斯密特夫妇留了一张字条："勿用照应我了。我因一早要赶赴巴黎，由法培尔先生陪送回去。他烦请你们照顾一下他夫人，她还没醒。"

下文大家不难想象：凡是具有可悲的荣耀，能讨得他喜欢的女人，法培尔就在她们生活里播下不幸的种子。然而，就法朗索华丝·盖斯奈的情况而言，最坏的结局算是避免了，那是因为她丈夫非常善良，懂得保持尊严，不说爱情么，至少这个家得以挽救下来。至于我，好久都没见到他们。圣阿尔诺之夜的三年后，有一年冬天，我到尼斯去，正好和法朗索华丝住同一个旅馆。我起先没认出她来，她的容貌已经大变。她很自然地向我走来，几乎马上跟我讲起我们最后那次会面。

"那个满天星斗的夜晚……我永远忘不了……"她说，"你真是出色的预言家。"

"唉！可不是……我看见你们踏着月光，一起出去的……自然，他跟你说了……"

“你向我说过的那些话，一字不差。”

“而你都听进去了。”

“是啊。”她说，“真是一场好戏！”

她挤出一丝笑意，但她形销骨立的样子，诉说着另一个故事。她下一年就死了。可怜的女人得的是癌症。

——罗新璋译

在中途换飞机的时候

“我一生中最离奇的事？”她反问道，“真叫人难以回答。早先我生活里倒是有过些故事的。”

“难保现在就没有吧。”

“噢，哪里。韶华已逝，人放明白多啦……也就是说，感到需要静静地休息休息了……现在，晚上一个人，翻翻过去的信件，听听唱片，就很心满意足了。”

“还不至于没人追求你吧……你还是那么媚，说不出是人生阅历，还是饱经忧患，在你容貌之间，增添着凄艳动人的情致……不由人不着迷……”

“看你多会说……不错，爱慕我的人现在还有。可悲的是，凭什么也不信了。男人我都看透了。噢，没有得手的时候，是一片热忱，过后，就是冷淡，或是嫉妒。我心里想，何必再看一出戏呢，结局不是可以料到的吗？但是，年轻的时候，就不这样。每次都像遇上卓绝的人物，不容我有半点游移。真是一心一意……喏，就说五年前，认识我现在的丈夫郝诺时，还有一切重新开始之感。他个性很强，几乎带点粗暴。我那优柔寡断，着实给震撼了一下。我的担忧，焦虑，他都觉得不值一笑。真以为找到了什么救星。倒不是说他已经十全十美，修养，风度，都还有不足之处。但人非常厚实，这正是我所欠缺的。好比抓着个救生圈……至少，当时是这样想的。”

“后来就不这样想了？”

“你很清楚。郝诺后来大倒其运，反要我去安慰他，稳定他的情绪，坚定他的意志，要我去保护他这个保护人……真正坚强的男人，太少了。”

“你总认识个把吧？”

“嗯，见过一个。噢，时间不长，而且是在非同寻常的境况下……喏，刚才你问我生平最离奇的事，这算得一桩！”

“那你说说看。”

“我的天！看你提的什么要求，这可得在记忆深处搜索一番……而且说来话长，可你又老这样匆忙。

你有工夫听吗？”

“当然有，现在就洗耳恭听。”

“好吧……说来有二十年了……那时，我是个年轻寡妇。我的第一门婚事，你还记得吗？为了讨父母高兴才嫁的人，他年纪比我大多了。是的，我对他也不无感情，但是，是一种近乎子女对长辈的感情……性爱，跟他，只是尽尽义务，以示感激，谈不上什么乐趣。过了三年，他就去世了，给我留下了颇为优裕的生活条件。突然之间，家庭的羁绊、丈夫的保护，都没有了，一下子自由自在了。自己的行为，未来，都归自己做主。可以说，不算虚夸，我那时还相当俏丽……”

“何止俏丽。”

“随你说吧……总之，我颇能取悦于人。不久，脚后跟跟着的求婚者，都可以编班成排了。我看中一个美国年轻男子，叫贾克·帕格。法国人中，颇有几个可以算得是他的情敌，更能博得我的欢心，跟我有同样的情趣，奉承话也说得悦耳动听。相比之下，贾克书看得很少，音乐只听听爵士之类，美术方面完全是趋附时尚，天真地以为这样不会错到哪里。至于谈情说爱，他很不高明。确切说来，是压根儿不谈。他的所谓追求，就是在看戏看电影时，或月夜在公园里散步时，握着我的手说：‘你太美好了。’

“他或许会使人感到闷气……然而不，我宁愿跟他一起出去。觉得他稳当、坦率，给人一种安全感，后来，跟我现在的丈夫结识之初也有这种感受。至于其他几位朋友，他们对自己的意向都捉摸不定。愿意做我的情人，还是丈夫？从无明确的表示。而跟贾克，就不这样。明来暗往，连这种念头他都感到厌恶。他要明媒正娶，带我到美国去，给他生几个漂漂亮亮的孩子，像他一样卷曲的头发，笔挺的鼻梁，说起话来慢条斯理，带点鼻音，最后也像他一样的纯朴。他在自己的银行里当副行长，或许有一天会当上行长的。总之，生活上不会短缺什么，还会有辆挺好的汽车。这就是他对人生的看法。

“应当承认，我当时很受迷惑。想不到吧？其实，很合我的习性。因为我自己很复杂，实实在在的人反倒觉得亲近。我跟家里总处不好。到美国去，就可以远走高飞，一走了事。贾克是到巴黎分行了解业务来的，耽了几个月就要回纽约。行前，我答应去美国跟他结婚。请注意，我并不是他的情妇。这不是我的过错。倘若他有所要求，我会让步的……但他始终不逾规矩。贾克是美国天主教徒，品行端方，要在第五号街圣派特力克大教堂堂堂正正地结婚。男傧相身穿燕尾服，纽扣上系着白色康乃馨，女傧相长裙曳地……这套排场，我还会不喜欢吗。

“当初说定，我四月份去，由贾克代订机票。我本能地以为，乘法航飞渡大西洋是顺理成章，无须叮嘱的。临了，却收到一张巴黎—伦敦、伦敦—纽约的机票，是美国航线的。当时美航还不能在我们这里中途降落。我不免感到小小的失望。但你知道，我生活上并不挑剔，与其重新奔波，不如随遇而安。按规定是傍晚七时飞抵伦敦，在机场用晚餐，九点钟再启程赴纽约。

“你喜欢机场吗？我有种说不上来的感触。比火车站要干净、时新得多，格调颇像医院的手术室。陌生的嗓音，通过广播，声音有点异样，不大容易听明白，召唤着一批又一批的旅客奔赴奇方异域。透过落地长窗，看着庞大的飞机升降起落，好像舞台上的布景，不像是现实生活，然而不无美感。我用毕晚餐，安安生生坐在英国那种苔青色皮椅里。这时，喇叭里广播了长长一句通知，我没听清，只听出纽约两字和班机的号次。我不安起来，朝四下里张望一下，只见旅客纷纷起身走了。

“我旁边坐着一个四十上下的男子，长相很耐人寻味。清瘦的神态，散乱的头发，敞开的领子，使人想起英国浪漫派诗人，尤其是雪莱。看着他，心里想：‘是文学家，还是音乐家？’很愿意飞机上有这样一位邻座。看到我突然惊惶起来，他便用英文对我说：

“‘对不起，太太，你乘632号班机走吧？’

“‘不错……刚才广播里说什么？’

“‘说是由于技术故障，飞机要到明天早晨六点才开。愿意去旅馆过夜的旅客，航空公司负责接送，大轿车过一会儿就到。’

“‘真讨厌！现在去旅馆，明天五点再起来！多烦人……你打算怎么办？’

“‘噢，我么，太太，幸亏有位朋友在这里做事，就住在机场。我的车子存在他车房里，这就去取了开

回家。’

“他略一沉吟，又说——

“‘或者不如这样……趁这段时间去转一圈……我是制作大风琴的，不时要到伦敦几个大教堂给乐器校音……想不到有这么个机会，还可跑两三个教堂。’

“‘深更半夜，教堂你进得去吗？’

“他笑了一笑，从口袋里掏出一大串钥匙。

“‘当然！而且主要靠夜里，这样试琴键和风箱，才不至于打搅别人。’

“‘你会弹吗？’

“‘尽量弹好吧！’

“‘那一定很优美，大风琴的和声飘荡在寂静的夜空里……’

“‘优美？那说不好。我虽然喜欢宗教音乐，弹大风琴算不得高手。只是深感兴味，倒是真的。’

“说到这里，他迟疑了一下。

“‘是这样，太太，我有个想法，或许很冒昧……彼此素不相识，我也没有值得你信任的理由……倘愿奉陪，我带你一起去，然后再送你回来……想必你是音乐家吧？’

"'是的，何以见得？'

"'你像艺术家的梦一样美。这不会看错。'

"说真的，他的恭维，颇有动人心弦的力量。他这人有种不可思议的威严。和陌生男子夜游伦敦，并非谨慎之举，这我知道，也隐隐感到可能冒点什么危险。但我压根儿没想到要拒绝。

"'行吧，'我说，'这旅行包怎么办？'

"'跟我的一起搁在车子的后备厢里吧。'

"那晚去的三个教堂是什么样子，我那位神秘的同伴弹的是什么乐曲，我都说不上来。只记得他搀着我顺着转梯盘旋而上，从彩色玻璃里射进来的月光，以及超凡入圣的音乐。我听出来，其中有巴赫，傅亥，亨德尔，但我相信，更多的时候是我那位向导在即兴演奏。那才动人心魄！像是痛苦的灵魂在滔滔不绝地倾诉，接着是上天的劝导，抚慰着一切。我都感到有点陶醉。我向这位大艺术家请教名姓，他自称彼得·邓纳。

"'你该很有名吧，'我说，'你很有天分。'

"'别这样想。这样的辰光，这样的夜晚，时会使然，你才生出这样的幻觉。说到演奏，我平平而

已。但是，信念给我以灵感，而今晚，更由于你在我身旁。’

“这样的表白，我既不觉得惊讶，也不感到唐突。跟彼得·邓纳这样的人在一起，不用多久，就会油然而生一种相亲相近之感……他不像是这个世界的人。跑完三个教堂，他口气挺平常地说：

“‘现在刚半夜，还得等三四个钟点。愿不愿到我寓所去坐坐？我给你做炒鸡蛋。我那里还有点水果。明天早晨，管家妇一来，就什么都带走了。’

“我蓦地感到很幸福。既然对你毫无隐讳，那就坦白说吧，我当时心里迷迷惘惘的，希望这个夜晚，成为新的爱情的开始。在感情方面，我们女人比男人更容易受仰慕之情的支配。出神入化的音乐，歌声荡漾的夜晚，黑暗中给我引路的那温暖而紧握的手，所有这一切，都在我情绪上酝酿着一种朦胧的欲求。只要我这同伴有愿望，我就会听任他摆布的……我这人就是这样。

“他的寓所不大，到处是书。墙壁是一色蛋壳白，上面加了一圈青灰色的边。很惬人意。我马上有宾至如归之感，摘下帽子，脱下大衣，要帮他到小厨房准备夜宵。他回绝道：

“‘啊，不用，我弄惯了。你自己找本书看看。过几分钟，我就回来。’

“我找出一本莎士比亚《十四行诗集》，念了三首，与我当时昂奋的心情十分贴切。过一忽儿，彼得回到房里，在我面前放张茶几，端整吃食。

“‘很可口，’我称赞道，‘我很高兴……刚才真的饿了。你真了不起！什么都做得很好。跟你一起生活的女子，一定很幸福！’

“‘可惜没有什么女子跟我一起生活……我倒很愿听你谈谈你自己。你是法国人，没错吧？要到美国去？’

“‘嗯，跟一个美国人结婚去。’

“他既不觉得惊讶，也没有不高兴。

“‘你爱他吗？’

“‘我想应当爱他，既然把他当成终身伴侣。’

“‘这可不成其为理由，’他接口说，‘有些婚姻是听之任之，不知不觉中慢慢进行的，虽则并不十分情愿。一旦发觉终身已定，就无法急流勇退了。于是一生就此断送……我不该说这些丧气话，何况对你为什

么做这样的抉择还一无所知。像你这样品性的女性，眼光当然错不了……不过，使我惊奇的是……'

"他顿住不说了。

"'只管说……别怕得罪我。我头脑一直很清醒……就是说，对自己的行为，最善于从局外来观察，来判断了。'

"'好吧，'他接着说，'最使我惊奇的，倒不是那美国人能讨你喜欢——美国人中不乏出类拔萃的人，有的甚至极令人佩服——而是你愿意跟他出国过一辈子……到了那里，你真会发现一个"新大陆"，价值观念很不一样……或许这是英国人的偏见……或许你未来的丈夫很完美，你们夫妻可以自成天地，对周围社会无须多介意。'

"我凝神想了片刻。不知什么缘故，觉得跟彼得·邓纳的这番交谈至关重要，应当把自己最微妙的想法，确确凿凿说出来。

"'别这样想，'我说，'贾克并不是完人。离开亲切熟悉的环境，心灵上留下的空乏，我相信他也是弥补不了的……这是无疑的……贾克是个可爱的男子，为人诚恳，可以做个好丈夫，就是说不会欺骗我，叫我生几个壮实的孩子。但是，除了孩子、工作、政治和朋友的逸闻，我们之间就很少有共同感兴趣的话题了……这意思，你一定懂得。不是说贾克不聪明，作为金融家，算得机敏的了。对于美，他有某种天生的直感，趣味也可以……只是诗歌、绘画、音乐，在他看来没什么要紧，从来不去想的……难道真的那么重要？说到底，艺术只不过是人类活动的一个方面。'

"'当然，'彼得·邓纳说，'一个人完全可以善于感受而不喜欢艺术，或者说不懂得艺术……而且，比起扰扰攘攘的附庸风雅，我倒反而喜欢老老实实的漠然态度。但是，像你这样的女性，自己的丈夫……不是至少应当具有这种细腻的心理，对生活在他身边的人，能够体会到她隐秘的情绪？'

"'他不会想得那么远……他就是喜欢我，也说不出所以然来，更不会去推究一个底蕴。他自信能使我幸福……有个勤勉的丈夫，住在豪华的公园街，出入有一流的汽车，使唤有精悍的黑奴，这他母亲会挑选，她是弗吉尼亚州人。作为一个女人，除此之外，还有什么可企求的？'

"'不要这样挖苦自己，'他说，'自我解嘲，总意味着心有不甘。拿来对待应该相爱的人，就会伤害感情……是的……那就严重了。解救的办法，在于对男人真的非常温存、非常宽厚。几乎所有人都那么不幸……’

“‘贾克难道也是不幸的？我可不信。他是美国人，跟社会很合拍，而且当真认为他那个社会是世界上最好的社会。他有什么可忧虑的呢？’

“‘不用多久，就得为你忧虑了。因你，他会感知什么叫痛苦。’

“不知这么讲你能否领会，那天晚上，处于我那种心境，一切都会言听计从的。说来有点异乎寻常，半夜一点，我在一个英国人家里对坐晤谈，而这英国人是几小时前刚在机场认识的。更奇怪的是，关于我个人的生活、未来的计划，都推心置腹告诉了他。而他居然给我不少劝告，我也都毕恭毕敬地听取，真是令人诧异。

“而事情就是这样。彼得心地善良，望之俨然，彼此虽然陌生，心里却很泰然。他并没拿出先知或传道的架势，不，完全不是这样。他平易近人，毫不做作。我出语滑稽，他就哈哈大笑。能感到他直截了当，有种严肃的生活态度，这是世界上最难能可贵的……是的，正是这样……直截了当，严肃的生活态度……这意思，你明白吧？大多数人，是所说非所想，说话都带弦外之音。表露出来的想法，往往遮掩着另一种想法，那是讳莫如深，不愿别人知道的……要不然，就是不假思索，信口开河。彼得的为人，颇像托尔斯泰作品中的某些人物，说话能鞭辟入里。这点给我印象很深，不禁问道——

"'你身上有俄国血统吗？'

"'这是什么意思？你问得很奇怪。不错，我母亲是俄国人，父亲是英国人。'

"我对这个小小的发现颇感得意，接着又问——

"'你还没结婚？从来没结过婚？'

"'从来没有……因为……说来你会觉得高傲……那是想留以有待，为了某种更伟大的……'

"'伟大的爱？'

"'是的，伟大的爱，但不是对某个女人的爱。我觉得，在人世可悲的一面之外，还存在着某种非常美的事物，值得我们为之而活着。'

"'这事物，你已找到了，在宗教音乐里，是不

是？’

“‘是的，也在诗里。正像在《福音书》里一样。我愿自己的一生，像宝石一样晶莹纯净。请原谅我这样说，这样夸大其词……这样不合英国人的谈吐习惯……但我感到，你都能很好……很快理解……’

“我立起身来，走去坐在他脚边。何以呢？我也说不上来，只觉得当时不可能有别样的做法。

“‘是的，我很理解，’我说，‘跟你一样，我觉得把我们唯一宝贵的财富，把我们的生命，过得庸庸碌碌，浪费在无聊的事情和无谓的争吵上，简直愚蠢之至。我愿一生所有时刻，都像现在这样在你身旁度过……这当然是不可能的……我也无能为力……我会随波逐流，因为那样最省力……我将是贾克·帕格夫人，学会打牌，把高尔夫球打得更好，得分更多，冷天到佛罗里达州去过冬，就这样，年与时驰，直到老死……你或许会感慨系之，多么可惜……话也有道理……但又有什么办法呢？’

“我把头靠着他膝盖。此时此刻，我是属于他的……是的，占有并不说明什么，倾心相许才是一切。

“‘有什么办法？’他诘问道，‘你要能左右自己。

干吗要随波逐流？要善于游泳。我的意思是，你有决断，有魄力……不，不，是这样的……再者，也不需要做长期奋斗，你就能掌握自己命运。人生中不时有些难得的时刻，凡事一经决定，就能影响久远。在这种关键时刻，应该有勇气表示赞成——或反对。’

“‘照你意思，我现在就处在这种关键时刻，应该有勇气说——否？’

“他轻轻摸着我的头发，很快又把手挪开，仿佛陷入了沉思。

“‘你给我出了个难题，’他终于开口说，‘我刚认识你，对你，对你的家庭，你未来的丈夫，还一无所知，有什么资格给你劝告呢？很可能大错特错……不应当是我，应该由你自己做出回答。因为只有你自己才最清楚对这门亲事寄予什么希望，知道会带来什么结果……我能做的，就是提醒你，照我看来，想必也是你的看法，注意最根本的方面，向你提问：你是否有把握，这样做不至于扼杀你身上最美好的东西？’

“这回，轮到我深长思之了。

“‘唉！正好相反，我拿不准。我身上最美好的东西，就是对崇高的向往，就是献身的渴望……小时候，我曾想做圣女或巾帼英雄……现在呢，我愿为值得钦佩的男子献身，如果力所能及，就帮他实现他的事业，完成他的使命……如此而已……我这些话，从来没有对别人说过……为什么对你说呢？我也不知道。你身上有点什么，使人愿意吐露衷曲——感到放心。'

"'你说的"有点什么"'，他解释道，'就是不存私心。一个人只有不再为自己谋求通常所说的幸福，或许才能恰如其分地去爱别人，才能获得另一种方式的幸福。'

"这时，我做了个大胆的，近乎疯狂的动作。我一把抓住他的手说——

"'那么，为什么你，彼得·邓纳，没有得到你那真正的幸福呢？我也刚认识你，但我觉得，你正是我冥冥之中一直在寻找的那个人。'

"'别这么想……你此刻看到的我，与现实生活中的我，不是一回事。无论对哪个女人，我既不是理想的丈夫，也不是如愿以偿的情人。我过分生活在内心世界。倘若有什么女性生活在我身旁，从早到晚，从晚到早，每时每刻要我照应，而且也有权利要我照

应，那我会受不了的……’

“‘你照应她，她也照应你呀！’

“‘话是不错的，反正我不需要别人照应。’

“‘你觉得自己是强者，可以单枪匹马，闯闯人生……是吗？’

“‘更确切地说，我这强者，只是可以和所有善良人一起去闯荡人生……跟他们一道去创建一个更明智、更幸福的世界……或者退一步说，是朝这方面做去。’

“‘有个伴侣，就会胜任愉快得多。当然，彼此应当志同道合。但是，只要她爱你……’

“‘光凭这点还不够……我看到的女人不止一个啦，钟情的时候，梦游似的跟着所爱亦步亦趋。一旦醒来，吓了一跳，看到自己原来站在屋顶上，危险之至！于是，只有一个念头，就是赶紧下来，回到日常生活的地板上……男人出于怜爱，也就跟着下来。于是，像通常所说，他们建立一个家园……人生的斗士，就这样给解除了武装！’

“‘那你愿意孤军奋斗啰？’

“他不无温柔地搀我起来，说道：

“‘真不好意思说出口来，实际的确如此……我愿意孤军奋斗。’

“我叹息道：

“‘太遗憾了！为了你，我都打算抛弃贾克了。’

“‘还是把贾克和我都抛弃了吧！’

“‘为谁？’

“‘为你自己！’

“我走去拿起帽子，对着镜子戴上。彼得帮我穿大衣。

“‘是的，该走了，’他说，‘机场很远，宁可比乘轿车的先到。’

“他走进厨房，把灯关上。出门之前，似乎出于克制不住的冲动，突乎其来把我搂在怀里，不胜友爱地紧紧抱着。我毫无撑拒的意思：遇到什么能主宰我的力量，我会乐意顺从的。但他很快松开手，开门让我出来。在街上找到了他的小汽车，我上去坐在他旁边，默无一言。

“天在下雨。夜的伦敦，街面凄清。过了好一会儿，彼得才开口。沿路是一排低矮的屋舍，他跟我描述里面住户的景况，他们单调的生活，可怜的乐趣和希冀。他说得绘声绘色，倒很可以成个大作家呢。

“之后，车子开进郊外工厂区。我那同伴不言不语，我也在一旁想心事。想明天到达纽约该是怎样的情景。经过这样激动人心的夜晚，贾克无疑会显得可笑起来。突然，我喊了一声：

“‘彼得，停车！’

“他马上刹住车，问道：

“‘什么事？不舒服吗？……还是有什么东西忘在我家里了？’

“‘噢，不是。我不想去纽约……不想去结婚了。’

“‘你说什么？’

“‘我考虑好了。你使我睁开了眼。你说，人生有些时刻，凡事一经决定，就能影响久远……现在正是这样的时刻，我打定主意，决计不嫁贾克·帕格了。’

“‘这个责任，我可担当不起。我自以为给了你一个忠告，但很可能说错。’

“‘错不了。更主要的，是我不至于弄错。现在看明白了，我几乎要铸下大错，所以不打算走了。’

“‘谢天谢地！’他情不自禁地喊了出来，‘总算有救。原来那样下去，真会不堪设想。但是，你不怕

吗，回巴黎做何解释呢？’

“‘怕什么？我父母，朋友，对我这次远行都很惋惜。说我去结婚是头脑发昏……我翩然归去，才叫他们喜出望外呢！’

“‘那么帕格先生呢？’

“‘噢，他会难过几天，或几小时。觉得自尊心受了伤害，但他会宽慰自己：跟这样任性的女人在一起，或许烦恼正多着呢。反倒会庆幸破裂发生在结婚之前，而不是在结婚之后……不过得立即发份电报，免得他明天去接我，白跑一趟。’

“汽车又开动了。

“‘现在怎么办？’他问。

“‘照样去机场，飞机在等你呢。我么，乘别的飞机回国。梦做完了。’

“‘一场美梦。’他接口说。

“‘一场白日梦。’

“到了机场，我直奔发报处，拟了一份给贾克的电文：‘考虑再三　婚事欠妥　甚憾　很爱你　但无法适应国外生活　坦率望能见谅　票款另邮奉还　不胜缱绻　玛姗尔’写完又看一遍，把‘无法适应国外生活’改为‘无法生活国外’，意思一样清楚，却省了两个字。

“我发电报时，彼得去打听飞机起飞的时刻。他回来说：

“‘一切顺利，或者说，很不顺心：机件修好了。二十分钟里，我就得动身。你要等到七点钟。很过意不去，要把你一个人留下来。要不要给你买本书消遣消遣？’

“‘噢，大可不必，’我说，‘这些事够我想半天的了。’

“‘你准保不后悔吗？现在还是时候，电报一发，为时就晚了。’

“我不理会，径自把电报递给邮局职员。

“‘飞机起飞后再发吗？’职员问。

“‘不用，立即就发。’

“说毕，我伸出胳膊挽着彼得。

“‘亲爱的彼得，我感觉上好像是送老朋友上飞机。’

“这二十分钟里，他说的话，我都转述不了。总之，是为人处世的至理名言。你有一次说，我具有男人的美德，堪称忠诚无欺的朋友；这些溢美之词，如有对的地方，那是得之于彼得。临了，扩音器响了：‘去纽约的旅客，第632号班机……’我把彼得一直送到上飞机的入口处。我踮起脚，嘴对着嘴，像夫妻一般跟他吻别。自此一别，就再也没有见到他。”

“一直没见面！什么缘故，你没有留地址给他？”

“留是留了，但他从未来信。想必他就愿这样闯入别人的生活，指点迷津后，就飘然他去。”

“而你，后来去伦敦，也没想到要去看看他？”

“何苦呢？如他所说，已把自己最好的奉献给了我。那天晚上这种妙境，说什么也不会再现的了……不是吗？这样已经很好……良辰难再，人生中太好的时刻，不要再去旧梦重圆……说这段奇缘，是我生平最离奇的事，不无道理吧！使我人生道路改弦易辙，留在法国而没去美国，对我一生影响至大的人，竟是个素昧平生，在机场邂逅的英国人，你说妙不妙？”

“这倒有点像古代传奇，”我说，“神仙扮作叫花子或外方人，来到人间……但说穿了，玛姗尔，那陌生人并没使你有多大改变，你后来还不是嫁了郝诺，而郝诺也者，只不过是异名异姓的贾克罢了。”

她出神想了一会，说道：

“可不是！人的禀性真是难移，但是总可以变好一点吧。”

——罗新璋译

弥莉娜

跟我同辈的作家里，即使是其中的佼佼者，对克利斯蒂安·梅内特里耶也都十分赏识。他冤家不少，因为人一出名，难免招忌，也因为他红得较晚，那时他的同行和评论家已经习惯于把他看作是位可敬而不可亲的晦涩诗人，所以，赞美他的作品，不过是捧捧场罢了，无伤大雅。他夫人克蕾尔·梅内特里耶，很有雄心，为人热情，善于交际，在一九二七年上，把他“抛”向社会立身扬名，请作曲家约翰－法朗梭华·蒙岱尔将她丈夫的《梅尔兰与维维安》这部小说改编成抒情歌剧；然而，他成为一个其剧作能够上演并且经常上演的剧作家，倒是靠了演员雷翁·罗朗之力。这段掌故知者不多，回顾一下，很有意思，因为对触发创作的想象，其中有些方面至今尚未很好研究，或可借以阐明。

雷翁·罗朗在两次大战之间，对法国戏剧的复兴，曾起过回天之力，但乍见之下，却不像戏剧界人士。他没有一点踌躇满志的情绪，随时准备为一部杰作鞠躬尽瘁，他从事戏剧，像奉身宗教一样。他见广识博，令人惊讶。不仅值得喜欢的他都喜欢，甚至连艰深冷门的东西他都了解，都懂得。自从出任剧团团长以来，他很有魄力，相继上演埃斯库罗斯的《普罗米修斯》，欧里庇得斯的《酒神的伴侣》，莎士比亚的《暴风雨》。他扮演的普洛斯彼罗和艾莲娜·梅奚埃饰演的爱丽儿[1]，给我们之中的许多人留下了纯净的回忆。就演技或导演手法而言，他确使莫里哀、缪塞、马利沃面目为之一新，那时法兰西喜剧院正处于沉睡阶段，直到爱图亚·布尔岱出现，才开始惊醒过来。最后，他还善于在当代作家中发掘人才，使诗剧的优良传统得以保持下去。法国的戏剧文学，仰仗了他，才得到一个流派，一个剧团。

上文说到，初见之下，谁也不会把他当作演员。的确如此。他的声调，仪表，言辞，倒更像个年轻教

① 普洛斯彼罗和爱丽儿为《暴风雨》中的人物。

授或医生。但这个印象是很短暂的。他的演出，你只要看上五分钟，就能断定这是一代巨匠。他的戏路很宽，演《西拿》里的奥古斯特皇帝，自是庄重高贵；扮《慎勿轻誓》中的牧师，则诙谐风趣；饰《塞维利亚的理发师》[1]里的音乐教师，更是突梯滑稽。

克利斯蒂安·梅内特里耶对雷翁·罗朗钦佩之至，雷翁·罗朗每演新的角色他都必看。然而，假如没有克蕾尔·梅内特里耶在中间活动，恐怕克利斯蒂安永远不会跟罗朗有直接交往，因为两人都很腼腆。克蕾尔与她丈夫一样，对雷翁·罗朗的演技十分倾倒。她希望克利斯蒂安也能搞搞戏剧；她知道，要她丈夫做出这样的抉择，非要借重一位真正有修养的演员才能办到，这也不无道理。她胸有成竹，着手把雷翁·罗朗引为他们的知交，而且居然成功了。克蕾尔白净皮肤，海蓝色的眸子，容貌依然娟丽，而对女性的美，雷翁·罗朗生来容易心动神移。两个男人结识之后，一起谈起戏剧来总觉得醇醇有味。克利斯蒂安对戏剧颇有见地，大部分想法与这位出任剧团领导的演员不

---

① 《西拿》《慎勿轻誓》《塞维利亚的理发师》分别为高乃依、缪塞和博马舍的剧作。

谋而合。

“写实派最大的错误，”克利斯蒂安说，“是想把生活语言搬上舞台……这恰恰是观众不愿意接受的……不应忘记，考戏剧之起源，是出自仪式；行列，进场，合唱，在早期演出中占有相当比重……甚至在喜剧里也是……据说，莫里哀作品里就采纳有商治桥那带脚夫的语言……这不仅可能，甚至是一定的，他因为广采博纳，才成为大家手笔。”

“同意，”雷翁·罗朗说，“完全同意。就为这个道理，我希望阁下能搞搞戏剧……你抒情的笔调，罕有其匹的形象……不管怎么说，所有这一切，对演员说来，都是大有发挥的余地。你只管把雕像塑造出来，我们来赋予死的雕像以活的生命。”

雷翁·罗朗说话句子很短，但嗓音优美，余音袅袅。

“戏剧我也写过。”克利斯蒂安说。

“不，老兄！……不！你写的是对话体诗歌，你的剧本是案头之作，没有直接面向观众。”

“那是人家不肯上演。”

“或者应当说，是你没打算写得能够上演……直到如今，你还没怎么考虑舞台的需要。而只有舞台的需要，才能造就戏剧……你就为我写个剧本吧……是的，老兄，就为我，就以我的本来面目……看到了排演，你就会明白什么是戏剧……那才自成一派！……喏，你的作品里，还留有象征派某些矫揉造作的痕迹……哎！只要一朗读，不顺口的地方，就能听出来。舞台对作者说来，就像唱片之于演说家，可以听到自己的声音，知道毛病之所在，以便改进。”

“我一天到晚，翻来覆去，跟克利斯蒂安就这么说，”克蕾尔说，“他生来就该搞戏剧。”

“我自己倒不知道。”克利斯蒂安说。

“至少可以试一试吧……我再说一遍：就为我写个剧本，怎么样？”

“写什么主题呢？”

“那多得是，”雷翁·罗朗说，“怎么？每次跟你聊上个把钟头，你所讲的，不就是现成的第一幕吗？而且，总是那么精彩，找个主题还不容易！你只要坐在桌前，把方才跟我说的统统写下来……这还不简单。只要你拿出来，我准保闭了眼睛就给你上演。”

克利斯蒂安惘然想了一忽儿。

“是的，我这里倒有个主意，”他说，“你知道，我现在对战争的威胁深感忧虑，而且，虽然劳而无功，我竭力要法国人注意现在统治德国的那批狂人，他们的狼子野心已是昭然若揭了……”

“你发表在《费加罗》上的文章，我都拜读了，”雷翁·罗朗说，“我觉得写得很好，切合时宜……只是太接触现实的剧本，你知道……”

“噢，我不会拿活报剧给你的。不，凡我想到的东西，都要加以改编。马其顿国王腓力二世[1]为了谋求生存空间，接二连三侵占希腊各邦，当年雅典人的态度你还记得吗？‘当心！’德摩斯梯尼[2]对雅典人说，‘当心！如果你们对捷克坐视不救，接着也会被并吞掉的！’但雅典人很自信，浮华，而腓力二世有支第五纵队……德摩斯梯尼以失败告终……接着，有一天，轮到雅典人倒霉了……这就是第二幕了。”

“佩服！”雷翁·罗朗的口气透着兴奋，“行！我们的主题就落在这上面！你写下来吧，马上动手！”

---

① 腓力二世（前382—前336），为亚历山大大帝之父，在位期间不断向外扩张，南侵希腊各邦。

② 德摩斯梯尼（前384—前322），古雅典雄辩家，曾发表《斥腓力》等演说，谴责马其顿的扩张野心。

“不急，”克利斯蒂安说，“有不少东西我还要再看一遍。不过，我已看到德摩斯梯尼的道白，你念来必定精彩……因为，德摩斯梯尼由你来演，不是吗？”

“当然啰！”

克蕾尔大为高兴，听他们一直讨论到清晨五点。分手的时候，主要场次已经安排妥当。克利斯蒂安甚至把最后一句台词都想好了。几经曲折，突然腓力二世被刺，雅典奇迹般地得救了。但德摩斯梯尼不相信奇迹会持久，除了靠雅典人的意志、勇敢和坚毅外，要拯救雅典别无他法。“是的，”他说，“听到了……腓力二世死了……但是请问，他儿子叫什么名字？”有个声音回答：“亚历山大[①]……”

“精彩！”雷翁·罗朗赞不绝口。“精彩！我已想好该怎样来念这句台词了……梅内特里耶，这出戏你要是一个月里写不出来，那就甭搞戏剧了。”

一个月后，剧本完成了。今天，我们知道，克蕾

---

① 亚历山大大帝（前356—前323），即位后，镇压希腊各邦的反马其顿运动，大举侵略东方，建立东起印度，西至尼罗河与巴尔干半岛这样一个幅员广大的亚历山大帝国。

尔和罗朗对这剧本所抱的期望，全都如愿以偿。剧本初读很成功，然而罗朗来看梅内特里耶时，谈起角色分配、排演日期等问题，神态有点犯愁的样子，讲话吞吞吐吐的。克利斯蒂安像所有艺术家一样，但凡涉及自己的作品都很敏感，觉得大演员并不全都满意。

雷翁·罗朗走后，克利斯蒂安对克蕾尔说："不，他并不高兴……什么道理他没说。事实上，他这次来什么也没说……这种人真是捉摸不透。看来倒不是不喜欢这个剧本；讲到他要演的角色，以及国民大会那场戏，那种热诚不会是装出来的……但他一定有难言之隐……是什么？看不出。"

克蕾尔含笑道："克利斯蒂安，你这才子，我打心眼里佩服。但是碰到人与人之间的最基本关系时，你就天真得可以……我虽然方才没见到罗朗，但我准知道其中必有点什么。"

"有点什么呢？"

"不如说是缺了点什么……缺的是什么呢？……亲爱的，你剧本里缺了艾莲娜·梅奚埃的一个角色……我话说在前面，你自会承认我有道理。"

克利斯蒂安很不耐烦地说："为梅奚埃安排个角

色，这怎么成？她作为喜剧演员妙不可言，演缪塞或马利沃固然十分出色，但在一出政治悲剧里，她能干什么呢？”

“啊，亲爱的，看你说到哪儿去了。事情不在于艾莲娜在一出政治悲剧里能干什么，其实简单得很，关键是得知道，雷翁·罗朗怎样才能跟他这位情妇过得和和顺顺。”

“艾莲娜·梅奚埃是雷翁·罗朗的情妇？”

“哟，亲爱的，你这是打哪儿钻出来的？他们同居都有四年之久了。”

“那我怎么会知道？这同我的剧本又有什么关系？你以为罗朗想……”

“我不是以为，克利斯蒂安，而是确信。罗朗希望，必要时甚至会强求，给梅奚埃安排个角色。我再说一句，我不觉得满足他的要求有何困难……要是你加上一个人物……”

“那决计办不到！……这么一来，全剧的平衡就打破了！”

“好吧，克利斯蒂安……咱们回头再谈吧。”

可不是，他们后来果然只好再谈，因为罗朗越来越迟迟疑疑、阴阳怪气的，推说表演有困难啦，事先有别的合同啦，要出去做巡回演出啦。克利斯蒂安剧本脱手后，极想看到演出，现在把他弄得心烦意乱，脾气暴躁起来。

“听我说，亲爱的，”克蕾尔对他说，“要不要我哪天单独跟罗朗谈谈？他对我，倒肯说出自己的苦恼，我准保能把事情转圜过来……自然，得有一个条件，就是你得写那个角色。”

“怎么，这部作品，我指望能成件艺术精品，总不至于要把它改得面目全非……”

“噢！克利斯蒂安！这还不容易，你有的是丰富的想象……比如在第二幕里，表现马其顿人在雅典拼凑了一支第五纵队，那他们为什么不可以利用一个聪敏的交际花，她又跟雅典权要、大亨、政客都有往来……你的人物不是在这里了吗？而且看起来还挺像那么一回事呢。”

“不错，或许是……甚至可以……对，你说的有道理，表现表现这种暗中活动的宣传攻势，也挺有意思，而这种秘密手段，正跟人类社会一样古老……”

克蕾尔知道，任何种子只要埋在克利斯蒂安的头脑里，自会生根发芽。她去找罗朗，谈话大获成功。

“啊，这主意出得好！”罗朗松了口气说，“你知道，我不敢对你丈夫说，要动他的作品，简直没有商量的余地，但戏里没有女主角，观众就不大买账……莎士比亚为《裘力斯·恺撒》……高乃依在《贺拉斯》里加了萨皮娜这个人物，拉辛在《费德尔》中安排了阿丽丝……再者，太太，我可以把我的处境坦白告诉你：一个剧本里只要没有艾莲娜的戏，我就不大乐意演……是的……她年纪太轻，对我固然有感情，但她喜欢跳舞，最怕孤独……我要是天天晚上扔下她一个人，她就会跟别的男人出去，弄得我心里七上八下……然而，你丈夫能为她写个小角色，局面就改观了……这出戏不出一个礼拜就可排演。”

如此这般就诞生了弥莉娜这个人物。克利斯蒂安在写这个角色时，想到阿里斯托芬笔下某些不顾廉耻精灵古怪的女子，以及马利沃剧本里那类多情女郎，艾莲娜·梅奚埃涉足剧坛时，就是靠演这类角色打响的。这两类女性相辅相成，取长补短之后所产生的人物，甚至出乎作者本人的意料，成为一种很有特色、极具魅力的性格。“金子打出来的人物！”罗朗说。

克蕾尔请艾莲娜·梅奚埃来吃晚饭，好让丈夫把改写本念给她听。她是个绰约可爱的女人，长长的睫毛，像猫一样乖巧谨慎，言语不多，但讲得很得体，倒很讨克利斯蒂安的喜欢。

“是的，”他说，“这个并不天真的天真女人，便是一支危险极大、煞有介事的第五纵队。”

“她不太讨你喜欢，是不是，克利斯蒂安？”

“噢，不！再说，她不是爱着罗朗吗？罗朗不仅是她情夫，而且还是她的造物主。她全靠罗朗的栽培。没他，她什么也不是。”

“你以为，克利斯蒂安，她欠了罗朗这份情，心里就会对他好吗？我不喜欢这女的，据我猜测，没准她暗暗地恨他也难说……但这跟我们有什么要紧？只要梅奚埃喜欢这个角色，事情就顺当。”

确实，第一个礼拜，事情很顺当。可不久，罗朗重又变得沉默寡言了。

“又出什么事啦？”克利斯蒂安问。

“这回我就不知道了，”克蕾尔说，“但我能打听出来……”

罗朗也没让她三请两请，就说出新的难题在哪里。

“是这样的：角色很讨人喜欢，艾莲娜也快活得像上了天……只是……你知道，我们在一起生活，上剧场就要一辆出租汽车，不这样做，岂不荒谬？……但是，艾莲娜要到第二幕才上场，那一个钟头，叫她坐在化装室里干吗呢？……她恐怕会感到无聊，那她是忍不了多久的，也许会招来不少拜访的人，我知道自己的脾气……我的演技会大受影响……更不消说心情了……当然，我心情如何，梅内特里耶不会关心，可演技……”

“总而言之，”克蕾尔说，“你要弥莉娜第一幕就登场？”

“真是什么都瞒不过你，漂亮的太太。”

克蕾尔转达了这个新的要求，她丈夫一听就嚷嚷起来：“从没见过这样强迫人家写作的！”但克蕾尔摸透了丈夫的脾气，知道先得安抚他作家的良心。

“但是，克利斯蒂安，所有剧作家都这样做的……你明明知道，莎士比亚塑造人物也考虑到演员的外貌，拉辛还为商玫蕾写剧本呢。这有塞维尼夫人的书信为证。”

“那是因为她厌恶拉辛。”

“可她恰恰很了解拉辛。”

于是，弥莉娜在第一幕就出场了。出租汽车的问题，既然来剧场时那么举足轻重，回去时难道就无关紧要了吗？这是不言而喻的。所以，在最后的定本上，弥莉娜在第三幕也上了场。这也是克蕾尔插了一脚的结果。

“哎，克利斯蒂安，战争失败后，弥莉娜为什么不能改邪归正，成为爱国分子呢？让她参加义勇军，成为德摩斯梯尼的情妇不好？”

“真是，克蕾尔，要依了你，这戏就落到好莱坞感伤片的地步了……不，够了，我一行都不加了。”

“一个人尽可夫的女子成为爱国分子，为什么你就认为是俗套，违反真实呢？生活里这不是常有的事！卡斯蒂利奥娜为了意大利的统一事业，不就征服了拿破仑三世……关键要把弥莉娜的转变做点微妙的铺垫，起到出人意表的效果……要写的话，你比谁都写得好……当然，把她写成德摩斯梯尼的情妇，这只是开开玩笑的说法。”

“干吗是玩笑？……你没看到法国大革命时的某些人物……”

克蕾尔这才放下心来，总算把克利斯蒂安稳住了，而弥莉娜这个角色，经过充实、丰富，俨然成为剧中的一个主要人物。好不容易到了总排演的那天，那真是一曲凯歌。全巴黎看梅奚埃，都跟罗朗的眼神一样。梅内特里耶对时局的忧虑，观众虽未言宣，却有同感。暗中盼望有像埃斯库罗斯《波斯人》那样的民族戏剧，所以剧终时，全场对作者报以热烈掌声，呼声雷动。行家称赞剧作手法高明，把古典题材改为当代作品，而不致令人失笑。剧作家法培尔对同行一向苛刻，但在台上也对克蕾尔说了句很中听的话：

“弥莉娜这个人物身上，你很出了一把力吧？你这幕后使劲的美人儿！”他带点埋怨的口气说：“因为好得没话可说。写出了一个女人，一个真正的女人……而你那位一本正经的丈夫，若由着他自己的心思，决计想不出这样的女人来……坦白说吧，他对女人知之甚少，你那位克利斯蒂安！”

“你喜欢这个人物，我很高兴，”克蕾尔说，“但我没出什么力。”

第二天，罗伯·肯普在他的专栏文章里，就唯弥莉娜是讲。“今后，”他写道，“大家讲起弥莉娜，就如同讲起阿涅斯和赛丽曼娜[1]一样……”克蕾尔从她丈夫肩膀后面看下去，感到无比快慰，不禁喃喃说道：

“哎，要是没有出租汽车的事儿，就不会有弥莉娜这个人物了！”

其余的事，纯属文学史的范围了。众所周知，《腓力二世》给译成各国语言，成为法国新戏剧的典范作品。然而观众有所不知，去年艾莲娜·梅奚埃离开了雷翁·罗朗，嫁了一个好莱坞导演；罗朗因而建议克蕾尔把弥莉娜这个角色删去。自从孀居以来，克蕾尔一直以保护梅内特里耶的作品为职责。

“总而言之，”罗朗说，“我们知道，就是说你我知道，这角色在剧本里并不是必不可少的，初稿里压根儿就不存在。为什么不回过头来采用初稿本呢？……这样，德摩斯梯尼这个角色就具有更强烈的禁欲色彩，我更喜欢这样的处理……再说，也省得我另外物色演弥莉娜的演员……这样，还可以省掉一笔头牌女演员及其配角的开销。”

---

① 阿涅斯和赛丽曼娜分别为莫里哀《夫人学堂》和《恨世者》的女主角。

克蕾尔刚中有柔，寸步不让：

“得了，罗朗，你再栽培一个弥莉娜又有什么难处。这你很内行……至于我，是不许别人擅自改动我丈夫的剧作的……克利斯蒂安凝为一体的东西，就不能再拆开……”

弥莉娜这位一靠才气二靠需要产生的人物，便得意扬扬地在法国剧坛上存在了下去。

——罗新璋译

传 记

大餐厅里，灯光迷茫，好像蒙了一层什么似的。在暗影里进餐，成了伦敦今年的时尚。艾尔斐·马瑟纳找到自己的席次，看到邻座是位很老的妇人，颈上围了一条珠圈，系翰伯顿夫人。他倒没什么不满。女人上了年纪，一般比较宽容，有时还能讲出一些优美的故事。这一位，瞧她斜眼看人的目光和善于嘲讽的眼神，似乎颇识幽默之趣。

“你喜欢讲什么语言，马瑟纳先生？法文？还是英文？”

“如果对你都一样，翰伯顿夫人，那么，我喜欢讲法文。”

“然而，你的书写的都是英国题材。我拜读过你的《约瑟夫·张伯伦传》。读来很有趣，因为衮衮诸公，我都认识……你眼下在何所事事？”

年轻的法国人叹了一口气说：

“我想写写拜伦，但人家已经写过不少……其中不乏新意。今天，我们固然掌握玛丽·雪莱的信件，基西奥尼伯爵夫人的手札，但全都印出来了。我希望能提供一点未经刊印的残纸零墨，可惜找不大到。”

老妇人微微一笑：

“要不要我提供一段拜伦的风流逸事，外界绝对不知道的……”

艾尔斐·马瑟纳禁不住把手一扬，像猎人透过密密层层的树叶，突然发现了麋鹿或野猪，或者像经纪人打听到股票要直线暴涨一样。

“拜伦的一桩风流逸事，外界绝对不知道的？这可是非同寻常啊，翰伯顿夫人，经过多少人的发掘……”

“或许不该说‘外界绝对不知道’……因为已经有人指名道姓过了。就是那位斯宾塞－斯威夫特夫人。”

艾尔斐撇了撇嘴：

“哦！原来是她……是的，我知道了……不过就缺确凿的材料，可信的证据。”

“亲爱的马瑟纳先生，对这类事难道都要有确凿的材料？”

“多半要有的，翰伯顿夫人。在许多情况下，留有信件、实物。当然，信件可以胡编乱造，实物能够启人疑窦，这时就靠识见了。”

翰伯顿夫人转身朝着这位邻座，拿一把式样很老的长柄手镜瞄他：

“我把斯宾塞－斯威夫特夫人（她本名叫潘朵拉）与拜伦交往时的日记拿给你看，怎么样？还加上拜伦给她的信件。”

年轻的法国人快活得脸都红了。

“翰伯顿夫人，照东方人的说法，你就是我的再生父母了。承你的情，我这本书可以写成了。但你当真有这批材料吗？……我很抱歉，这样问你……因为太叫人吃惊了……”

“不是这样的……”她说，“我知道确实有这批材料，可是不在我手上……现在归斯宾塞－斯威夫特夫人所有，她叫维多丽亚，是我的朋友，以前同住一个寄宿学校。这批材料，她从不示人。”

“那为什么肯给我看呢？”

“因为是我去求她呀……你还不大了解我们这国家，马瑟纳先生。这里颇有点神秘莫测，不可逆料。乡下有些旧宅，在地窖里、阁楼上，还藏着些稀世之宝。房产主也不以为意。直到倾家荡产，出让房屋，这些秘籍才能重见天日。亏得那个事业心很强，爱刨根问底的美国佬，鲍斯威尔那批珍贵史料，才从尘封的木槌球盒子里找了出来。”

“美国为得到鲍斯威尔的这批史料，花了数以万计的美元。现在同样有一个事业心很强、爱刨根问底的法国人，却没有数以万计的美元做后盾，你以为他能取得同样的成功吗？”

“维多丽亚·斯宾塞－斯威夫特并不在乎美元不美元。她跟我一样，也八十开外啦。她的进款，足够她用的。不，关键在于她对你是否有好感，那要看你是否知趣，也取决于她对你的期望，看你会不会舞文弄墨，把她丈夫的曾祖母写得叫她看来高兴。”

“斯宾塞－斯威夫特勋爵已经谢世了？”

“他不是勋爵，而是从男爵……亚历山大·斯宾塞－斯威夫特爵士……这头衔随着他去世而没落了。维多丽亚还住在拜伦到过的房子里……在格洛斯特郡，是一座伊丽莎白时代的古堡，颇为幽雅。你愿不愿意试试运气，去跑一次？”

“太乐意了……假如邀请我的话。”

“这个交道归我去打。我今晚就给维多丽亚写信。她一定会请你去的……要是回信的口气比较生硬，也别见怪。维多丽亚认为，我们上了年纪，就可以老不拘礼，想说什么就说什么。我们还有谁要敷衍呢？何苦呢？”

几天之后，艾尔斐·马瑟纳开着小汽车，穿过格洛斯特郡青翠的田野。这里夏季一向多雨。花草树木，生意盎然。连不起眼的住宅，从汽车的玻璃窗里望出去，也都绿树环绕。房屋都就地取材，用的是当地的石块，黄澄澄的很好看，依旧保持莎士比亚时代的格局。艾尔斐看到英国这类幻境一般的建筑，觉得赏心悦目，而对温特斯脱一带的风物尤为陶醉——斯宾塞－斯威夫特夫人的府第就在这里。汽车行驶在蜿蜒曲折的林荫道上，两边是修剪齐整的草坪。草丛茂密，栎树参天。有一个池塘，周围长着大片的蕨麻和木贼。接着，他看到了那座爬满青藤的古堡。他在门口停车，心里怦怦地跳。他按了铃，没有回答。等了四五分钟，发现门的把手可以自由转动，便走了进去。穹形大厅里，光线很暗，靠椅上搭着大衣头巾之类，但是空无一人。然而，从隔壁房里传来阵阵单调的话语，好像在朗读课文。艾尔斐走近去一看，是间很长的房间，墙上挂着大幅人物肖像。一群游客围着一位体貌丰伟的男管家，他身穿礼服，深灰背心，条纹长裤。

“这一位，”男管家指着一幅画说，“是威廉·斯宾塞－斯威夫特爵士（1775—1835）。他身经滑铁卢战役，跟威灵顿私交很好。这幅肖像，系托马斯·劳伦斯爵士所绘，跟后面那幅，他妻子斯宾塞－斯威夫特夫人的肖像一样。”

这时，参观者中间，有人喁喁低语：

“她就是……”

男管家做了个不易察觉的手势，像串通一气似的表示默认，但仍不失威仪、庄重。

“是的……”他放低声音说，“她就是拜伦勋爵的情妇。诗人那首有名的十四行诗《致潘朵拉》，就是为她而作的。”

人群中有对夫妇，背出诗的开头两句。男管家很有气派地点了点头，表示赞同：

“一点不错……我们现在看到的，是罗伯特·斯宾塞－斯威夫特爵士（1808—1872）的肖像，是前者的儿子。这幅肖像是约翰·米勒斯所绘。”

他像说悄悄话似的，俯身向那群如同绵羊一般围在身边的游客又加上一句：

“罗伯特爵士诞生于拜伦来访的四年之前。”

有位年轻妇女问道：

“拜伦为什么到这里来呢？”

“因为他是威廉爵士的朋友。”

“噢，明白了。”她回答。

艾尔斐·马瑟纳落在人群后面，可以把这两幅肖像好好端详。丈夫是张长脸，因为呼吸野外空气，加上豪饮健饭，气色红彤彤的，显得性情暴躁，喜欢排场。他夫人端庄娴静，有国色天香之姿。然而，细看之下，从她天真无邪的目光里，隐隐约约流露出妖调情致和刻薄习性。年轻人还在遐想出神的当儿，一行游客重又在他面前走过。男管家俯在他耳边，很识趣地问：

“对不起，先生，您有门票吗？您到得比别人晚……他们都付过款了。所以，如果您想……”

“我不是游客。我是承斯宾塞－斯威夫特夫人好意邀请，来过周末，查阅资料，看看有没有使我感兴趣的东西。”

“请原谅，先生……您敢情是翰伯顿夫人介绍来的那位法国青年？请稍等一下，先生。我先送走这批客人，然后再去通报夫人陛下……您的房间已经准备好了，先生。行李在车里？”

“我只有这只手提箱。”

古堡对外开放的日子——这类参观可以免税——斯宾塞·斯威夫特夫人有意回避，待在二楼的客厅里。艾尔斐·马瑟纳给引见到这里。他觉得老太太样子很威严，倒不可怕。身体略带富态，个子就不显得特别高。

“我不知怎样感谢才好，”他说，“承您招待一个陌生人……”

“无聊！”她说，“您不是陌生人，您是我最好的朋友介绍来的。我拜读过您写的著作。我长久以来就在物色人选，看谁能把这故事写得得体周全。我相信您就是其人了。”

“但愿如此，夫人。我觉得很幸运，英国有过那么多优秀的传记家，而我居然还能在您这儿搜集到未曾传世的资料。”

“之所以如此，是我丈夫在世的时候，他曾祖母的日记，从来不曾给别人看过。在这件事上，可怜的亚历山大还有不少古板的念头。”

“这些字纸里是否包含什么……不得了的内容？”

“我一无所知，”她答道，“我从来没看过……不，因为字体很小，看了眼痛。一个二十多岁的少妇，一个多情女子，她日记里会写些什么，我们谁都猜得出。”

“但在这些字纸里，很可能找到证据，证明拜伦和您丈夫的曾祖母有某种……私情。假如是这种情形，是否可做这样理解，我是授权可以知无不言？”

夫人看着他，目光很惊异，甚至带点轻蔑：

“当然如此。不然，我就不请您来了。”

“您真直爽……有好些家庭，尽管事情已经彰明较著，到了第三十代，还想维护祖先的品德呢。”

“无聊！”她又说了一遍，“威廉爵士是个粗汉，不了解他年轻的夫人，而且，还跟邻近的姑娘胡调。她有幸遇到拜伦勋爵，他不但是个大诗人，而且还是个长得像天使，机灵得如魔鬼的男子汉。她择善而从，谁能怪她？”

艾尔斐感到没有必要再坚持了，但禁不住还要说说：

“我表示抱歉，斯宾塞－斯威夫特夫人，不过，既然您没看过这些字纸，怎么知道，拜伦勋爵除了是丈夫的座上客，还有别的身份呢？”

“家里都这么传，”她正色道，“我丈夫是从他父亲那里听来的，他父亲又是从他父亲那里听来的。而且，您会看到，证据少不了，既然这些字纸，我再说一遍，全归您使用。我这就拿给您看，请告诉我，您打算如何进行工作？”

她把体貌丰伟的男管家叫来：

“米勒，你去把大红色地窨的门打开，带几支蜡烛去，把保险箱的钥匙给我。我要跟马瑟纳先生一起下去。”

场面颇有势派。地窨在地层下面，四壁糊着红缎子，跟古堡其他房间不同，没有装电灯。蜡烛的光影摇曳不定。一面墙上靠着一口很大的保险箱，外表像中古时代的衣柜。对面是张很大的沙发。老夫人神态威严，由法国青年搀着走下楼来，拿出钥匙，在三把锁里一转，排出一个密码。然后，米勒把沉重的柜门打开。

马瑟纳瞥见有些锃亮的银器，和放手饰的皮盒。但女主人径自取出一本厚厚的记事本，用本色白摩洛哥皮包的书脊。

“喏，”她说，“这就是潘朵拉的日记本……这些是信，粉红的缎带还是她亲自捆上的。”

她朝房间的四周扫视了一下。

“瞧……把您安排在哪里？那张大橡木桌，成吗？好不好？行……米勒，你在马瑟纳先生座位的左右首各放一支蜡烛……把柜子关好，咱们走吧，让年轻人留在这里干事吧。”

“我可以在这里待上大半夜吗？我能用的时间很短，我想全部看一遍。”

“亲爱的先生，”她说，“切勿匆忙，您爱怎么办就怎么办。您的晚餐可以用托盘给您送下来，然后就让您一个人安安静静的。明天早晨，早餐给您送到房里，您还可以工作一个上午。一点钟，我跟您一起用午饭……这样安排，可以吗？”

“好极了，斯宾塞－斯威夫特夫人……我真说不出多……”

“那就别说了。晚安！”

艾尔斐便一个人留在地窨里。他从皮包里拿出纸张，自来水笔，坐在大桌子旁，满心欢喜地打开白记事本。字迹真像老太太说的，很小，很难认。看来潘朵拉是故意写得要叫人不易辨认的。这本记事本她丈夫随时都可以找到的，还是严加防范好。马瑟纳自己就习惯于写缩写字的。潘朵拉的涂鸦，他不难解读。行文的笔调立即引起他的兴味。活脱显出一个稚气未脱、年纪很轻的女人。许多字下面画有底线，可以看出激切或烦躁的心情。日记从一八一一年记起，是新婚之后的几个礼拜。

1811年10月25日——今天早上觉得疲倦，像是病了，无力骑马。威廉参加围猎去了。我无所事事。我要开始写日记了。这本记事本是我亲爱的、最可亲的父亲给的，我真后悔离开了他。我怕丈夫永远不能理解我。威廉不是坏男人，但他不知道女人需要温存。他是否关心我都是个疑问。他谈政治，讲他的马，他的佃农，就是没有说及他的妻子。结婚之后，“爱”这个字，我不曾听他说过一次。噢，不，他有一天对勃里奇特说：“我女人对我的爱，真是叫人心里暖和。”我一声没吭。

马瑟纳翻过多页，里面不乏怨叹和讥诮之词。潘朵拉这时怀孕了，毫无幸福之感地等待孩子降生。这孩子，会把她与那个引不起她好感的男人，结合得更紧密。从这些纯朴无邪的记载中，慢慢浮现出威廉爵士严厉的形象。她把他的自私、虚荣、庸俗，都毫不留情地给记录在案。另一个人的面影，开始若隐若现，那是一个叫彼得逊勋爵的邻居，他的可亲可近，正与威廉爵士的可憎可厌，不相上下。

1811 年 12 月 26 日——昨天是圣诞节，彼得逊勋爵送我一条非常逗人喜欢的小狗。我总是一人在家，但可以招待彼得逊勋爵，因为他年纪比我大多了。他跟我谈文学，谈艺术。他说的那些事，光华灿烂，我真想都记下来。听他说话，真是惬意。他的记性真神。司各特和拜伦的诗，他能整段整段背出来。对我大有好处。我觉得，如果跟像彼得逊勋爵那样的人一起生活，我会大有长进。但他年事已高，而我现已结婚，就得从一而终。哎，可怜的潘朵拉！

日记接下去讲到她读了拜伦的长诗《恰尔德·哈罗德游记》，非常惊喜。不禁跟丈夫说起，他答道："拜伦？我太认识他了。我遇到他的时候，他正跟我一样在欧洲漫游……我们在意大利，一起过了好些愉快的夜晚……回国后，他盛情请我去他家做客，在纽斯泰特修道院，他那里美女成行，我可以讲出一大堆趣事来呢，但不宜说给我妻子贞洁的耳朵听……哈，哈！"

接着，从记事本里，看到潘朵拉用乖巧的手段，怂恿威廉爵士邀请拜伦到温特斯脱来做客。丈夫表示为难："我们拿他怎么办呢？他马上就会厌烦的。他拖了那条瘸腿，又不能跟我一起在野地里跑。他不会打猎。"妻子坚持说："我可以给他作陪。"威廉爵士一听火冒三丈："你，陪这个唐璜，这个追女人的家伙！你以为我会让老婆单独跟拜伦在一起……让这无赖到我领地上偷猎？我可一点儿都没这种兴趣！”

然而，敌不住拜伦在伦敦声誉日隆，这段交情使乡绅越来越感到荣耀，常向邻里吹嘘。期待已久的孩子生下来，给斯宾塞－斯威夫特夫人提供了一个绝妙的借口。为什么不请拜伦勋爵给小女儿做教父呢？他的鼎鼎大名，很可以夸耀夸耀。威廉爵士的态度也软和下来：“我写封信试试，但他决不会接受的。女人啦，写诗啦，够他忙乎的。”然而，想不到拜伦居然接受。他就喜欢强烈的对比，不协调的和音。请他这位恶魔诗人做教父，而且是做一个小女孩的教父，亏他们想得出，他觉得好玩，跃跃欲试。

艾尔斐·马瑟纳看入了神，都废寝忘食了。这时，盛意可感的米勒前来看他，跟着一个男仆，端了一个盘子。

“斯宾塞－斯威夫特夫人请我代为致意，并询问阁下是否需要什么？”

“什么都不需要。烦请转告夫人，材料很有意思，我打算开个通宵。”

男管家看着他，有点不以为然的样子。

“开通宵？当真？那我派人再送几支蜡烛下来。”

晚饭是地道英国式的，他不是吃，简直是品味。饭毕，又接着看记事本。上面写到拜伦的到来，笔端带着狂热，细小的字迹也更难看清了。

上午十一点，拜勋爵到。那么俊美，又那么苍白！看上去很不幸的样子。他为自己的瘸腿感到屈辱。这不难看出，因为他以跑代走，不想让人看出来。其实他错了！这点残疾，使他变得格外有意思。有一事颇怪，威廉曾叫我提防他。说他对女人胆大妄为，令人不能忍受，可他几乎不跟我说话。他只偷偷瞟我一眼，有一次，我在院子里瞥见他投来的目光。但交谈时，他老是对着威康或彼得逊勋爵，从来不对我说一句话。为什么？

整个夜晚，艾尔斐·马瑟纳追随潘朵拉的记事，看她对诗人的迷恋日甚一日。显然，天真烂漫的少妇不谙世情，不懂客人的态度为什么那么不像拜伦做法。殊不知拜伦这次到温特斯脱来，是决心要做规矩人了，首先因为他这时正无望地爱着另一个女人，其次他认为奸骗友妻不地道，最后，因为他认为潘朵拉太天真，太年轻，太脆弱，不愿给她带来痛苦。他骨子里是个重感情的人，只是故意用嬉笑怒骂遮掩自己的柔情蜜意罢了。

出于这种种理由，他才没跟她谈情说爱。之后，场面松动了。威廉爵士跟拜伦提到纽斯泰特修道院和住在里面的美女们，她们岂止是容易上钩的问题。其中有一位，乡绅特别中意，表示愿意重睹芳颜。“告诉我，拜伦，您不请我去吗？当然不带我女人啰。”拜伦把他顶了回去：“您倒不怕难为情，刚刚结过婚。要是尊夫人报复一下呢？”威廉爵士笑开了：“我女人？哈，哈！我女人是个圣人，而且对我爱慕备至。”

潘朵拉坐得很远，伸着耳朵，听到了这段对话。她记在本子上时，愤愤然加上几句评语：“对我爱慕备至！没眼色的蠢东西！难道我就得跟这蠢汉过一辈子？干吗不实地报复一下呢？听了这番谈话，我愤愤不过，今晚要是拜伦勋爵拉我到花园里去，想拥抱我的话，我相信，我会听任摆布的。”

半夜已过。艾尔斐飞快写下整页整页的札记。在这幽暗的地窨子里，蜡烛差不多要点完了，烛光越来越微弱，身边感到鬼影幢幢似的。他似乎听到红脸膛的男主人发出粗野的笑声；察觉到温柔的感情在潘朵拉夫人纯洁的面容上展现开来；还以为看到拜伦躲在一隅，以嘲谑的神情注视这对不般配的夫妻。

蜡烛要灭了，他换过后，接着看下去。现在，潘朵拉步步逼近，要迫使诗人从想入非非的梦境中走出来，真想不到一个年纪轻轻的女子，会如此大胆和机诈。看到拜伦爱理不理的样子，她很生气，不断撩拨他。她借口找他打台球，跑去单独见他。“今晚，我对他说，‘拜伦勋爵，假如女的爱一个男子，而那男子全没顾到，她该怎么办？’他答道：‘这样做。’说着猛然搂住我，拼命……”此后画去两字，艾尔斐透过涂抹的网格，不难看出是“吻我”字样。

艾尔斐·马瑟纳长长吁了一口气。他简直不相信自己会有这样的运气。他问自己：“我在做梦吗？这真是一个圆满的梦，一个人想望的，都已见诸梦端。”他站起来，摸摸大柜、沙发、墙壁，让自己相信，房内的布置并非虚幻。无疑，周围的一切都是实在的，这本记事本也绝非子虚乌有。他又往下看去：

我害怕起来，便说，‘拜伦勋爵，我爱你，但我刚生了孩子，与孩子的父亲维系得更紧密了。我对你最多只能是个朋友。然而，我少不了你。帮助我吧。’他异乎寻常地善良和体谅。打这一刻起，只要跟我在一起，他所有的悲苦，好像都消融了。我自信对他有所助益。

年轻的法国人禁不住微微一笑。他认识他的拜伦。跟一位弱不胜衣的少妇能长期保持这种柏拉图式的恋爱，真是匪夷所思了。他仿佛听到拜伦在说：“如果她，把我想象成一个会久久握着她的手，为她背诵诗篇的人，那就大错特错了。事至今日，应该有个了局。”

他继而一想，在斯宾塞－斯威夫特夫人交给他的那捆信里，必能找到点真凭实据，一窥拜伦此时的心迹。他急忙解开缎带。是的，这些信都是拜伦写来的。他已看惯他那热情迸发的字迹。但这捆信里，还夹有别的纸片，他认出跟记事本一样的字迹。他浏览了一下，系潘朵拉的信稿，是她本人保存下来的。

翻阅来往信件，他觉得很有趣，自己果然没看错，这种柏拉图式的恋爱，拜伦很快就厌倦了。他问，等夜里整个古堡沉入睡乡之际，他能否来找她。潘朵拉犹自躲躲闪闪的，但并不决绝。艾尔斐想："根据这草稿写的信一送出，拜伦准会感到唾手可得了。"而事实上，天真的少妇也只说："这不可能，因为在这儿，我不知道有什么地方可以见到你而不引起别人注意的！"

艾尔斐又回头看记事本。上面记有，她用借书给拜伦的方式，暗中传递信件。这样，当着夫君的面，把夹有情书的书递给了大献殷勤的骑士。艾尔斐心里想："亏她只有二十岁！"

今天威廉出去打围，我独自留下，整日价跟拜伦在一起，当然，在用人的眼皮底下。他很讨人喜欢。有人跟他说起这里有个地窖子，他表示想去看看。我可不敢跟他下去，便请管家妇 D 指给他看。他上来时，神情异样地说：'这地窖子，有朝一日会成为天底下我回想起来心情最激动的地方。'究竟意欲何言？我怕意思太清楚了，尤其想到这激动的情绪将与我有关，就更觉骇然。

这件风流公案的下文，根据信件和记事本，不难揣想出来。有一夜，潘朵拉答应到地窖子跟拜伦相会，那时她丈夫正鼾呼大睡，下人们已回三楼自己房里。拜伦显得很急切，近乎强求。她求他饶了她：“拜伦勋爵，我全在你的手里。你爱把我怎样就怎样。我们在这里，没人看得见，我们说什么，也没人听得到。我已无力抵抗。我试过，但我爱你，结果还是违背自己的本意，来到了这里。放我一条生路吧，我只能期待于你了。你要强行使用你对我的权利，我只好屈服，但我会羞愧不已，痛苦而死的。”

她哭得很久。拜伦被少妇哭软了心，动了怜惜之情。“你这个要求，”他对她说，“是人力所难能办到的，但我真是爱你，只好放弃算数。”他们两人搂在一起，在长沙发上靠了好久；后来，潘朵拉回到自己房里。第二天，拜伦推说他的出版商缪莱有事见召，要回伦敦，就此离开了温特斯脱。潘朵拉这天写的日记，法国青年觉得很有意思：

啊，这笨蛋！这笨蛋！一切都结束了，一切都完蛋了。我也永世不会明白爱是怎么回事了。他怎么会不懂，总不至于我自己扑到他怀里。以我所受的教育，像我这样年轻的女人，总不至于像他结交的那些堕落的荡妇那样厚颜无耻吧！我当然该哭一哭。这得由他这个有经验的男人，来安安我的心，平静我的情绪，因为我已爱到那种程度，来求得我以身相许。他这一走，所有的机会都错失了！这，我永远都不能原谅他！

此后，两人还通过一次信。拜伦的来信，措辞很谨慎，不难猜测，他写的时候，防到她丈夫可能拆看。潘朵拉的底稿，将少妇心头的隐情和怨怼，一泻无余。后来的日记，还时常提到拜伦，谈到他新发表的诗作，或听到他新近的风流韵事。含讥带讽的笔调，可以咂摸到怨艾的情绪。到一八一五年后，诗人好像完全从潘朵拉的思绪中消失了。

灰白的晨光从气窗里照进地窖。天已黎明。艾尔斐好像从恍惚状态中出来，朝四周打量了一阵，才重新一脚踩进二十世纪。这一夜，他如同身受体验了一段奇妙的故事。把它敷衍成文，是多大的乐趣！但工作一完，不眠之夜的困倦开始向他袭来。他伸伸懒腰，呵欠连连，吹灭蜡烛，便上自己房里去了。

清泠泠的铃声，宣告午饭时间已到。艾尔斐在穹形大厅里见到庄重的米勒，米勒领他到了客厅里，斯宾塞－斯威夫特夫人已经等在那里。

“您好，马瑟纳先生，”她声音很响，像男子的喉咙，“听说您通宵达旦，工作得不错吧？”

“好极了。我全部看了一遍，记了二十页笔记。真是一个闻所未闻的故事。我对您真说不出……”

她截住了他的话：

“不是吗？我跟您说过。这娟秀的潘朵拉，看她的模样，就是个多情女子。”

“她的确是个多情女子。但这桩风流韵事，妙就妙在她压根儿不是拜伦的情妇。”

斯宾塞－斯威夫特夫人的脸涨得通红。

“怎么？”她问道。

年轻人随身带着札记，把始末缘由讲了一通，为了让女主人明白起见，还把两人的性格做了一番分析。他收束道：

“这就是为什么拜伦勋爵生平第一次，向温柔的魔力做了让步，而尊夫的曾祖母也就因此对他的迂阔永远不能原谅。”

斯宾塞－斯威夫特夫人一直注意听着，没有打断，这时她忍不住爆发了出来：

“无聊！你敢情没读懂，没明白……不是拜伦勋爵的情妇！可谁都知道她是！这个故事，这个郡里，没有一户人家不传说的……不是拜伦的情妇！……很抱歉，马瑟纳先生，如果这是你最后的结论，那我就不准你用这些材料……怎么？你到法国去讲，也会传到我们这个国家来，什么这伟大的爱情，纯属子虚乌有！潘朵拉在地下也会转辗不安的，先生！”

“为什么？事情真相，潘朵拉比谁都清楚……是她自己在日记里写的，除了无伤大雅的事，他们之间什么也没发生。”

“这日记，”斯宾塞－斯威夫特夫人说，“得放回铁柜里去，永远不让见天日。您留在哪儿了？”

“在地窖的桌上，斯宾塞－斯威夫特夫人。因为没有钥匙，我无法放回原处。”

“吃过中饭，我们马上下去，一切恢复原样。看来不该把祖传秘籍给你看。可怜的亚历山大不愿示人，至少这一次……自有道理……至于你，先生，我冒昧请求你对这桩……所谓的……发现，保持缄默。”

“不言而喻，没有您的允准，斯宾塞－斯威夫特夫人，我什么也不会发表的；而且，退一步说，我也不愿使你怫然不悦。不过，我承认，我不明白……”

“你没必要明白。我只求你一忘了事。”

他叹了口气：

“我遵命。我放弃这段回忆……放弃我这本书。”

“这样很好，正大光明。我对一个法国人，也不能存更多的奢望了。现在谈谈别的事吧。告诉我，马瑟纳先生，英国的气候你觉得怎么样？”

午餐后，他们由米勒陪同，走下地窖。柜子厚实的门重新打开，老妇人亲自把白记事本和用玫瑰色缎带捆好的发黄的信件，放回到皮首饰盒和银咖啡壶之间。然后，米勒把柜子重新关好。

“好了，就天长地久地放在里面吧。”她愉快地说。

等他们上来，大轿车送来的第一批游客，已经进入穹形大厅，有的在买入场券，有的采购明信片。米勒准备重新搬演讲解肖像这场戏。

“咱们进去看一眼。”斯宾塞－斯威夫特夫人对艾尔斐说。

她站在一旁，跟人群隔了一段距离，以便听得更专注些。

“这一位，”男管家说，“是威廉·斯宾塞－斯威夫特爵士（1775—1835）。他身经滑铁卢战役，跟威灵顿私交很好。这幅肖像，系托马斯·劳伦斯爵士所绘，跟后面那幅斯宾塞－斯威夫特夫人的肖像一样。”

一位年轻妇女想看得更清楚一点，瞅空走上一步，喁喁说道：

“她就是……”

“是的……”米勒放低声音说，“她是拜伦勋爵的情妇。”

老妇人向法国青年掷来得意的一瞥，言语之间似乎说：

“你瞧！”

——罗新璋译

天国大旅馆

“斯梯尔股票怎么样？”让·莫尼埃问道。

“五十九点二五美元。”十二个女打字员里有个人回答说。

打字机的嗒嗒、嗒嗒声，就仿佛敲击着一支爵士乐的节奏。从窗口望去，可以看见曼哈顿区的一座座高楼大厦。电话呜呜地叫着，纸带飞快地从打字机上退将出来，盘旋曲折，充斥着整个办公室，不祥的纸带上面尽是密密麻麻的字母和数字。

“斯梯尔股票怎样？”让·莫尼埃又问道。

“五十九美元。”热尔特律德·米莱回答说。

她停了停打字，瞥了那个年轻的法国人一眼。只见他嗒然若丧地坐在扶手椅里，两手抱着脑袋，情绪低落到了极点。

“又有一个搞投机的失败了，”她想，“他活该如此……法妮也真倒霉……”

因为两年前，让·莫尼埃任霍勒芒银行纽约办事处专员时，娶了他的美国女秘书法妮做妻子。

“那么，肯尼克特股票呢？”莫尼埃另外问道。

“二十八美元。”热尔特律德·米莱回答。

门外有人在大声嚷。进来的是哈利·考培。让·莫尼埃已经站起身来。

“咳，真有这种事儿！”哈利·考培喊着，“所有股票一下子跌了两成。居然有些傻瓜说这不是一次经济危机！”

“是了，这是一次经济危机。”让·莫尼埃说着便走了出去。

“这位要倒霉了。”哈利·考培说。

“是啊，”热尔特律德·米莱答道，“他已经成了穷光蛋了，是法妮刚才对我说，她今晚就离开他。”

“这有什么法子？“哈利·考培说，“总之，遇上危机嘛。”

电梯的两扇漂亮铜门轻轻地合上了。

“下楼。”让·莫尼埃吩咐道。

“斯梯尔什么价啦？”开电梯的侍者问。

“五十九美元。”让·莫尼埃回答。

他是按一百一十二美元的价钱买进这种股票的，也即每股损失五十三美元。他购的其他股票，情况都不妙。他把在亚利桑那州挣到的那笔不大的财产，全都做了股票，原想有得赚的。法妮可是一个钱也没有。这回他算是完了。他来到大街上，匆匆地去赶火车。他试图考虑一下未来。一切从头来起吗？如果法妮拿出勇气，这并不是办不到的。他回想起自己初时创业的艰难，回想起他在荒原守牧时的景况，还有自己迅速发迹的情形。毕竟，他只有三十岁。但他知道，法妮是不会和他讲什么夫妻情分的。

她果然无情无义。

第二天早晨，莫尼埃醒来时孑然一身，感到心灰意懒。不管法妮如何冷若冰霜，他是爱她的。黑人女仆给他送来了他日常吃的早点，一块甜瓜和一碗麦片粥，并且向他讨工钱。

“先生，太太呢？”

“出门了。”

他给了女仆十五美元，然后数了数钱，看还剩下多少。大约有六百美元，够他生活两个月，顶多三个月……往后怎么办呢？他向窗外望去。这一个星期来，报纸上几乎天天都能读到有人自杀的消息。那些银行家、经纪人、各种投机商眼看惨遭败绩，总是选择一死了之。真的，从二十层楼上跳下去会怎样呢？要用几秒钟？三秒？四秒？顷刻间粉身碎骨……但是，如果一下子没跌死呢？他想到那痛如刀割，那臂折腿断血肉模糊的惨状，叹了一口气，随后，夹着一份报纸上饭店去吃早饭。他居然胃口不减，吃完了一份浇槭汁的鸡蛋饼，自己也不胜诧异。

“新墨西哥州天国大旅馆”……是谁呢，从这么古怪的地址给我来信？

还有一封信是哈利·考培寄来的，他先拆开这封信看。行长问他怎么没去上班，他的账目上尚欠银行八百九十三元……他对此有什么打算？……问得多么无情或者天真。不过，天真的毛病，哈利·考培是无论如何都不会有的。

让·莫尼埃拆开另一封信。信纸上方印有三株柏树的图案，下面这样写着。

亲爱的莫尼埃先生：

我们今日给您去函不是无故打扰，而是根据我们所掌握您的情况，相信我们提供的服务将会对您有所裨益，才写这封信的。

您当然不会不注意到，即使是最勇敢的人，在他一生中也会遇上走投无路濒临绝境的时候，想抗拒也不可能，那时，显然死亡就成了人们所想望的一种归宿了。

闭上眼睛，昏昏睡去，长眠不醒，永远不再听见诘问和责难……这是我们许多人都做过的梦，也是大家怀有的祈望……然而除了极少数例外情况，人们是不敢轻易捐弃他们苦海的；这一点，不妨看一看他们中的不成功的过来者，便能明白了。因为自寻短见的人，大多数都可怕地失败了。譬如，有些人想要饮弹自毙，一粒子弹打穿脑袋，结果只是切断了视神经，成了瞎子；再如，有些人吞服安眠药，以为可以睡中身亡，不料弄错了剂量，三天之后苏醒过来，大脑损坏，记忆力丧失，四肢落到残废。自杀是一门艺术，凡夫俗子和不擅此道的人是干不了的；同时这门艺术本身又容不得有什么经验之谈。

而这种经验，亲爱的莫尼埃先生，如果这个问题正如我们所料想的那样令您感兴趣的话，我们则随时准备为您提供。我们旅馆开设在美国和墨西哥的边界上，地处穷乡僻壤，人迹罕至，所以远离一切耳目；作为旅馆的主人，在我们的兄弟姐妹因为正大的、无可非议的理由而欲诀别人生的时候，我们的天职便是帮助他们找到一种没有痛楚的，而且我们敢说是万全的办法离开人世。

在天国大旅馆，死亡之神将在您的睡梦中美好地悄然降临。我们积十五年之经验，硕果累累，（仅去年一年，我们就接待了两千多顾客），技术娴熟，保证投药精确，灵验无比。还要补充一点，对于那些凡是出自信仰原因而顾虑重重的客人，我们将采用一种新颖奇巧的方法，以解除他们道德上的一切责任。

我们非常清楚，大多数顾客财力有限；他们自杀的频仍多寡，是和他们银行存款的数目多少成反比的。为此，我们在不降低设备舒适的同时，力求做到天国旅馆一切费用无比低廉。旅客到达后，只用交付三百美元。这笔款项是用来支付住宿期间（至于您应勾留多久，恕不奉告）的各项开支，包括作业费、丧葬费和养墓费。为了不言而喻的理由，一切服务费用均已预计在内，因此不会再向诸位收取任何小费。

尤应补充一点，天国大旅馆是一个景色非常绮丽的天然所在，它附有网球场四个，十八洞的高尔夫球场一处，另设奥林匹克游泳池一座。来此下榻的旅客几乎全是来自社会高雅阶层的男女之士，他们斯时斯地萍水相逢，个中的社交乐趣，自有一番刺激性，故可谓无与伦比。旅客请在迪民车站下车，那里将有旅馆的专车恭候；务请至迟提前两日将光临日期，来函或来电通知我们。我们的电报地址是：新墨西哥州，科鲁纳多城，天国大旅馆。

经理

亨利·波尔斯梯彻

读完了信，让·莫尼埃拿起一副纸牌；照法妮教他的那样玩起算命来了。

旅途迢迢。一连几个小时，火车在大片的棉花田中间奔驰。白花花的棉田把在那里劳动的黑人烘托得分外显眼。他交替着睡一会觉看一会书，就这样过了两天两夜。最后，火车来到了群山之间，四周怪石嶙峋，气势磅礴，景象万千。列车在高岩深谷的底部穿行，两旁峭壁凌空，高到难以想象，一条条紫色的、黄色的、红色的巨大彩带，环绕着高山峻岭。半腰处飘动的烟岚宛如一条长长的自练，在沿途停靠的一些小站上，可以见到戴宽边毡帽，着绣花皮上衣的墨西哥人。

“下一站到迪民了，”豪华卧车的黑人乘务员对让·莫尼埃说，“先生，要擦皮鞋吧。”

法国人收拾好书籍，关上手提箱。他这最后一次旅行竟然如此平淡无奇，连自己也觉得惊奇。他听到了湍急的流水声。车闸吱吱作响，列车停下来了。

“先生是去天国大旅馆吗！”沿着车厢跑来的印第安脚夫向莫尼埃问道。

他的小车上面已经载有行李，两位金发女郎跟在他的后面。

“怪事，”让·莫尼埃心想，“难道这两位迷人的姑娘是来这儿寻死的吗？”

两位女郎也正朝他打量着，但见她们神态端庄，嘴里还喃喃低语着什么，但他听不清。

天国大旅馆的客车，并不像一般人担心的那样如同一辆柩车。车身漆的是蔚蓝色，镶着蓝色和橙黄色的线条，在阳光照射下熠熠发亮。倒是四周的车辆破破烂烂，加上不绝于耳的西班牙人和印第安人的咒骂声，使得这个停车的院子看上去就像一个卖废铁的市场。公路两侧的峭壁上生满了斑驳的苔痕，好像披上一层灰蓝色的轻纱。山崖高处闪烁着金属岩的斑斓色彩。司机穿一身灰色制服，是个两眼暴突的大胖子。让·莫尼埃知趣地在司机身边坐下，为着让同车的两位年轻姑娘待在一处。不久，当山路曲折，汽车加足马力盘旋上山时，他试着同司机攀谈起来：

“您在天国大旅馆当司机已经很久了吗？”

“三年了。”那人咕哝了一句。

“您这工作想必是很奇怪的吧？”

“奇怪？”那人道，“为什么奇怪？我开我的车子，这有什么好奇怪的？”

“您所迎接的旅客还有下山回去的吗？”

“不多见，”司机有点尴尬地答道，“不多见……不过偶然还是有的。比如说我吧。”

“您？真的？……您是作为一个……旅客来的？”

“先生听我说，”司机道，“我做了旅馆的司机，就不好重提自己过去的事了。再说，这些弯儿很难拐，您总不会希望我把您连同这两位小姐的性命都被我送掉吧？”“当然不希望。”让·莫尼埃说。

但他转念一想，他的回答未免滑稽可笑，也就笑了一笑。

过了两个小时，司机仍不出声，只是用手给他指着台地上隐约在望的天国大旅馆叫他看。

旅馆是一座西班牙－印第安合璧式的低矮建筑，有着阶梯式的平顶和红颜色墙壁。墙壁的水泥模拟做黏土，粗糙不堪。房间一顺朝南，门外是阳光充足的带荫棚的凉台。一个意大利看门人在忙着迎接来客。他那剃光的面孔当即使让·莫尼埃联想起另外一个国家，一座大城市的马路和鲜花盛开的林荫道。当侍者接过他的手提箱时，他随口问了看门人一句：

“怪事，我好像在哪里见过您？”

“在巴塞罗那，里兹旅馆，先生……我姓萨尔高尼……革命开始的时候我离开了那里……”

“从巴塞罗那来新墨西哥！路不近哪！”

“那有什么！先生，我们看门的到哪儿都一样，只不过我现在要请您填写的登记表，要比别的地方来得复杂些……先生不会见怪吧。”

递给三个来客的表格上面，果然满纸尽是各项栏目、各种问题和说明。还特别要求来客准确写明自己的出生日期和地点，发生不幸时需要通知哪些人：

“请至少提供两名亲属或朋友的地址，尤其请用习用语言亲笔抄写下面附表（甲）。

‘具名人，________，身体健康，精神正常，弃别人世纯系自愿，故有不测概与天国大旅馆经理及所属人员丝毫无涉，特此保证……’”

让·莫尼埃发现两位美貌的姑娘面对面地坐在近旁的一张桌子前，选用了德语，正细心地誊抄附表（甲）。

旅馆经理亨利·波尔斯梯彻先生是一个性情沉静的人，戴一副金边眼镜，他很为自己这个旅馆感到骄傲。

“您是旅馆的老板吗？”让·莫尼埃问道。

“不是，先生。旅馆属于一家股份公司。不过的确是由我提出创办的，并且担任终身经理。”

“那么，你们有什么办法使得地方当局没有找麻烦的呢？”

“找麻烦？”波尔斯梯彻先生觉得奇怪，不快地说，“不，先生，我们开这间旅馆，可没有做过一点职责范围以外的事啊！客人希望什么，我们就做什么，一切照办，此外没有别的了！……而况，莫尼埃先生，这里根本不存在什么地方当局。我们这块土地从来没有明确划定过，是属墨西哥，还是属美国，谁也说不出。它是一块高原，很久以来一直被看作是人迹不到的绝地。传说数百年前有一群印第安人，为了死在一块儿，为了避开欧洲人，汇集来了这儿。据当地人说，这些死后的亡灵封住了这座山的入口。由于这个缘故，我们才可以用很低的价钱买到这块地方，才能在这里独立营生。”

“那么说，旅客家属从来也没有上法院告过你们？”

“告我们？”波尔斯梯彻先生生气地叫喊起来，“啊，上帝，我们犯了什么法？而且能上哪儿法院告我们？旅客家属看到这类棘手而且总是令人头痛的事儿，没经声张出去就了结了，他们高兴还怕来不及呢……没有的事，先生，这里一切顺心，万事如意，我们真正做到宾至如归了……您不想看看自己房间吗？要是您中意的话，就请住 113 号房好了。您不迷信吧？”

“一点也不，”让·莫尼埃说，“不过，我是受宗教教育的。应该承认，我一想到自杀，心中就觉得不安……”

“哪里，根本就没有自杀这回事，先生，永远都不会有！”波尔斯梯彻先生说话的语气不由分说，因而对方只好不再提了，“萨尔高尼，你带这位先生去 113 号房间看看，至于预定要交的那三百美元，请先生费心，顺便交给出纳员，他的办公室就在隔壁。”

113 号房间晚霞照映；让·莫尼埃一心想在房内发现杀人的机关，却没有找到一点痕迹。

“什么时候吃晚饭？”

“八点半，先生。”

“这儿习惯要穿礼服吗？”

“男士们大多数是换礼服的，先生。”

“好的，那就穿吧……请给我准备一条黑领带和一件白衬衫。”

他下楼来到大厅时，果然瞧见女士们一个个袒胸露肩，身着晚礼服，男宾们则是一色的无尾常礼服。波尔斯梯彻先生立刻走过来，客气而恭敬地对他说：

“啊！莫尼埃先生……我刚才还在找您呢……您既然单独一个人，我想您也许乐意和我们一位女主顾吉尔比－肖太太同桌进餐的。”

莫尼埃做了个厌烦的手势，说：

“我到这里来并不是为着过上流社会生活的……不过……您可不可以先指给看看是哪位太太，暂不用介绍好吗？”

“当然可以，莫尼埃先生……您瞧，那位身穿白色乔其纱长衫，坐在钢琴旁边正翻阅着画报的年轻妇女，她就是吉尔比－肖太太……我想她的模样不会不讨人喜欢……绝对不会……她是一位十分可爱的女人，仪态万方，聪敏伶俐，很有美感……”

吉尔比－肖太太无疑是一位非常标致的女人。棕色的头发梳成一绺绺小发鬈，盘成一个发髻，垂在颈后，露出了高高而坚毅的前额，目光温柔聪慧。真奇怪，为什么这样一个可爱的美人也会想到寻死呢？

“那么吉尔比－肖太太是不是……总而言之，这位太太也是同我一样作为您的一位旅客，为着同样原因到您这儿来的吗？”

“当然如此，”波尔斯梯彻先生似乎为了使回答更意味深长，故意拖长了声调，“当——然——如——此。”

“既然这样，就请给引见一下吧。”

晚餐虽很简单，但是非常精美可口，招待得也很周到。一顿饭吃完时，让·莫尼埃对克拉拉·吉尔比－肖的身世已经了解，至少大体上如此。她嫁过一个有钱人，心地非常好，但是她并不爱他。半年前，她抛弃丈夫跟着一个年轻漂亮但又厚颜无耻的作家——是她在纽约认识的，一同跑到欧洲去了。她满以为一旦和丈夫离了婚，这个年轻人就会娶她。不想一起来到英国之后，他却忽然变卦，决心尽快地把她甩掉。他如此负情是她万万没有想到的，而且伤了她的自尊心；然而，她仍力图使他明白，她曾经为他做了多么大的牺牲，并且目前她又陷入多么可怕的境地。他听了则一味拿她打哈哈：

“克拉拉，说真的，”他对她道，您是一个跟不上时代的女人！……一个维多利亚时代的古董。早知您这样痴情，我就不该要您离开您的丈夫和孩子了……亲爱的，您现在应该回到他们身边去才对……您天生是一位贤妻良母，扶养一群儿女……”

这时，她只剩下最后一个希望了，就是求她的丈夫诺尔曼·吉尔比－肖让她回去。她深信，只要她能和丈夫单独见一次面，很容易便能再赢得他的爱的。但是，诺尔曼的亲属和合股人都不停地在他周围，对他施加压力，要他拒绝克拉拉，所以他始终不为所动。她低声下气，几次哀求，都没有结果。之后，有一天早晨，她发现她的信中有一封天国大旅馆寄来的广告信，于是明白了，只有走这一条路，才是解除她的痛苦的最近便最简单的办法。

“怎么您不怕死吗？”让·莫尼埃问。

“当然怕……但总比苟活好，活着更可怕……”

“这个回答太好了。”让·莫尼埃说。

“不是我回答得好，而是事实。”克拉拉道，“好了，现在请您谈谈您是怎么到这里来的吧？”

听让·莫尼埃讲完之后，克拉拉连声责怪他。

“几乎叫人没法相信！”她说，“怎么？……仅仅因为股票跌价，您就想走绝路了？……难道您没想过，只要您还有勇气活下去，再过一两年，三年吧，或者多一点，您就会忘掉您的损失，说不定还可以赚得回来呢？……”

“我的那些损失只不过是借口。假如世界上还有什么值得我活下去的话，这点损失确实不算什么……不过我已经对您说了，我的妻子不认我这个丈夫了……在法国我没有任何亲人；就连一个相好的女友也没有……不妨对您实话实说吧，我是由于情场失意才离开自己国家的……今后，我还能为谁辛苦奋斗呢？”

“为您自己呀……为了今后那些爱上您的人……这样的人，您总还会遇到的……绝不能因为困难中见到几个没有心肝的女人，便断定凡是女人都没有好的，那就不公平了……”

“您真的相信会有这样的女人……我是说，一些值得我爱恋的女人……而且她们还要答应，最少数年之内，和我一起过艰难奋斗的生活？……”

“我相信一定会有的，”她回答说，“有些女人，就是喜欢这种努力奋斗的生活，而且觉得贫困中自有一种说不出的浪漫情趣……比如我吧……”

“您？”他热烈地问。

“啊，我只是想说……”

她欲言又止，支支吾吾，接着改口道：

“我看我们应该回大厅去了……餐厅里只剩我们两人了，餐厅领班正无可奈何地在我们周围乱打转。”

“您不认为，”让·莫尼埃把一件白鼬皮披风给克拉拉·吉尔比－肖披上，一边问道，“您不认为……今天夜里会？……”

“哦，不会的，”她回答，“您刚才到嘛……”

“那您呢？”

“我到这里已有两天了。”

他们分手时，相约第二天上午一块去山中走走。

朝阳斜照下来，凉台沐浴在一片和煦的阳光里。让·莫尼埃刚洗完冷水浴，忽然发觉脑中闪过一个念头：“活着该有多好哇！……”但他随即想到，他只剩下几美元和只有几天生命了，不由得喟然长叹一声：

“都十点了！……克拉拉在等我呢。”

他匆忙着好衣服。穿上一套白麻布的服装，他感到浑身轻松。他在网球场旁边追上了克拉拉·吉尔比－肖；她也是一身素装，正由两位年轻的奥地利姑娘拥着散步。姑娘们一见到他便跑走了。

“我把她们吓跑了吗？”

“她们给您吓跑了……她们正在对我讲述她们的遭遇。”

“有意思吗？……您马上给说来听听……您夜里有没有睡上一会儿呢？”

“我睡得好极了。我真怀疑那位使人不安的波尔斯梯彻先生，是否在我的饮料里掺了安眠药。”

“我看不会，”他说，“我也睡得很沉，但是完全属于正常睡眠，所以早上醒来后觉得特别清醒。”

他顿了一下，又补充道：

“同时特别幸福。”

她莞尔含笑地望着他，却不答话。

“我们沿这条小路走吧！”他说，“请给我讲一讲两个奥地利姑娘的故事……您在这儿就是我的山鲁佐德[1]好了……”

“但是我们根本不会有一千零一个夜晚啊……”

“唉！……我们的夜晚？……”

她截住他的话，道：

“这两个姑娘是孪生姊妹。她们一起读书长大，先是在维也纳，后来在布达佩斯，她们别无其他知心朋友。十八岁上，她们遇识了一个匈牙利人，他是古老世家出身的一个贵胄子弟，英气勃勃，活像神话中的少年；他还像一个茨冈人富于音乐气质。姊妹俩都在同一天如痴如狂地爱上了他。过了几个月，他向其中的一个求婚。另一个在绝望之下，企图投水自尽，幸未成功。于是被选中的一个毅然拒绝了那位尼基伯爵，同时，姊妹俩一同计议联袂而死……就在此时，也像您和我那样，她们收到了天国大旅馆的广告信。”

“多么荒唐！”让·莫尼埃道，“她们年纪轻轻，而且美貌动人……她们怎么不到美国去呢，到了美国，自有别的男子会爱上她们的……只要有一点儿耐心，稍微等几个星期……”

---

① 指《一千零一夜》中王后山鲁佐德给国王山鲁亚尔一夜讲一故事之事。

“总之，都是一样，”她伤感地说，“就因为没有耐心，大家才上这儿来的……但是，关于别人的事，我们人人都能谨慎对待，真是旁观者清啊……是谁说过这样的话：‘我们永远有勇气承受他人的不幸’？”

这一整天，天国大旅馆的旅客都见到一对穿白色衣衫的情侣，踏着花园的小径，沿着山崖和沟壑，尽情漫游。这一男一女谈得火热，直到夜色降临时，才见他们朝着旅馆走来。种花草的墨西哥人见他们互相搂抱的那样子，忙把头转过去了。

饭后，让·莫尼埃整个晚上都是在一间没有人的小客厅里，对着身旁的克拉拉·吉尔比－肖低声絮语。他的话好像已经把她打动了。后来，他没有先上楼回自己房间，而是去找波尔斯梯彻先生。他看到经理坐在那里，面前放着一本黑色大账簿，正在核对账目，还不时地拿起红铅笔划去一行。

“晚安，莫尼埃先生！……我能为您做点什么吗？”

“是的，波尔斯梯彻先生……至少我是这么希望的……不过我要说的，您听了一定会感到吃惊……

怎么变化得如此突然……但是生活就是瞬息万变的嘛……简单说吧，我是来告诉您，我改变主意了……我不愿意死了。”

波尔斯梯彻先生惊讶地抬起眼睛：

“您这话当真吗，莫尼埃先生？”

“我当然知道，”法国人说，“您将觉得我是个出尔反尔、毫无主见的人……但是，既然情况不同了，我的愿望也跟着改变，这不是在情在理的吗？……一个星期以前，当我接到你们信的时候，我只身一人在世界上，正感到绝望……那时我想辛辛苦苦、拼死拼活都没有意思了……可是今天一切都不同了……并且，说实在的，这都是托您的福，波尔斯梯彻先生。”

“托我的福，莫尼埃先生？”

“是的，托您的福，因为您安排我跟那个女人同桌吃饭，正是她促成了这件意想不到的事情……这位吉尔比－肖太太真是个温柔可爱的人儿，波尔斯梯彻先生。”

“我早已同您说了，莫尼埃先生。”

“不仅温柔可爱，而且勇于助人……我把自己的不幸对她讲了之后，她一口答应与我分忧……您觉得奇怪吗？”

“一点儿不奇怪……在我们这儿，戏剧性的事情已经是屡见不鲜了……我为您高兴，莫尼埃先生……您还年轻，十分年轻……”

“所以，如果您没有什么不便的话，明天我就同吉尔比－肖太太去迪民。”

“这么说，吉尔比－肖太太也像您一样不打算？……”

“是的，那当然……而且她一会儿还要向您证实的……现在只剩下一个棘手的问题……就是我付给你们的那三百美元，它们差不多是我的全部财产，天国旅馆是不是一经入账便没有再退的，或者我还可以取回一部分，用来购买车票？”

“我们是讲公道的，莫尼埃先生……凡是尚未服务的项目，我们向来不收钱的。明天上午，出纳就给您结账，每天二十美元，包括住房、饮食和小费，余下的退还给您。”

“您真是太宽宏大量，太能体谅别人了！……啊！波尔斯梯彻先生，我万分感激您！我又获得了幸福……又将开始新的生命……”

“我很愿意为您效劳。”波尔斯梯彻先生说。

他目送着让·莫尼埃走出门直至离去。然后，他揿了一下电铃，吩咐道：

“叫萨尔高尼到我这里来一趟。”

几分钟过后，看门人走了进来。

“是您找我吗，经理先生？”

“是的，萨尔高尼……今天夜里你就给 113 号房放送瓦斯……两点左右时。”

“请问经理先生，在放毒瓦斯之前，要不要先放一点催眠瓦斯呢？”

“没有这个必要了……他会睡得很香的……好了，今晚就这样，萨尔高尼……明天到 17 号房间的两个姑娘，按商量好的进行。”

看门人往外走，吉尔比－肖也已来到门口。

“进来吧，”波尔斯梯彻道，“我正要叫人找你呢。你的客人已经来过，和我说了他想离开的事。”“我觉得，”她说，“我应当受到嘉奖了……我做得出色吧。”

“很利索……我会考虑到的。”

“那么说，就是今天夜里的事了？”

“是的，今天夜里。”

“可怜一个男子！”她说，“多么可爱，多么热情……”

“他们都是这么热情的。”波尔斯梯彻先生道。

“你也太狠心了，”她又说，“正当他们重新喜爱上生活的时候，你却叫他们这样完了。”

“狠心？……恰恰相反，这正是我们的方法之所以人道的地方……比如这个人，由于信仰而感到良心不安……我现在叫他安心无事了。”

他看了一下面前的大簿子。

“明天，你休息吧……后天我再交给你一个人，也是新到的……仍是一个银行家，不过这一回是瑞典人……而且年纪不轻了。”

“我还是喜欢那个年轻的法国人。”她若有所思地说。

“做事情不许挑三拣四的，”经理板着面孔道，“拿着，这是你的十元工钱，再加十元奖金。”

“谢谢。”克拉拉·吉尔比-肖说。

她把钱放进手提包时，叹了一口气。

她刚走后，波尔斯梯彻先生拿起一支红铅笔，然后用一把金属的小尺子，仔细地在他的大簿子上划去一个人的姓名。

——孙传才译

栗树下的晚餐

“再来点牛肉汤吗，梅内特里耶先生？”侍者问。

“不用了，谢谢。”克利斯蒂安说。

“不必客气，梅内特里耶先生；您想要什么，就请吩咐好了。”

“知道了，谢谢。”克利斯蒂安说，“来一碟鹅肉冻，然后，请自便吧。”

“雷翁·罗朗先生呢？”侍者问，“汤上再加一点干酪好吗？”

“罗朗先生一样也不要——就要安静。”克利斯蒂安说。

侍者不免扫兴，怅然而去。

“你别这么打发人，克里斯蒂安，”他夫人克蕾尔·梅内特里耶说，“他也是一片好意。”

“就算是吧，”克利斯蒂安道，“但他为什么老打断我们谈话？”

对于种种娱乐，克利斯蒂安就中意巴黎的随意小酌；席间与几位知己、三两讲故事的能手，滔滔汩汩说些趣闻逸事，随想偶得，抑或奇谈怪论。他喜欢惠而不费的精神活动，甚于那些政治或文艺方面争论，他把这类争论视为无谓空谈。是晚，他约集了除演员雷翁·罗朗，还有女作家谢妮；他对这两位健谈家期待甚殷。谢妮，虽说已近古稀，谈锋不减当年，仍然妙趣横生。雷翁·罗朗则是一位出色的喜剧演员，他留心生活，嗜好书籍，而且不论模仿什么，都能绘影绘声，惟妙惟肖。

“方才我们说什么来着？”克蕾尔问。

“说到雨果，”罗朗道，“谈到他的骄矜之气。他讲过：‘有人指摘我孤高傲世，此话固然不错。殊不知正因为我孤傲，所以才有力量……’他相信灵魂可以转世轮回，而且声称他的前身是以赛亚、埃斯库罗斯和玉外纳[①]。他还宣布：‘我发现敝人的一句诗出现在

① 以赛亚，《圣经》人物。相传是《圣经·以赛亚书》的作者，希伯来的大预言家。埃斯库罗斯（约前525—前456），古希腊三大悲剧作家之一。玉外纳（约60—约140），古罗马讽刺诗人。

玉外纳的作品中。是的，这是我的一句法文诗，被一字不差地翻译成了拉丁文……’这岂不可笑！”

“当然可笑，”克利斯蒂安道，“但他毕竟是位了不起的奇才！我是不会感叹：‘唉，雨果！’却要赞道：‘啊，雨果，感谢上帝！……’而且他不光有诗才；在他的《悲惨世界》里，就有不少描写史实的绝妙篇章。”

“还有令人吃惊的连篇胡话，”罗朗道，“譬如他说：‘英语 iron 一词的含义是铁，法语的 ironie（嘲讽）难道不是从这个词来的？’原因便在于雨果虽然通晓拉丁文，但对希腊文却一窍不通。”

侍者端上来鹅肉冻和萨尔拉土豆。

“块菰要不要多来一点，梅内特里耶先生？请尽管吩咐……”

克利斯蒂安将他支走，话题又回到“嘲讽”这个词上来；他问谢妮，托马斯·哈代有本短篇小说集子，叫作《生活中的嘲弄事儿》，不知她是否读过？

“没有，”她答道，“但是我非常喜欢哈代的作品。他的文笔辛辣犀利，引人发笑。《苔丝》这部小说真是太美了……那么他所谓的生活中的嘲弄事儿，说的是些什么呢？”

“说的尽是一些意想不到的事，书中人物的一举一动，效果都适得其反，因因果果全被颠倒了，谬误受到奖赏，善行反遭惩罚，而且还赋予各种行为以前所未有的含义。”

“我明白了，”谢妮沉吟道……“这叫我联想起了埃莱娜剪头发的故事。”

三张面孔询问似的一起转向了她。

“怎么？”她问道，“我没有给你们讲过吗？”

“没有，”克利斯蒂安回答，“其实您知道我对埃莱娜特感兴趣。喏，她也算是个有才华的女子了……”

“马瑟兰娜之后，她是法国最大的女诗人。”罗朗道，“并且远出马瑟兰娜之右，然而又是一个多么古怪的女子！真有点令我望而生畏。”

“我也有此感觉，”克利斯蒂安道，“她不喜欢我，倒不必说，就连一切男人，也没有哪个是她喜欢的。她爱的只是声名荣誉，嗯——以及作为诗歌题材的爱情。她只爱她自己。”

“那也不尽然，”谢妮说，“她虽然怜爱自己，可是并没做到。悲剧就在这里了。她不需要情人，但是需要男性的仰慕和崇拜。所以后来才引出罗伯尔·瓦尔特，以及为他断发的故事来。”

“好了，”克蕾尔说，“别卖关子了。还是快点给我们讲埃莱娜断发的故事吧。”

“梅内特里耶太太，再要一点鹅肉冻吗？”侍者迟疑地问……“请吩咐好了。”

“就来一小块吧。”克蕾尔叹口气道……“别责怪他，克利斯蒂安……他会走的。”

一

“你们兴许还记得，”谢妮接下去说，金融家罗伯尔·瓦尔特向埃莱娜大献殷勤这回事吧……此话说来已上二十年了，当时闹得巴黎满城风雨。他们之间到底有什么瓜葛？关系暧昧？似乎又谈不上。那时候埃莱娜正在爱着（仅就她能为爱情所动的程度而言）我们的朋友克洛特；而且据我所知，瓦尔特也有一个公开的情妇，还是名噪一时的女演员，名叫利丽亚娜·方丹，她的男人就是吕西安·米奈斯。但是瓦尔特喜欢附庸风雅，好以名士自居，当然也不无理由：他喜爱吟诗，因此与埃莱娜的友谊大可以满足他的虚荣心。而且人有了钱，常会感到百无聊赖；恰好埃莱娜很有才情，绝顶聪明。至于埃莱娜，她正需要听到别人向她大唱溢美之词，此时有人对她仰慕不已，赞不绝口，尤其是出自一片至诚，将她捧到一切诗人之上，这样的崇拜者，她哪有不接近的呢？况且请勿忘记，当时瓦莱里这颗新星正冉冉升起，其光焰完全有盖过埃莱娜之势。她的弱点，正是为此不胜痛苦。于是她便向至朋好友告急求援。瓦尔特手上有几家报纸，有这能力，同时也懂得如何去关注一个女友声名地位的。还有一层，登门访问他的宾客如云，而且都是些闻人名流；埃莱娜就是在他家会见文坛和政界一切人士的；此外，在理财方面，他也是埃莱娜非常好的顾问……不过这类话题，他在银行之外是不愿涉及的。我发现他随时准备谈论拉辛，却不愿提到他的德国皇家银行；事实上，他对银行业务，要比对拉辛熟悉多了。全亏他私下代为参谋，埃莱娜做了几回证券投机，赚到一大笔钱，使她过上了那种靡费豪侈、无所用心的慵懒生活，这是你们大家都知道的了。”

“但是埃莱娜本来颇有家业呀。”克利斯蒂安说，“她的祖上不是罗马尼亚的金融家，喀尔巴阡山领地上的石油不是哗哗地往外流着吗？”

“很久以来，”谢妮道，“这个罗马尼亚世家便告中落了。开发油田的事也只存在于幻想的王国；而她的诗集，任凭写得多么瑰丽，也难卖得出去。从前拜伦靠写一首长诗《恰尔德·哈罗德》，便可偿清全部债务，这样的时代早一去不复返了。总而言之，罗伯尔·瓦尔特帮忙出的主意，埃莱娜都无任欢迎；同时也是罗伯尔行事漂亮，向女友馈赠钱财的方式全不露痕迹。他的为人实在有这样一个特点，非常慷慨大方，（我听说他对落魄的老作家曾大力相助），但是十分讨厌把金钱问题与友谊或者爱情搅在一块，他愿意相信人家同他交往，的确为的他在性格和心灵方面的长处，何况他这种自负原非过分，因为他这两方面的长处，委实兼而有之。克利斯蒂安，您想必还记得他天天前往斯蓬梯尼大街吧，六七点钟时，总能在那儿见到他，那时正是埃莱娜憩息养神的时刻。她躺在一张黑色长椅上，闭起眼睛，侧耳倾听罗伯尔给她朗诵。埃莱娜有时听到一句，忽然兴奋起来，仿佛触到一根无形的弹簧，身子蓦然往前一扑，激昂地念出一段莎士比亚式的诙谐的独白来，可以看出她是深得其中三昧的。罗伯尔在一旁听得心醉神迷。尽管他很聪明，可是拙于表达；所以这种伶俐口齿，怎么不叫他陶醉。他待在那儿，一直要到埃莱娜不得不更衣赴宴的时候。埃莱娜还一本正经地就自己的感情生活征询他的看法，其实骨子里早已相信自己被爱上了。”

“此话不是毫无来由。”克蕾尔道。

“您的高见，我不敢苟同，克蕾尔……或者，至少也要看您对‘爱上’这个词，是做何种理解。罗伯尔并不垂涎于埃莱娜。他在我面前常谈起她男不男女不女的身体，言辞之间带有嫌恶的意思。他最欣赏她的地方，首先是她的诗，其次便是那一头乌油油的长发，梳成发辫，盘绕在娇小的头上。有时她特地把辫子松开，供他赏玩。有一天，我还见到罗伯尔真情流露地捧着她的秀发盖着自己面孔……当罗伯尔到来或者离开的时候，埃莱娜照例都亲一亲他的面颊；然而你们知道，只要是她的挚友，不分男女，她一律如此相待；而且她这样亲一亲并不表示什么，无非交谊甚深罢了。请注意，她本可以爱上罗伯尔的。罗伯尔仪表堂堂，衣着考究，优美的嗓音略带点装腔作势；他对待妇女的礼数，今日已十分少见了。是的，如果他不嫌恶，或怕闹笑话，埃莱娜本来会成为他的情妇的，然而罗伯尔却不希望这样……他久耽声色之乐，自然知道（在巴黎，女人的那些事儿几乎是尽人皆知的），在她身上，只能找到一个矜持而笨拙的女人。所以他弄上了利丽亚娜，利丽亚娜虽说不及埃莱娜有才华，但却是一个缱绻多情的女子。"

"是一个贪财的女人。"罗朗道。

"不！"谢妮说，"不是，罗朗。我留心观察过这一对儿。把金钱问题放过一边，利丽亚娜确是真心实意爱着罗伯尔的。何况，根据我刚才说过的理由，他送给她的钱也实在太少。只是，中间夹着个米奈斯，他倒是一个有头脑有心计的丈夫，他和利丽亚娜早已没什么关系，所以甘愿戴绿头巾，只要从中能得到好处。克利斯蒂安，您还记得米奈斯此人吗？"

"当然记得……一个萎靡不振的高个儿男人，年纪不轻，头发染色的……样子活像个地毯商……领导着一个先锋派小剧团。"

"就是利丽亚娜所在的小剧团，而且错综复杂的三角关系也都交织在那上面。吕西安·米奈斯一心要办自己的剧团；剧团赔钱，所以他老需要合伙人的资助，至于利丽亚娜呢，也少不了米奈斯，为着能获得她想望的角色。”

“利丽亚娜很有演戏的才能呀。”罗朗说。

“很有才能，但是您跟我一样清楚，有才能再加上是剧团老板娘，岂不是加倍保险……我呀常常见到这一家子，所以听到过他们非常有趣的谈话。米奈斯，无耻之尤，他对利丽亚娜说：‘这一切真太好了，亲爱的，只是你的朋友瓦尔特早已答应给我一百万法郎，怎么不见下文啦……’那阵子，一百万法郎在剧团的预算里，还可以派很大用场。利丽亚娜想叫我从旁给她帮腔，便故意道：‘哎呀，谢妮，您瞧我该怎么办才是？我向罗伯尔提过无数遍，说我丈夫需要有个资助戏剧事业的后台；可他一味装聋作哑，我自然清楚是什么缘故……他要人家爱他本人……最有意思的是……也的确如此……’吕西安耸了耸肩道：‘他还不至于以为我也是爱他本人吧……你好好儿听着，我的小利丽亚娜：至今，我一直耐着性子，算是够通情达理，够忍让的了，然而这一切……我已经受够了！……喏，这儿是一份我让律师起草的合同，规定了瓦尔特合伙的条件……我现在交给你……你那个罗伯尔要么在这礼拜内签字……要么就跟你一刀两断……懂吗？……’利丽亚娜还想逞强，随口答道：‘这就得看我怎样了。’吕西安冷笑一声说：‘不，我的美人儿，这得要看我……因为假如我把你撵出剧团，你的罗伯尔决计不会娶你，给你派什么角色，甚至于也不会收留你……他可看重他在上层社会的悠哉游哉的独身生活，才舍不得他那可爱的女诗人……’——‘她只是一般的女朋友罢了。’利丽亚娜回驳道。‘唉！是呀，都这么说……只要你还是第一流的红角儿，他一直会引你为荣……可是等到你为演出合同而四处奔波时，他会不会依旧是这样呢？’自然，他说的这番话倒是实情；利丽亚娜也清楚不过了。她接过丈夫手里的合同，装作看了一遍，然后折好，塞进自己的手提包里。”

“那么，她叫瓦尔特签字了？”

“您别性急呀。这一问，不是问到故事的结束了吗，克蕾尔？让我细细领会慢慢道来的趣味吧……到了下个星期六，（是的，我的确记得那是个星期六，从下文你们便知道这个细节很重要。）我同米奈斯夫妇一块儿吃饭，吕西安看上去心平气和的，对我道：‘利丽亚娜真是好样的，合同星期一就能签定……’离开饭桌时，我才找到机会和利丽亚娜单独说几句话。‘事情不太难办吧？’我开口问道。‘相当棘手，’她沉吟道，‘要命的罗伯尔假装听不懂……因为首先他不像吕西安那样混账下流……其次，就是他个性好胜，不肯俯仰由人。我只得和他又哭又闹，假戏真做了一场……啊！那才是我一生演的最精彩角色……我向他痛陈了夫妻间的隐情，吕西安的歹毒，如何地不把我当人使唤……我还数说他罗伯尔自己多自私自利，对我予取予求，却不肯为我做小小一点点牺牲……我跟他说我爱他，这是真情；恨不得跟他一起出走，和他一起生活，这同样是实话，但是既然他执意不肯，我只得饮泣吞声，默默忍受吕西安的凌辱……临了我终于攻破了他的防线’。”

“那么为什么瓦尔特没有立即签字呢？”

“因为他也想把合同拿给行家看看，弄清楚他究竟承当了什么义务……这是很自然的。”

“我在这儿便可以想见到方丹是怎样表演这场戏

的，”罗朗说，“一定是曲尽其妙。我和她同台演过《婚礼进行曲》。当时她感动得我眼泪直流。”

“那一天她也叫罗伯尔·瓦尔特流了眼泪，可是第二天便轮到她自己落泪了……刚才我已对你们说过，这一天是星期六。罗伯尔应邀上狄安治夫妇家度周末，他们在朗布埃附近有一块非常好的猎场。就在那儿，罗伯尔遇上了世界上最寻常同时也是最危险的飞来横祸。他手里拿着一杆枪，想跳过一条小沟，不料摔倒了。枪支走火，打中了瓦尔特的腹部。”

“真是飞来横祸？”

“没有人生怀疑……您以为他是托故自杀？然而像他这么一个快活人为何定要自杀呢？……不，这确是一件猝不及防、无可挽回的荒谬事故……等到送回住所时，他已奄奄一息。在一阵阵的痛苦喊叫声中，只听见他再三要求：“叫个公证人来，给我叫个公证人来……’狄安治连忙打电话到朗布埃找公证人，但公证人到巴黎去了，事务所关着门。医生见瓦尔特活不上几分钟了，便问道：‘您想要立遗嘱，是不是？’——‘是的，’罗伯尔回答说，‘我的财产全部留给……’还没等人听明白说留给谁，他已进入昏迷状态，并且当天就去世了。”

“那您的意思是，他打算立利丽亚娜做继承人，使她能够摆脱丈夫，对吧？”

“我相信是的，克蕾尔。和利丽亚娜曾经动之以情，使他的良心受到责备，况且他又无近亲，这么做是理所当然的。然而埃莱娜却另有解释，由于她生活在另一个社会圈子里，几乎不知道有利丽亚娜其人，更不必说瓦尔特和她的关系了。所以对埃莱娜来说，罗伯尔的遗言只能这样收尾：‘我的财产全部留给埃莱娜……’她接到噩耗，大为震惊，当晚写成一首诗，题为《怀亡友》。吟罢佳作，她便解开罗伯尔昔日喜爱的长辫，一边唏嘘哭泣，一边将辫子剪断下来。

“两天之后，她头上裹着黑纱巾前来参加葬礼。在场的米奈斯夫妇看到她这模样，惊诧不已。但见她走过坟头的时候，浪漫地将手一抖，把长辫撒将开去，于是乎断发纷纷扬扬地飘落在棺柩之上。给人留下深刻的印象。‘可怜的男人，’走出墓地时，她倚在我的手臂上，边走边对我说，‘可怜的男人！我早就知道他爱我；只是没有勇气向我表白，我也没有勇气鼓励他对我吐露。我无论如何也应该献上一点青丝，以奉祀他的亡灵……’这就是埃莱娜断发的故事。”

二

“她的头发又会长出来的。”克蕾尔说。

“那当然，”谢妮说，“而且就连那新长出的头发现在也都付诸黄土，去跟她一厢情愿的情人厮守在一起了。生活其实便这么简单平常，哪怕在嘲弄人的时候。”

“简单平常，然也铁面无情，”克利斯蒂安说，“还是雨果老人说得好。‘讽刺’（ironie）一词是从英语‘铁’（iron）字来的。”

“梅内特里耶先生，”侍者问道，“您喜欢吃点什么饭后点心呢？要点儿苏法莱蒸糕或者夹心巧克力球？还是油煎鸡蛋饼？请随便叫好了。”

“我要一点水果。”谢妮说。

“要奶油草莓吗？”克利斯蒂安问。

“光是草莓，不要奶油，”罗朗说，“我得小心身体发胖。”

“来点什锦水果吧，”克蕾尔说，“要加冰淇淋……香草的或者草莓的都行。”

“您要哪样都可以，太太，”侍者道，“我在这儿侍候诸位。”

“通通要砂糖草莓，”克利斯蒂安说，“好了，你请自便吧。”

“我也听说一个，”克蕾尔说，“最近发生的故事，依我看也算是巴黎生活中这类嘲弄人的小事情中的一件吧。谢妮，昨天您不是去现代艺术博物馆，参加了科马洛夫藏画展览的开幕式了吗？”

“是的，我老远看见您了，就是没法儿挤过去，真是水泄不通。然而展出的确实都是一些丹青妙笔！博尔纳、瑟拉、马蒂斯，以及其他十个画家的作品，琳琅满目，超过了美国任何最好的藏画。西斯莱的一幅小画是我历来所见中最美的了。这个科马洛夫居然藏有如此珍宝，我真从没有想到。他到底是哪一国人？俄国人？还是英国人？我从展品目录上看到他有个英国贵族头衔：伊万·科马洛夫爵士。”

“他是个俄裔英国人，”克利斯蒂安说，“有名的铜矿大王。”

“这个铜矿大王福气不差，能搜集到法国画里的许多精品，真叫人意想不到？莫非因为他的俄罗斯血统，所以对美妙的画儿天生感兴趣？”

“这该轮到我对您说：‘您别性急呀，谢妮……’容我先问一句：您从前见过科马洛夫夫人没有？”

“没有……但为什么问‘从前’呢？……难道她已经不在人世？”

“去世已经三年了……克利斯蒂安和我，都曾见过她。这是一个美国巴尔的摩州女子，美貌非凡；她对法国，尤其是对巴黎那种心仪执着之情，法国很少有人能够理解。不比我们，我们爱巴黎，而且认为只有生活在法国才是真正的福气。这是理所当然的：因为法国是我们自己的祖国；我们在这儿置身于亲朋至爱当中；巴黎的景色，我们朝于斯，夕于斯，生长于斯。但是你们想一想那些外国女子。她们从小就向往巴黎，把大街小巷记得烂熟，以致即便是第一次来到巴黎，也会觉得宾至如归，无须乎向人问路。我们的历史古迹，她们是那样熟悉，甚至有似曾相识之感。然而巴黎的阳光空气，生活的甘饴温馨，城市的精神灵性，则更超出她们想象之外。巴黎之于她们，恰如一味灵丹妙药，一经尝试，便再也缺少不得了。”

“这话一点儿不错。”罗朗说，“某次席间，我坐在一位智利姑娘的旁边，她对我讲了这样一段事：‘在圣地亚哥，我们家中的百叶窗终年关着；大天白日，我们也亮着电灯。妈妈一定要这么着，我当时莫名其妙。之后，我长大了，才敢向她问及。她于是告诉我，原先我爸爸任驻巴黎使馆秘书时，他们住着一套公寓，可以凭窗眺望凯旋门和香榭丽舍大街。‘我太爱那儿的景色了，’妈妈这么跟我说，‘别的，我都受不了。这就是为什么我永远不朝窗外张一眼的原故，除非有朝一日我们全家能够重返巴黎。”

“这位智利太太未免言之过分了。”克蕾尔道，“但是像她那样的女子，世界上何止成千成万，而且一旦离开巴黎就如同脱离了氧气，马上透不过气来。科马洛夫夫人的情形便是如此。早年还是个贫穷的美国小姑娘、马里兰州一位浸礼会牧师的女儿时，她已经出落得非常漂亮。她的父亲省吃俭用，好不容易送她读上大学，修的是文学和艺术。她学习写诗作画，门门功课成绩都很糟，而糟就糟在她一个劲儿地赶时髦上面，这种习气也不知误了美国多少有才华的青年。幸好她就读的大学有个优良的传统，在学生修业期满的前一年，即大学三年级时，将她们送到巴黎来实习。这对她来说，无疑是一大发现。她忽然发现了什么是美。”

“结果她自己也叫科马洛夫发现了。”

“请等一下，克利斯蒂安！别打岔影响我讲话嘛……这一位蔡尔达小姐（是的，她娘家姓蔡尔达，同斯高特·菲兹·杰哈尔特太太一样），结婚之前，在巴黎过着欢欣愉快的生活。她住在一家法国人家里，房东的儿子还在追求她。”

“没有成功？”

“有点收获……譬如说晚上出去看场电影，无伤大雅的亲个吻……她想画些肖像，因为这家人认识霍勒芒夫妇，通过他们介绍，得以为戴妮丝作画。我们的朋友戴妮丝，仍跟做大学生时一样，始终保持着一颗年轻人的心，不放过和穷学生接近的机会。她便成了蔡尔达的朋友，送衣物给蔡尔达，请她来家中玩。正是在她家中，有一天科马洛夫遇见了这位美貌动人的姑娘。科马洛夫和霍勒芒商务上有来往，那时虽还不是铜矿大王，但已十分富有。他比蔡尔达要大三十岁，丧妻都两年了。正如常言道，他是一见钟情。而蔡尔达则拿他打哈哈，对他很粗暴，这反使他钉得更紧。他带着蔡尔达游玩了一个冬天之后，正式提出要娶她。蔡尔达跑去跟戴妮丝商量，戴妮丝极力劝阻这门婚事，对她道：‘您请看，我就是前车之鉴。当初我嫁给埃德蒙时，我对他的感情，比起您现在对科马洛夫，不知要深多少倍。然而，因我们中间隔着这条该死的贫富鸿沟，我们的结合失败了。我之所以对您这么说，因为这是尽人皆知的事……哦！我们只有尽可能摭拾一点幸福，如此而已直至老死……不过，我还是希望您能够找个好一点的……’但是蔡尔达渴望走好运，喜欢安逸，找个靠山。这一切，科马洛夫全都可以给她，并且缠着她没个完；她因此让步了。于是她平步青云，一步登天。十年后，她在英国有一座寓所，在索洛涅也有一幢，在巴黎瓦雷纳街买下一座公馆，在安提布又置了一处别墅，此外有一艘游艇、一架飞机供她享用；她作为科马洛夫夫人，是世界上服饰最讲究的三位太太之一，然而她的生活却烦闷得要命。”

“这又是为什么呢？是科马洛夫不爱她了吗？”

“哦！不是！他没有另寻新欢，但是，很少有空。关心体贴她……何况这是个非常枯燥乏味的人……只有谈到企业的营利、证券的收益和工厂的生产时，他才兴趣勃然。而且连周围的朋友也都跟他相似，可怜的蔡尔达长久以来就想找个足以慰藉的朋友，一直没有找到。”

“她是有意要找吗？”

“我相信她不会对自己说：‘我想找个情夫，’然而会想：‘我要交个男朋友’。她到过世界上许多地方，但是对法国，对法国艺术，对迷人的巴黎，却始终眷念不舍。她的丈夫虽然尽力想在她身边摆上各色玩物，可惜审美力太差……总而言之，她成了一位娇宠惯了的贵妇人，郁郁寡欢，一天就有半天躺在那儿，并且常爱闹个头痛；说来也巧，就在她前往疗养院的途中，不期然而然地同一个她心头召唤的伴侣萍水相遇了。这个人是内地一间美术馆的年轻馆长，姓贝尔热－科罗（其外祖父就是有名的科罗，可谓画家之后）；他曾经使一个以前默默无闻的绘画陈列馆轰动全国，在艺术界里很快赢得盛誉。他以一笔微不足道的预算，凭着他的料事如神和先知先觉，搜集到了新一代最优秀画家的作品。戴妮丝，还有其他十来个鉴赏家，都曾向科马洛夫夫人建议：‘您既然经公路去南方，何不绕道去安西美术馆看看呢……那才叫了不起……’因此蔡尔达选定在安西停一站，贝尔热－科罗亲自陪她参观市美术馆的藏品。他是个审美家，因为蓄着很长的栗色小胡子（哪怕这一点，也讨蔡尔达的喜欢），面孔显得有点古板老气。他十分爱好现代艺术，然而亦不否定任何传统。他对她说：‘请别忘记，就在勒努瓦和德加被认为是革新派画家的时候，他们对前辈艺术大师也是不失崇敬的……’关于这个问题，如果是换一个人这么说，而且早十年的话，蔡尔达就会毫不客气地和他辩论一通宵。但是贝尔热－科罗说话时的那种既毋容置疑又平静温和的口吻，对外行审美情趣的那种既鄙夷不屑又彬彬有礼的态度，顷刻间使科马洛夫夫人着了迷。伊万爵士当时正在玻利维亚，没料到蔡尔达会在安西城耽上两星期之久。她在城中仅有一家像样的旅馆里租了一个套间住下，由年轻的馆长充当向导，踏遍了境内的山山水水。这是一个山高林密多激流的地区。从前库尔贝曾来这里觅得画题，还有塞尚也是。如此等等，蔡尔达如饥似渴，虚心求教，贝尔热－科罗热心授道，诲人不倦。”

“这样说来，他给了蔡尔达不少指点喽？”

“正是这样，谢妮，而且想必都很投合蔡尔达的心意，因为待到要分手的时候，她再也不能没有贝尔热一科罗了。然而，她必须去安提布了；两个星期以前，她就已通知说要到那儿。最后，她决定启程，但等伊万爵士从拉丁美洲一回来，她就立即要求丈夫邀请贝尔热－科罗到里维拉海滨来见他们。反正她总可以找到一些理由：‘我们买了十年画，可也上了十年当。虽说也得到大画商的帮忙，说不定正由于他们帮忙，我们结果白白扔掉了几百万，搜集来的画，别说旁人，就连我们自己也不感兴趣，因为大多都流于平淡无奇……不错，同大家一样，我们也有一幅伦勃朗，一幅鲁本斯，一幅格雷科，两幅戈亚，然而伦勃朗的是一幅平平之作，鲁本斯的是他的大路货，戈亚的两幅则是他老去才退时在波尔多画的……在这方面，我们永远不能和里查德·瓦莱士、梅农、弗里克、卡蒙多等相提并论……而眼下这个人，他只需用你为我们那些无聊的画所花的百分之一、千分之一的钱，办起了一间美术馆，引得世界各地的人都前来参观……我到的那一天，便在那儿见到了美国罗得岛州普罗维登斯博物馆馆长和奥斯陆博物馆馆长……你说为什么？呵，亲爱的，原因就在于他具有你我都没有的东西：识见。”

“请稍等一等……这位贝尔热一科罗，我曾经见过，”雷翁·罗朗说，“那时他已住在巴黎……约莫一九三五年上，正是他领着我看科马洛夫藏画的。”

“当然喽，”克蕾尔说，“藏画是他一手收集起来的嘛。喏，事情经过是这样。由于伊万爵士一心想要讨好妻子，所以就把贝尔热－科罗请到了安提布，又由于他是个缺少心眼的丈夫，因此对这位年轻的鉴赏家当即产生明显好感……何况为了讨得科马洛夫喜欢，贝尔热－科罗手中还有两张王牌：藏画方面，他可以为科马洛夫提供眼力；家庭方面，他给科马洛夫的确带来了安宁。他到来之后，蔡尔达的偏头痛，无端流泪和呻吟的毛病都不治而愈，连人也变得温颓讲理了。后来客人期满该走了，她于头一天晚上跟丈夫说道：‘我想起了一件事，伊万……你一直想在拉莫特勃夫隆办个私人画廊，既然如此，何不委托这个年轻人去办呢？……你说过你喜欢他……像他这样内行的人也不容易物色……他要的报酬也是最低不过的。人家告诉我，他在安西挣的数目……一年还不到三千美元，再说我们别墅里很容易可以找个地方给他住……就这样办吧，伊万，你瞧着吧，不出十年，人家一定会像谈论格鲁尔的藏画一样谈到科马洛夫的藏品的。'"

"总而言之，"谢妮道，"我们之所以能一饱眼福，看到这套美妙的藏画，全应当感谢科马洛夫夫人的这种愿望，她想把情人安顿在他们两夫妻的屋顶之下，而且还要叫丈夫觉得无话可说！"

"尤其令人拍案叫绝的是，"克蕾尔说，"她自己的情人却要丈夫亲手安顿在家里，报酬还格外从优……不过，话得说回来，贝尔热－科罗那份报酬从来也没白拿。先前他为内地美术馆热心张罗，现在则替私人藏画竭力搜集；他为后期印象派绘画所做的工作，可以与网球场博物馆专事搜集印象派绘画相提并论。马蒂斯、维亚尔、马尔盖、弗里埃斯等，都同他是朋友之交，他去买画，洽谈和成交自然要比倒霉的伊万爵士容易得多。"

"但是那笔风流债呢？"谢妮问……"后来到底怎样了？这才是关键所在，克蕾尔。"

"十分美满。贝尔热－科罗唯一的缺点是比较自负。蔡尔达把他奉若神明，因此与蔡尔达一同生活，他真是大为满意。我们不妨想象有个小伙子，正是韶华之年，爱画爱到发狂地步，而为了购买所喜爱的画，他几乎支配着没有限额的经费，为着举办一个陈列馆，他尽可以自拿主张，没有上峰制肘，也没有无能的市政当局作梗，尔后和一个疼爱您、仰慕您的妩媚女子生活于这稀世画苑当中，叫你怎么能不心醉神迷呢……从来没有一个男子有他这般福气，不过，无疑他也是受之无愧的，因为蔡尔达对他的爱慕之情真是至死方休。”

“他现在怎么样了？”罗朗问。

“嗯？你们知道蔡尔达是得癌症死的，已经有三年了……她的情人不久也相继离世。是由于过度忧伤或是纯系巧合，那就不得而知了。总之，那年冬天他得了严重感冒，接着心脏病猝然发作，一下子呜呼哀哉了……只剩下伊万爵士孑然一身和这些珍贵的藏画。他也无意再加保留，为着捐赠给法国还是给英国，他犹豫了很久。然而此公，什么都不稀罕，唯独有一种嗜好，也是他一个弱点，原来他喜爱勋章。有一位聪明的部长，忽然记起瓦莱士藏画的事（因为法国少颁发一枚红绶章，而失之永远了），灵机一动，给他送上一颗渴望已久的牌牌。因此才有昨天的那场盛典。盛典上，正像大家所见，共和国总统亲临盛会，伊万爵士站立于他捐赠的画幅中间，接受教育部长的授勋，并被吹捧上了天。”

“所有这一切，归根结底，”克利斯蒂安说，“无不因为在那十年间，他妻子找的情夫，是一个蓄着有高卢式小胡子的漂亮的绘画鉴定家……”

“梅内特里耶先生，”侍者问道，“草莓上面要不要浇一点甜烧酒？”

三

雷翁·罗朗心不在焉，已经有好一会儿了，那神情就仿佛一个人，一壁听着别人讲述故事，一壁琢磨着自己接下去应讲点什么似的。每逢这类谈话，谢妮都表现得如同一位出色的乐队指挥，雷翁·罗朗漫不经心的样子早已被她瞧在眼里，只等机会一到，她就会指挥这件新的乐器，把主题重现一次。

“轮到您了，罗朗，”她曼声说……“您在剧团里，见到给人生嘲弄的事，该不止一桩两桩了。”

“对不起，假如你们允许，”他说道，“我倒想给大家讲一个与戏剧界全不相干的故事。这是我上个星期，为了一部侦探片的问题，去找一位有名的律师，从他那儿听来的……”

“真的，”克蕾尔道，“您敢情很崇拜私家侦探一类角色，罗朗。其中的原因，我们可以问一问吗？”

“亲爱的朋友，”罗朗说，“私家侦探的角色能使像我这般年纪的人心驰神往，正如同唐璜这个人物对于一个年轻演员一样……全知全能的私家侦探感觉自己神通广大。”

“于是通过扮演的人物，您也分享到他们的得意不是？”

“当然是的，”罗朗说，“演员好比作家，应当尽可能地使自己不公平的命运得到补偿。你们刚才谈到的利丽亚娜·方丹，就明白表示过，只有当自己情场失意的时候，她才能把爱情场面表演得完美无缺……但是今晚，我不想在诸位面前重复关于演员是是非非的话。天色已经晚了；饭店的领班已开始围着我们打转，看样子分明想下逐客令了，而我还打算给大家讲个强盗的故事。”

“好极了！”谢妮叫道，“我就爱听强盗故事。”

“嗐，我听律师说，”罗朗说道，“近三年来，巴黎地头儿出了两个鼎鼎有名的大盗，彼此间不很和睦。其中一个外号叫疯子马里奥的，法国南方人，出名的亡命之徒，打劫银行的好手，但是太冒失，动不动就使枪。据称许多抢劫和几宗人命案子都是他的手笔，警方还没能逮住他。另一个是萨尔韦德里，大家称他做‘教授’，在偷窃汽车的一伙强盗中，他几乎操有绝对权力。他对这门好买卖曾大力改进，直至接近于流水作业，作案时许多小队皆依次而行，他无须亲自出马，也从不牵连进去。他的职务就是给下面小头目分配地段，归集汽车，迅速改装并脱手。他被认为是个有身份、有教养的人（他的教授美衔便是由此而来）；何况他原来就是文学学士和法律硕士，而且听那位十分熟悉他的律师对我说，他甚至很好相与。事实上也是，他出入于巴黎各界，还没有人怀疑他的身份或者觉出他的犯罪行迹。他的女儿马塞尔·萨尔韦德里，曾经在巴黎一间最好的私立学堂受教育，正正当当地嫁给一个我熟识，并且从事体面职业的男子。他的情妇娇小玲珑，非常漂亮，名叫玛丽安·卡丝戴，祖籍英国，尽管青年时代生活极其动荡，但面孔仍保持着白净细嫩，好像雷诺兹画像中的天使。萨尔韦德里很喜欢这个姑娘。人家说他多愁善感，甚至在主持盗案时，也毫不显得残忍凶狠。他要求手下人作案不携带武器，交代他们只有在不费一枪一弹，万无一失的情况下才可动手。因此，司法当局虽然知道他是整个偷盗网上的核心人物，但一直抓不到任何确凿凭证。监视吧，但在可疑的咖啡馆里不见他的踪影，却常发现他去里兹或拉吕大酒店，和一些无可指摘的人一块儿吃饭。”

“真是个绝妙的人物，值得柯南道尔写出来。”克利斯蒂安道。

“不，值得我演出来，”罗朗说……“我就爱演这种角色。”

“您仍然向往那个神通广大，是吧。”谢妮说。

“一点不错，”罗朗道……“可惜这样一个自制力很强的人，在疯子马里奥及其一伙忽然侵犯到他的地盘时，渐渐显得不够耐心了。确切地说，两人之间谈不上有过协议，划过势力范围；但是直到那时彼此确也存在着某种默契……马里奥和他的朋友专事撬门溜锁，打家劫舍；萨尔韦德里则在马路两侧沿着人行道的大片停车场上，称王称霸。可是自这年五月，马里奥的人忽然连招呼都不打一个，大肆抢掠起汽车来。初时，萨尔韦德里还通情达理，大度包容，心想他们做生活兴许需用几部车子，便也闭着眼睛只当不知。岂料不久情形愈演愈烈，毫无疑问，显然是对方故意作对。这时手下人也纷纷跑来抱怨不迭，于是他决定见一见马里奥，尽管心存厌恶，不愿同一个为自己所不齿的鼠窃狗盗之辈来往。自然，他不可能在公共场所见他。因而决定两个大头目在纳伊桥附近的玛丽安·卡丝戴的小套间进行会见。”

“然而，没有盯梢的？”

“有盯梢的，但他们都很老练，很容易便甩掉了……事实上也是，他们会见中没有发生什么事情。当时马里奥做了一些解释，全不足信，并且答应对下面的人要严加训诫。萨尔韦德里衣冠楚楚、言辞简练，给马里奥印象很深，同时，那种自视颇高的态度也令他大为恼怒。相反，他觉着玛丽安·卡丝戴倒挺迷人可爱。玛丽安这晚穿了一件便服，领口开得很低，隐隐约约让人瞥见她的丰满胸脯儿的隆起处；而且还时时故意卖弄风情，因为马里奥比起萨尔韦德里要年轻英俊。此外，也许还因为他身上腾腾然有着一股儿杀气，而这正是萨尔韦德里所全然没有的。”

“我又要提到雨果老人，”谢妮道，“还是听一听他在一首诗中怎样写的：

美人喜爱英雄，
无赖嘴脸惶恐，
全靠牛皮披甲，
煞是凛凛威风，
引来脉脉秋波，
头巾罅处溜望……”

“我知道了，”克利斯蒂安道，“诗的结尾是：

天真的姑娘呵，
哪个不善怀春，
开闺门迎情人，
迎来了祸杀身。”

“是的，”罗朗道，“朱尔·勒纳尔像是在哪儿引用过。但是不是诗人所作，或是他人假托之笔？我就不得而知了……总之，这个姑娘正巴不得打开房门迎接乌头发的强盗，马里奥和玛丽安开始幽会，不久，就有下面人给萨尔韦德里报信，说在他去里昂或马赛的夜晚，卡丝戴小姐就私会他的仇人。一个男子汉不管怎样讨厌开杀戒，但毕竟有些奇耻大辱是难以忍受的。马里奥匪帮不讲信义，继续在萨尔韦德里的地盘上大肆抢劫，甚至还要夺走他心爱的情妇，应当了结了。一天晚上，他先放风声说要去里昂，然后揣上一把勃朗宁手枪，径直奔往玛丽安·卡丝戴的住处，那是在纳伊桥旁一座房子的五层楼上。他自然有钥匙进门，并且发现他的情妇正跟仇人睡在一处，赤身裸体一丝不挂。他毫不犹疑（而且跟像马里奥这种人稍一迟疑便有性命之虞），当头一枪，打死了姘夫。他本可以连玛丽安也一块打死的，但这时玛丽安已跳下床，一头扑在他的脚下，金色的头发一直拖到地毯上，他太爱这个姑娘了，姑娘的娇姿艳色使他心软了。他只好将她推开，也不粗暴，然后把枪放进口袋，走出门来。”

“场面太精彩了，”谢妮叫道，“剧情就这样收尾好啦。”

“且慢！萨尔韦德里当时一边下到第四层楼，一边仔细思索着，他是个遇事不乱的人。虽然向来讨厌流血杀人，可他刚才做下的事却使自己的处境大为不妙。在法国，要是桃色纠纷，杀死了情敌，陪审员很容易给判予免于起诉；然而他杀死的是一个强盗团伙的头子，属于同行冤家，就因为他没有同时杀掉他们共同的情妇。检察员难道会认为他的犯罪动机是争风吃醋，而不看作是两帮匪盗的争斗厮杀？甚至，还说不定怀疑他利用玛丽安当作钓饵，诱使另一个强盗上钩的。他在楼梯下思索了很久。然后转身上楼，每登一段楼梯，他都要停下步来喟叹一番，宛如一个非常不幸的人。他来到套房门前，走将进去，只见玛丽安跪在被打穿额头的尸体旁，朝他看时，目光中还带着哀痛和询问。他没有出声，从口袋里掏出那把勃朗宁，对着她的左胸乳房下面，开了一枪。”

饭店里只剩下他们四个顾客，灯光渐渐地熄灭，大师傅们含蓄地暗示，他们着急要回家了。

“我就要讲完了，”罗朗说……“萨尔韦德里立即跑到律师家里。律师是我一位朋友，故事就从他那儿听来的。萨尔韦德里冷静地，仍同平常一样寥寥数语，把刚才的事讲了，然后对律师道：‘您明白我的意思吗，大律师？我实在不忍心杀她，可怜的小姑娘！她毕竟没犯什么大错，而且不管怎样，她也不该死罪呵，然而您设身处地替我想一想……如果留着她，便构不成情杀；但若将她连同奸夫也一块杀掉，我觉得您反容易辩护些。我说的对不？’——‘那还用问吗，’律师答道，‘但是，如果就道义与仁爱来说，您就该罪加一等。不过，您杀了一个没法子辩护，杀了两个，您反倒无罪了，这也是真的。’”

“楼梯上的聪明[1]，此话一点不假。”克里斯蒂安道。

最后一支吊灯也熄灭了，仅剩下两盏壁灯仍在桌子上头亮着。克利斯蒂安吩咐开账单。

“不忙，梅内特里耶先生，”侍者道，“慢慢聊罢。”

——孙传才译

① 原指事后聪明，这里是双关语。

黄金的诅咒

我是这家纽约饭店的常客了。我一走进饭店大门，立刻便注意到，在近门的第一张餐桌上坐着一个矮个子老头儿，他正吃着一块厚厚带血的牛排儿。牛排所以引起我的注意，因为牛肉乃当时极其稀罕之物。此外，老头儿的一脸愁容以及那副机灵劲也颇惹人注目。他看着面熟，我一定是在哪儿见过，在巴黎，或者在其他地方。我坐定下来后，便呼唤老板佩里高登，此人精明能干，竟把这块巴掌大的地窖经营成了美食家们的麇集之所。

“请问罗贝尔先生，坐在门右边的那位，是法国人吗？”“谁？您是问单独坐在桌旁进餐的那一位？……他是博尔达克先生，是天天都来光顾小店的老主顾。”

“博尔达克？是个实业家吧？对了，现在我认出他了……我怎么在您这儿从来没见过他呢？”

“他平时到得比谁都早……这是个爱孤独的老头儿。”

老板弯下身子就着我的餐桌，小声说道：

“您知道吗，他和他太太，这老两口子是一对怪物……非常古怪。您这时看见他一个人吃午饭。好吧！如果您今晚七点钟来这里，您就会看见他的太太独自一人在吃晚饭。旁人还以为他们夫妇不和，彼此走不到一块儿哩。其实夫妻俩感情很好；他们一块儿住在德尔摩尼科旅馆……这对夫妻对我来说仍然是个猜不透的谜呵。”

“老板，”一个服务员走过来道，“十五号客人要付账。”

罗贝尔先生已从我这里走开，但我仍然想着这对老人的事。博尔达克……不用说，我是在巴黎和他认识的。那是在二次世界大战之间，我常在剧作家法培尔的家中看见他。当时，法培尔对他特别表示好感，无疑是因为他们有共同的癖好，即投资一定要有把握，还因为他们存有共同的不安，投资生怕连老本蚀了……博尔达克……他应该是年近八旬了。我记得大约一九二三年，他刚刚退出企业界，家产已经在百万数之上。那时正遇上法郎贬值，他急得如同发疯似的：

“真是岂有此理，”他抱怨说，“我辛辛苦苦工作了四十年，到头来还是落得一场空。现在不仅我的存款和债券一钱不值，就是那些工业股票也不见起色。我们的钱眼看着就要蚀耗完了。这叫我们晚年可怎么过呵？”“学我嘛，”法培尔跟他建议道，“我把全部所有都兑成了英镑……只有这种钱才叫人放心。”

三四年后，我再次见到他们。夫妻两个看去情绪十分低落。当初博尔达克听了法培尔的意见；就那不久，普安加来[①]政府使法郎升了值，英镑却大跌。此刻博尔达克又处心积虑想着如何逃避所得税，因为所得税率提高了。

“您就像孩子一样无知，学我嘛……”法培尔又向他重复以前的话，“世界上有一样东西价值是固定不变的，也只有这一样：那就是黄金……要是您一九一八年买了金条，表面上您既没有经济收入，自

---

① 普安加来（1860—1934），一九二〇年担任法国总理。

然也不用纳税，那您今天就更富得不得了啰……把您的钱全都买成黄金吧，以后您就可以高枕无忧了。”

博尔达克夫妇听了法培尔的话。他们购买黄金，再在银行租了一个保险箱，然后时不时地跑到这座神庙把那殿门打开一点儿，朝他们崇拜的偶像顶礼膜拜，并且从中感到一种很大的慰藉。此后，我有十年之久没有见过他们。一九三七年的一天，我在圣奥诺雷郊区的一间画铺里，又遇到了他们夫妇，丈夫依然是那样满面愁容，同时举止又很洒脱；妻子则兴高采烈，外带点天真；她身着带有花边襟饰的黑色长裙，是个衣着整洁的小老太婆。博尔达克难为情地向我打听道：

“先生，您是搞艺术的，请问印象派作品还会不会涨价呢？……说不上？……有人对我说要涨，其实已经涨得相当厉害了……要早知道，这个世纪初，我就该买这一派的画儿……当然了，如果谁现在知道什么新画派将要代之兴起，并且不用花多少钱便能买到它的作品，那是最好不过的了。可是您瞧，在这个问题上，谁也不能给我明确的回答……这是什么年月啊！连那些行家都感到茫然！好啦，您只得对我承认：的确不可思议！我问他们：'哪个画家的画会涨价呢？'亲爱的先生，他们支支吾吾，不知所云。有人说于特里约，另有人说毕加索……其实这些人已经红到不能再红了。"

"对了，您买的那些金条呢？"我于是问他。

"都在呀……一直都在……并且我还买了不少……但是政府正在那里讨论征购黄金，甚至说什么要打开保险箱……真是太可怕了……您也许会对我说：最高明的办法是把金条一起送到国外去……那敢情好，亲爱的先生，那敢情好……问题在于送到哪儿去？在黄金问题上，英国政府是和我国政府一样严厉；荷兰、瑞士吗，战争打起来时，风险太大……当然还有美国，可是自罗斯福上台以来，美元本身……尤其是我们非得到那边生活不可，以免一旦退路切断了，连去都去不成。"

我不记得当时是怎样回答他的。博尔达克夫妇委实把我气坏了。他们在民族文明危殆之际，仍抱着他们的私财死死不放。走出画铺，我即向他们告辞。我望着他们两口子端端正正地穿着一套黑颜色衣衫，不胜凄凉地挪着细步渐渐走远去。真巧，今天我又和他们在莱克新顿大街上的金蛇饭店里不期而遇。战争那些年他去了哪儿？又怎么会流落到纽约来的呢？我很好奇，所有这些我都想知道个究竟。因此当博尔达克起身离桌时，我便朝他走过去，并且说出自己姓名。

“啊！记得记得，”他说，“非常高兴再见到您，我亲爱的先生！请什么时候赏光过来饮茶。我们住在德尔摩尼科旅店。我的太太一定会喜欢得不得了……我们在这儿的生活太枯燥乏味了，两人不懂英语，真是活受罪啊……”

“你们是打算在美国长期住下去吗？”

“只得如此，”他道，“我改日再同您细说吧，请于明天五时左右过来敝处坐坐。”

我接受了邀请，并且依时前去会晤。博尔达克太太身上仍然穿着和一九二三年一样的带有花边襟饰的黑颜色绸裙，脖子上还悬挂着一串漂亮的珍珠项链。我觉得她忧郁多了。

“我都快要闷死了！”她说，“我们就住在这两间房里，没有一个朋友……嗐！我怎么也想不到要死在异国他乡呀。”

“是吗，太太，”我道，“但是谁一定要你们老死在这里呢？据我所知，你们并无特别理由要害怕德国人。当然啰，你们不愿意留在德国人那边生活的想法，我也清楚；不过仅仅因为这一点，你们就自动逃亡到一个语言不通的国家里来，这未免……”

“哪里！”她说，“这同德国人没有关系。我们是在大战前，很早就到这里来了。”

这时，她的丈夫起立，走过去把房门开开，看清楚过道里没有人偷听我们谈话之后，才又将门关上锁好，然后回来坐下，小声对我道：

“我把一切给您说说明白吧，我们知道您说话谨慎，而且我们也很乐意听听您的意见。不错，我聘请了美国律师，但还是您更加理解我……好啦……我不知您是否还记得，自人民阵线上台后，我们认为把金条保存在法国银行不保险，便找了个秘密而且安全的办法运来美国。自然，我们事先已经决定来美国定居了。根本不可能要我们和金条分开……这是不用说的……到了纽约，我们自一九三八年起又把黄金变成了美元，因为我们不相信美国（并且我们有理由）会将美元再次贬值，另外从我们所知道的消息灵通人士那儿得悉，俄国入发现了新的金矿，黄金价格将要下降……因而问题出来了：以什么样方式保存我们的美元才好呢？开个户头存入银行？保存纸币？还是购买股票？……如果我们购买美国证券，我们则要缴纳美国所得税，那将是相当高的……所以我们全留着美钞。”

我禁不住打断他道：

“换句话说：为了不缴纳百分之五十的所得税，却宁肯分文收入没有，您这不是自动地缴纳百分之一百的所得税吗。”

“不只是为这个原因，”他越发神秘地说，“那时眼看战争快要来了，我们担心银行账户可能要被冻结，保险箱会被打开，尤其我们不是美国公民，就格外……所以我们决定把钱一直放在自己身边。”

“放在身边，”我叫道，“您意思是说？……就放在此地，放在旅馆里？”

老两口子于是低下头，面上露出一点微笑，接着互相使了个狡黠而且得意的眼色：

“是的，”他往下说道，话声勉强可以听得见，“是在这里，就在旅馆里。我们把一些黄金以及全部美元用一只大皮箱装着。皮箱便放在我们卧房里。”

他站起，开开里间的房门，拉着我的手臂，叫我看一只外表十分平常的黑皮箱。

“就是那只箱子。”他喁喁地说，并且近乎诚惶诚恐地把门关好。

“用这只皮箱放黄金美元，”我问道，“您不怕事情万一泄漏出去？这不是引贼入室吗？”

“不怕，”他说，“首先是绝对不会有人知道这只箱子，除非我们的律师……和您，你们都是我们完全信得过的人……您要知道，这一切是经过我们深思熟虑的。一只皮箱不会像保险箱那样引人注意。谁也想不到那里面藏着钱财。尤其我们不分白天黑夜，时时刻刻都有人在这房间里守着。”

“你们从来不出去？”

“我们从不一起出去！我们有一支手枪，放在最靠近皮箱的抽屉里面，我们两个人总有一个留在家中……我上那家法国饭店吃午饭，昨天您就是在那间饭店遇见我的。我的太太是上那儿吃晚饭。这样，皮箱旁边从来没离开过人。您懂了吗？”

“不，亲爱的博尔达克先生，我真不明白，你们为什么要自寻烦恼，非得过这种画地为牢的生活呢……害怕纳税？唉！你们还在乎那点儿税吗？以你们的富有，不是够你们尽享天年还绰绰有余吗？”

“问题不在那里，”他说，“我辛辛苦苦好不容易挣来的钱，我是连一个子也不愿意白给他们的。”

我试图换过一个话题。想起博尔达克是个有学识的人，懂得些历史，我便打算请他谈谈他从前所收藏的真迹，但是他的太太比他更财迷心窍，硬要把我们引回到这个她唯一感兴趣的题目上来：

“倒是有一个人叫我不很放心，”她小声说，“这人就是给我们送早餐的德国大师傅。他的一双贼眼有时尽朝这扇门望。但在那种时候，我们两人都在家中，料想不至出事儿。”

另外有个问题是，他们喂养着一只漂亮的卷毛狗，非常有灵性。它总是趴在客厅的一个角落上，然而每天要牵出去遛个三次。甚至这事儿，他们也是轮流着去的。当我向他们告辞出来时，我实在是被他们如此乖僻行为给气恼了，同时又对世上竟有这样少见的怪物而感到迷惑不解。

自从那次访问以后，我就常常设法早一点离开办公地方，以便在七点正能赶到金蛇饭店，可以和博尔达克太太同桌吃晚饭。她比丈夫喜爱说话，向我吐露他们的焦虑和打算时也更率真自然：

“欧仁这人，”有一天晚上她对我说，“真是聪明能干。他什么都考虑到了。昨天夜里，他忽然间想到一件事，当局为了不让人收藏纸币，可能要把纸币统统收回，并再发行新钞。这样一来，我们就非得去申报不可了。”

“是的，”我答道，“但是申报于你们有什么害处呢？”

“关系可大了，”她说，“一九四三年，美国财政部当初清查移民财产时，我们什么都没有申报……万一遇到麻烦就够我们瞧的了……但是欧仁却有个新打算。据说某些南美国家不征收所得税。如果我们能够把资金汇兑到南美去……”

“你们不向海关申报怎样能汇得呢？”

“欧仁是想，”她说，“我们应先选一个国家加入它的国籍。比如说，我们若是乌拉圭公民，汇款自然就有理由了。”

我觉得这个主意想得挺好，于是第二天我去同博尔达克一起吃午饭。他对我总是愉快相迎。

“啊！”他说，“见到您非常高兴，因为我正好有一件事情要向您请教。您知道加入委内瑞拉国籍需有些什么手续？”

“说实话，我不知道。”我回答他道。

“那么加入哥伦比亚籍呢？”

“我也不清楚。您应当分别去问这两个国家的领事。”

“去问两国领事！”他说，“您疯了吧？……唯恐人家不注意么！”

他厌烦地把那盘烤鸡往前一推，叹了口气：

“这成什么年月！都怪我们生不逢时，如果早一百年，也不会有人追究我们完税了没有，也不怕被人家巧取豪夺了！而今天，每一个国家政府都成了拦路的强盗……比如说英国吧……我在那里藏有几幅油画和几张挂毯，现在想带来此间。您知道他们要我怎么样吗？缴纳百分之一百的出口税，这就跟没收了一个样儿……好像走到树林边上，遇上了剪径的强盗，亲爱的先生，就像走到树林边。”

自那以后，我因为公务在身去了加利福尼亚，至于博尔达克夫妇到底是成了乌拉圭人、委内瑞拉人，还是哥伦比亚人，我便不清楚了。一年过后，我回到纽约，便去向金蛇饭店老板罗贝尔先生打听他们夫妇的情况。

“博尔达克夫妇怎样了？您还常见到他们吗？”

“不见了！”他回答我，“怎么？您不知道吗？博尔达克太太上个月去世了，我猜测她是因为心脏病死的，自那天起，我就再没有见过她的丈夫，我想妻子的死对他一定是一次打击，大概也病了。”

然而我心中则另有与他迥然不同的解释。我给博尔达克先生写了一封短函表示哀悼，并且询问我是否可以去探望他。翌日他即打电话来约我去。我发现他面孔苍白，非常消瘦，嘴唇了无血色，声音有气无力的。

“昨天我才获悉您的不幸，”我对他说，“立刻想来为您做点事情，因为这样大的不幸不仅要给您带来巨大痛苦，而且我想势必对您的生活也造成极大问题。”

“不会，”他道，“完全不会……我已决定以后不出门了……事到如今，只有这样办了，不是吗？我不能离开那只箱子，我也没有什么可以委托的人，请他看着皮箱……因此我吩咐将我的每顿饭都送到楼上房间里吃。”

“您这样完全闭门不出，未必吃得消吧？”

“当然吃得消……我已经习惯了……我从窗口观望过往的行人和车辆……而且我正想对您说：这种生活终于给我一种不可思议的安全感。过去，我每外出吃饭，那一个小时我总是惶遽不安；生怕我不在时会出什么乱子……虽然我明明晓得，家里还有我那可怜的老婆子哩，可是，我几乎没见过她摸过手枪，而且她的心脏情况又不那样好……现在，我打开着门，眼睛一直盯住皮箱……一切我视为珍贵的东西全部在我跟前了……这就足以抵偿我的许多辛苦了……只有一件事令我为难，就是那只可怜的费迪南。”

卷毛犬听见叫它的名字，站起来走到主人的脚旁坐下，一边带着询问的神情望着主人。

“是啊，不用说，我自己是再也不能领着它出去遛上一会儿了，但是我找到旅馆里的一个服务员，他们管他叫侍者……我想问你一句，为什么他们不能像别处一样叫他服务员呢？……嗳！我听他们讲英语就想发笑！总之我找到一个年轻的伙计，给他一点点报酬，他答应牵费迪南出去，领它屙屎拉尿……于是再没有什么认真大不了的问题需要解决的了……亲爱的先生，多谢您的一片好意，主动来帮助我这个老头儿，不过我自己可以了，说实在的，我可以了。”

“您不想去南美生活了吧？”

“不去了，我亲爱的先生，不去了……我还去那边干什么啊？华盛顿已不提换纸币的话了，何况我这把年纪……”

他的确显得很老，他选择这种闭门幽居的生活，看来对他并不合适，红润的面色不见了，说话已经吃力了。

“人们还能不能说他是个活人呢？”我暗暗思忖着。

看来没有什么好帮助他的了，我于是告辞出来，并且打算不时地来看望他一次，但是，仅过几日，我才打开纽约时报，注意力登时被一行标题吸引住：有一法国移民去世，留下一皮箱美元。我读完这则新闻：果真是我那位故交博尔达克先生。这天早晨，人们发现他的时候，他身裹被子，身下压着一只黑颜色皮箱，已经死去。查看死因并无可疑之处，钱财原封未动。我赶去德尔摩尼科旅店，打听葬礼举行的日期和地点。我还向服务台值班员问了费迪南的下落。

“请问博尔达克先生的狗哪儿去了？”

“没有人愿意要。”他答道，“我们把它送去警察局动物待领所了。”

“他的那些钱财呢？”

“倘使没有继承人，就只有交给美国政府了。”

“这样的结果真是意想不到。”我说。

其实我此时想的仅仅是这个故事的不幸结果。

——孙传才译

星期三的紫罗兰

“哎，谢妮，再待一会儿吧！”

谢妮·索比艾在午餐席上，可谓言辞出众，逸闻趣事，一桩接着一桩，说得妙语连珠，既显出女演员念台词的功力，也展露小说家编故事的才能。雷翁·罗朗的客人，听得津津有味，既兴奋又佩服，好像逸出时间之流，度过了一段迷人的时光。

“不能再耽搁了，已经四点光景了，今天是星期三……你知道，雷翁，我得给我的情人送紫罗兰去了。”

“遗憾之至！”雷翁说话一板一眼的，他这种朗诵声调在舞台上都念出了名，“你的忠诚，我是久仰的……那就不勉强了。”

谢妮与在座的女宾男客一一拥抱吻别，这才离去。走后，大家啧啧称羡，赞声四起。

“真是非常出色！她有多大年纪了，雷翁？”

“七十多了吧。我小的时候，母亲常领我去法兰西喜剧院看古典戏剧早场，当时谢妮已是誉满剧坛的赛丽曼娜了……而现今，敝人也年事不小了。”

“才能是不分年纪的，”克蕾尔·梅内特里耶说……“送紫罗兰去，是怎么回事？”

“说来简直像小说，她倒给我讲过，就是还没有写成作品……我实在不愿接在她后面讲。相形之下，对我太不利了。”

“不利归不利，反正我们是你请来的客人，应该让我们有点消遣。就得由你接替，谁叫谢妮把我们扔下不管的呢。”

“好吧！那我姑且试试，给你们讲讲星期三紫罗兰的由来吧。以现今的趣味而论，这故事恐怕感伤了点……”

“得啦！”贝特朗·斯密特嚷道，“我们这个时代恰恰是渴望感情的。表面上装得玩世不恭，实则上掩盖了一种怀恋的情绪。”

“你这样认为吗？……好吧，就算如此！……那么我就来应个景儿……你们在座的各位还太年轻，对谢妮当年历久不衰的红运，恐怕还无可回忆。一头褐色的长发，纷披在莹洁的两肩；一双丹凤眼，媚眼流波，另有一功；嗓音热辣辣的，带点毛糙，有情有致的时候其声甚荡：所有这一切，使她那种高贵的美，更增添几分摄人的魅力。”

“好一段漂亮的台词，雷翁！”

“是吗，但有点明日黄花的味道了……承蒙夸奖，不胜感谢！……她一八九五年上，得了音乐戏剧学院的头奖，马上接到法兰西喜剧院的聘书。凭经验就可以知道，在这种大剧院是很难出头的。保留剧目里的角色，都有固定演员担任，不容别人染指。喜剧中丫头这类角色，即使你演得大有韵味了，也得再孵上十年，才会分到马利沃或莫里哀剧中的重要角色。风姿绰约的谢妮，正巧碰上一伙个性极强、不肯让位的女人。换了别人，也就认命了，或者过两年转到马路剧场去找出路。我们的谢妮，可不是这样。她硬着头皮顶在那里。把自己的一切，演技，教养，姿色，醉人的美发，全都投了进去。

“她在剧院里，很快争得头牌演员的地位。经理独吃她这一门。难演的角色，剧作家都指名要她担任，因为角色经她一演，显得真实可信。评论界一直在捧她，劲头之足，令人难以置信。以苛刻著称的萨尔赛就这样写过：‘她高傲的仪态，抑扬顿挫的语调，简直能把鳄鱼迷住！’

“我父亲当年认识她，说她酷爱戏剧，很有见识，总在寻求新的震撼人心的戏剧效果。那时的表演，流于一种肤浅的写实风格。记不得是哪出戏了，谢妮为了演好中毒致死这一场，就跑到医院里实地观察服毒后的反应，再加上自己的体会，逼真地表演出来。只要事关艺术，她便无所忌讳，就像巴尔扎克在小说中把自己或他情妇的感情暴露无遗一样。

“可以想见，一个长得秀媚艳丽，在二十二岁上已经走红的演员，追求者当然大有人在。她的同事就想碰碰运气，还有剧作家、金融家。得到她垂青的，是银行家亨利·史达尔。倒并非因为此公有钱。谢妮住在自己家里，所需不多。而是因为亨利本人也极有魅力，尤其因为他提过要正式娶她……你们知道，这门亲事由于史达尔家里反对，拖了三年才结婚，婚后也没维持多久：谢妮独立不羁的习性，适应不了夫妇生活拘束的牢笼。不过，这是另一个故事了。还是言归正传，回到法兰西喜剧院，讲谢妮的早年……和紫罗兰吧。

“现在请大家想象一下后台的休息室，那晚由谢妮主演小仲马的《巴格达公主》。剧本是有其不足之处的。我本人很欣赏《半上流社会》《女人的朋友》《佛朗西庸》这些戏，觉得结构严密，但是《陌生女人》或《巴格达公主》里，小仲马就有夸张失实的毛病，使人失笑。然而看过谢妮的演出，有人著文说，这个角色，她真演得惟妙惟肖。我跟她谈起过几次，奇怪的是她居然深信不疑，说：‘在这个年纪上，我的想法，自然而然就跟小仲马的女主角很合拍；我感到别扭的，只是要把自己内心最隐秘的情绪在明澈的灯光下坦露出来。’附带说一句，在这个角色里，用得上她把散开的头发纷披在裸露的两肩。总之，她的扮演，色艺俱佳。

“博得满堂彩之后，在幕间休息的时候，她回到后台。很多人围了拢来。谢妮坐在长凳上，亨利·史达尔挨在旁边。她透着得意的神气，咕咕呱呱在那里说话。

“‘这一下好了，亨利……我又浮出水面，又能呼吸了！……三天前的样子，你都看到的。不是到了很低很低的底下了吗？……喃！沉到泥塘底下，憋得气都透不过来……今天晚上，噗！猛一使劲，又钻出水面了！……你说说看，亨利，最后一幕要是砸了，游不到头呢？哎呀，天哪！’

“这时进来一个茶房，递给她一束花。

“‘谁送的？……啊！圣鲁送来的……亨利，你情敌的……劳驾，请放到我化装室去吧。’

“‘还有一封信，小姐。’茶房说。

“她拆开信，看得哈哈大笑：‘是个中学生写的……说他们中学里成立了一个谢妮俱乐部。’

“‘整个跑马总会，就是一个谢妮俱乐部。’亨利冷冷补上一句。

“‘但是那些中学生，更加使我感动，’谢妮说，‘这封信还是用诗句结尾的……你听着，亨利。’

最后，对稚拙的诗句，请你多加原宥；
凑来的韵脚，只为表白我情真意挚，
还望能多多包涵。尤其要向你恳求，
千万别报告校长，不能有半点差池。

“‘这不是很讨人喜欢吗？’

“‘你还回信吗？’

“‘哪里！这种信一天可以收到十封，复不胜复……但是看了叫人心里踏实……这些崇拜者，现在只有十五六岁，还能留住好多年呢？’

“‘不一定保险……到三十岁上，他们当上公证人……’

“‘难道当上公证人，就不能再赞美我啦？’

“‘还有这个，小姐。’茶房说着递上一束紫罗兰，是两个子儿买来的便宜货。

“‘噢！这太好了……你瞧瞧，亨利……没有名片？’

“‘没有，小姐……’门房说，‘是一个穿制服的科技大学学生放在那里的。’

“‘可喜可贺呀，亲爱的……’亨利·史达尔调侃说，‘要感动那些“X 等于几”的头脑可不容易啊。’

“谢妮凑近紫罗兰，深深吸了一口气。

“‘真好闻……这份礼，我最喜欢……我不喜欢那些老气横秋、怡然自得的观众，他们来看我半夜里死

在台上，就像中午到皇宫广场看操兵放炮一样。’

“‘观众多半是幸灾乐祸的，’史达尔说，‘历来如此……有些杂技节目就……哪个女演员能吞下一大把缝衣服的针，准能轰动！’

“谢妮笑道：‘能吞下一架缝纫机的，那就红得发紫啦！’

“这时有人催着上戏，谢妮站起身来说：

“‘好吧，回头见！我得去吞一大把缝衣服的针啦！’

“听谢妮本人说，这桩逸事就是从这里开的头。

“下星期三，在散场前的幕间休息，茶房又笑着送来一小束紫罗兰。

“‘呦！’谢妮不觉叫出声来，‘还是我那位科大学生送的？’

“‘不错，小姐。’

“‘他怎么个模样？’

“‘倒不清楚。要不要问问门房？’

“‘那就不必了，这无关紧要。’

“下个礼拜，星期三没她的演出，但是星期四来排演时，看到化装室里有一束紫罗兰，花有点蔫了。临走的时候，她到门房那里弯了一下。

"'请问，贝尔纳，我的紫罗兰，还是那个小伙子送的吗？'

"'是的，小姐……这是第三回啦。'

"'他像谁，这个科大学生？'

"'人很和气……非常和气……稍为瘦削一点，脸颊凹陷，眼睛显得很困乏。留一撮棕色小胡子，戴单片眼镜……加上佩剑[①]，模样有点怪……凭良心讲，倒是一往情深的样子，这小伙子，他把紫罗兰递给我，说声"请送给谢妮·索比艾小姐"，脸一下子都涨红了……'

"'为什么他老是星期三来？'

"'难道你不知道？星期三，科大学生才能出校……每逢星期三，后排的座位和三楼上都挤得满满的……人人都带个女孩子。'

"'我那位也有女孩子吗？'

"'也有，小姐，但显然是他姐姐……他们两个，

① 系法国科技大学学生礼服的佩饰。

像得叫人吃惊……’

“‘可怜见的！要是我心软一点，贝尔纳，就叫你让他到后台来，把紫罗兰亲手交给我。

“‘这个么，小姐，我倒不敢赞同……那些戏迷，不去理他们倒不要紧……他们崇拜哪个女演员，就让他们远远里看看台上算了……你只要稍为表示一点关切，他们就缠住不放，叫人头痛……你把手伸出去吧，他们就得寸进尺，会把胳膊都抓过去的……是这样的，小姐，你笑你的，我这可是经验之谈……我在这里干了三十年啦。见得多着呢，就在这间房里，钟情的小姑娘……入迷的男孩子……上了年纪的老先生……凡送花送信，一律收下，就是不让上去，这无法可想！’

“‘你说得对，贝尔纳……咱们来个不理不睬，无情无义。’

“‘哪是无情无义啊，小姐，这才入情入理呢！’

“又过了几个礼拜，谢妮每星期三收到一束低廉的紫罗兰。剧院里现在大家都知道这段趣闻了。有位女伴对她说：

“‘我见到了，你那位科大学生……模样很惹人喜

欢，带点浪漫蒂克……很适合演《不要和爱情调情》或《洋蜡烛》。’

“‘怎么知道是我那位呢？’

“‘碰巧我在门房间，看到他捧着花，腼腆地说：“请送给谢妮·索比艾小姐……”那神情，确实令人感动。这孩子一脸聪敏相，生怕落个笑柄，但还是没法不被你打动……我陡然想到他不是为我而来，真深以为憾。不然，我一定好好谢谢他，安慰安慰他……要知道，他一无所求，也没提出要见你……我要是你……’

“‘就见他？’

“‘是的，见一面……前前后后已有好几个礼拜了。暑假就在眼前……你不久就要出去了……即使他缠人，也没多大风险……”

“‘这话也有道理，’谢妮说，‘在崇拜者又众多又年轻的时候，你不屑理会，等过了三十年，他们人也少了，头也秃了，你再去笼络他们，岂不荒唐？’

“那天晚上，她离开的时候吩咐门房说：

“‘贝尔纳，下星期三，那位科大学生再送紫罗兰来，你就让他在第三幕之后亲自送给我……那天演

《恨世者》，我的角色就穿同一件袍子，不必换装。我回化装室等他……不！就在楼梯下走廊里等吧……或者就在后台休息室。’

“‘好吧……小姐不怕……’

“‘怕什么？……十天之后我就要出去巡回演出，而且学校也会管住他的。’

“‘好吧，小姐……我以前说过……’

“下星期三，谢妮演赛丽曼娜，情不由己地巴望能博得陌生朋友的赞赏。幕间休息上楼的时候，她感到好像身临大事，几乎有点惶惶不安。她坐在休息室里等，几个熟人在旁边走动。经理跟谢妮的劲敌薄朗丝·毕尔松在说话。但是，没有穿黑制服、镶金边的人出现。她等得焦躁不安起来，便跑到杂役室去问：

“‘没有人要见我吗？’

“‘没有呀，小姐。’

“‘今天是星期三，怎么没有我的紫罗兰呢？会不会是贝尔纳忘了叫人送上来了？……难道出了误会？

“‘误会，什么误会，小姐？……要不要我到门房间去看看？’

“好吧，劳你驾了……要么算了，我临走自己去

问一下贝尔纳吧。'

"她心里在笑自己：'人真是怪。六个月来，对这种含蓄的表示，自己理都不理，而这份一向受冷落的礼品一旦中断，竟会那么惆怅，好像在等一个久候不至的情人……啊，赛丽曼娜，在阿尔赛斯特伤心离去之后，你该多么悔恨[①]！'

"散场之后，她跑到门房那里。

"'哎，贝尔纳，我那多情种子呢？你没打发他上来？'

"'小姐，好像故意捉弄人似的，他今天没来……你这是第一次同意见他，而六个月来，他这是第一次在星期三点名缺席。'

"'真没料到！会不会有人事先关照，把他吓跑了？'

"'肯定不会……这件事，除了小姐和我，别人谁都不知道……你没透过口风吧？……我也没有……连对老婆都没提过。'

"'那该怎么解释呢？……'

---

① 赛丽曼娜为莫里哀《恨世者》一剧女主角，这句台词是依剧中人情绪随口吟出的借喻之词。

"'没什么可解释的，小姐……完全是偶然……他或许烦了，或许病了……到下星期三再看。'

"下个星期三，仍然是既没有科大学生的影踪，也没有紫罗兰的影子。

"'怎么办，贝尔纳？……是不是可以托他同学去找一下……或者拜托学校里的教务主任。'

"'那怎么行呢，小姐？我们连他叫什么名字都不知道呢？'

"'倒是真的……啊！多叫人发愁！我真不走运，贝尔纳。'

"'怎么呢，小姐……你今年很叫座，马上就要到外地去演出，依旧会大获成功……怎么是不走运呢，这，可不能那么说！'

"'你说得对。说话不能说过头……只是，我真的挺喜欢星期三那束紫罗兰！'

"下一天，她就离开巴黎，亨利·史达尔寸步不离，追随在她左右。每到一个旅馆，她房间里都摆满各色玫瑰。等她回到巴黎，那个罗曼蒂克的理科学生已给置之脑后了。

“一年之后，她接到杰奈弗里埃上校的一封信，为一桩私事想要见她。信写得很工整，很得体。没有理由可以拒绝。谢妮请上校于星期六下午到住处来。他来的那天，穿着黑色便服。她接待应对，妩媚大方，既得之于天性，也靠舞台的涵养。但眉宇之间，自然而然的，仿佛打了个问号：‘这位生客有何见教呢？’她等着下文。

“‘感谢小姐百忙中肯接待我。这次拜访的理由，在信上不大容易说清楚。我之所以冒昧恳求你约见我，并非我自己有这胆量，而是做父亲的身份……你看我穿着黑衣服，是因为我儿子，安特烈·杰奈弗里埃中尉，两个月前死在马达加斯加了。’

“谢妮做了个手势，仿佛是说：‘我由衷地表示悼惜，但是……’

“‘我儿子，小姐，你并不认识……这我知道……但是他认识你，钦佩你……你听来会觉得不像真的……然而，我跟你说的，却是确确实实的……世界上，他最仰慕、最爱重的，就是你了……’

“‘我好像有点懂，上校……是他对你说的吗？’

“‘对我？当然不是……是对他姐姐，他最好的友伴……这一切都是从姐弟俩一起去看《爱情与巧合的趣剧》这出戏开始的……回来后，还兴奋地直谈论你："那娇羞的情怀表现得多细腻，诗一般的情调演得多动人……"总之，赞不绝口，说得都对，这我不怀疑，再加上年轻人狂热的情绪、偏激的脾气……我这儿子，爱想入非非，带点罗曼蒂克。'

"'啊，天哪！就是他了？……'谢妮嚷出声来。

"'不错，小姐，半年里每星期三给你送紫罗兰的科大学生，就是我儿子安特烈……这也是从我女儿那儿得知的……我希望，这个带点孩子气的举动，虽说是种敬意的表示，不致惹你不高兴。他非常爱慕你，或者说，非常喜爱你创造的形象……他房间墙上贴满了你的照片……他姐姐到给你拍照的照相馆不知费了多少唇舌，才求得他们多印一张！……学校里的同学，也拿他的痴情打哈哈……"你给她去封信吧！"他们怂恿他道。'

"'他为什么不写信来呢？'

"'写是写了，小姐，我给你都带来了。只是从没寄出过，我们也是在他死后才找到的。'

"上校说着，从口袋里掏出一沓信，递给谢妮。

这些信，她有一次拿出来给我看过。字迹很清秀，写得很速疾，有点难认……字像学数学的人写的，文笔倒颇有诗人的情致。

“‘这些信，你留着吧，小姐，是属于你的……我这做法或许有点离奇，要请你原谅……我想，是出于对儿子的思念才这样做的……他对你的感情，没有任何失敬或轻佻的成分。你在他心目中，就是完美和优雅的化身……我可以说一句，安特烈是无愧于他伟大的爱的。’

“‘但是，为什么他不提出要见见我呢？我又为什么不想法去会会他呢？……啊！我真后悔，恨自己……’

“‘你也不要懊恼，小姐……当初也想不到……安特烈出了学校，自己提出要到马达加斯加去，也是因为你……是的，他对他姐姐说过：“走远了，或许能逃避这种无望的痴恋，或者，等我干出一番了不起的事，再……”

“‘这种忠诚，这种深情，这种隐衷，’谢妮说，‘难道不是了不起的事吗？’

“临了，上校起身告辞，谢妮握着他双手说：

“‘我想，我没有什么做得不对的地方……然而……然而，我觉得，对这位，咳！对这位感情上从未得到满足的逝者，也有我应尽的一份义务……听我说，上校，请告诉我你儿子葬在什么地方……我向你发誓，在我有生之日，每星期三一定到他坟前放上一束紫罗兰。’”

“这就是为什么在她一生中，”雷翁·罗朗归结道，“这位被认为怀疑人生，看破红尘，甚至说是玩世不恭的谢妮，会在每星期三，暂时丢下朋友、工作，甚至情人，独自跑到蒙巴那斯公墓，去上一个连面都没见过的中尉的坟……我开头说，这个故事对我们这个时代来说，可能感伤了点，你们看看我是不是说得有点道理。”

听罢大家半晌无语，末了，贝特朗·斯密特说：

“对于高尚的人，世界上永远会有风流高格调的事的。”

——罗新璋译

十年之后

“今天早晨，谁给我打电话来着，贝特朗，你知道吗？”

“我怎么会知道？”

“说不定有种本能会提示你……是一个你挺喜欢的女人。”

“世上除了你，哪儿还有我挺喜欢的女人？”

“你真没良心，贝特朗！……那么蓓阿特丽丝呢？”

“哪个蓓阿特丽丝？”

“哪个蓓阿特丽丝？……你戏倒演得真像……蓓阿特丽丝·特·苏尔治，不记得啦？”

“哦，原来是她呀！……我以为她在中国，上日本，天知道去哪儿了……她不是在周游世界吗？”

“已经转了一圈……昨晚回到了勒阿弗尔港。”

"那干吗一早打电话给你呢？"

"重叙旧好呗……阔别几年之后，见见朋友，不是人情之常吗？"

"想不到我们还是她的朋友。"

"贝特朗！……为了这个女人，我差点儿要离开你了……可不是！……我那时想：'如果他不再爱我，他需要另一个女人，我何苦缠住他呢？我们又没孩子……我想，还是我来尽尽义务，自己让开……'为此，我特地去拜访了朗格海，向他请教怎样离婚才不至于闹得沸沸扬扬……他听我诉了一通苦，劝我忍耐一时……再说，要我做这样的牺牲，也心有不甘……所以留了下来。"

"幸亏如此。"

"不错，幸亏如此……但谁想得到，你的心病好得这么快！……你忘了吗，十年前，离了蓓阿特丽丝，你是一个钟头都活不下去的？你每天守着她的电话，她一开口，最重要的约见你会放弃，最庄严的许诺你会背负……啊！这早晨的电话铃……我现在仿佛还听得见……每次铃声一响，我心都揪紧了……你要是正好在我房里，阿曼莉过来告诉你，'先生，有人找……’那口气像是犯罪作案，串通做假，结果反弄巧成拙。你听后，窘态毕露，但又像孩子一般得意……真是德行。”

“那模样该很滑稽……”

“也许吧……但当时我难过得要死，顾不上注意滑稽不滑稽……你记得吗？贝特朗……天下世界，除了蓓阿特丽丝，你对什么都意兴索然……随便什么谈话，一提到她的名儿，你脸上就不自然起来……叫人看了又动心，又难受……谁认识蓓阿特丽丝，你会爱屋及乌，喜欢起他来；蓓阿特丽丝喜欢什么，你也喜欢什么……你这人最有头脑，最不迷信，却会突然对苦行僧，对算命相面的，好奇起来，跟她一起到一些稀奇古怪的地方去……我想养小狗小猫，你一直不让，而她想要只波斯猫，你就舍得时间左挑右挑，买好送去……事情明摆着的：你就是唯她的旨意是从……她把你使唤来使唤去，像条狗似的……”

“别言过其实吧。”

“一点也不言过其实……你的活动计划，可以一天三变，原因是她娇纵任性，出尔反尔……我们想到哪里度假，一直悬悬不定，要以她的愿望为转移……

我怕冷怕得要死，可那年夏天，你把我拖到北角[1]，就因为蓓阿特丽丝乘杰姆斯他们的船去遨游挪威，你巴望在哪个港口能碰巧见到她……这次旅途中我可没少哭……又冻又病，心灰意冷……而你竟毫无察觉……你在想什么？”

“想我当年是怎么一回事……不错，我那时迷上这娘们，简直昏了头……我也弄不懂是什么缘故。”

“说话别那么粗俗，贝特朗。她长得绰约可爱……现在也还蛮不错呢！”

“比她好看的女人，巴黎就有成千上万。”

“那很可能……但她自有一种风韵，带点稚气，而又不轻佻，别具一格……人又聪敏。”

“你这样以为？”

“是你自己从前这样对我说的，贝特朗。”

“当事者迷，我不一定看得很清……这下重新见面，真不知该说些什么好……我觉得，她就靠拾我一点牙慧，搬弄搬弄萨尔维亚蒂讲的几个故事……听来可气。”

---

① 位于挪威北端，濒临巴伦支海。

“戈丹给她开刀的事，你还记得吗？那天你脸都急白了……叫我看了也觉得可怜……那天早晨，我尽量显得有容人之量……亲自给普西尼街挂了三次电话，打听消息……一有好消息，就来报告你：‘别怕，亲爱的……没什么大不了的事。’”

“我不记得了。”

“啊哟，多可惜！……我一生里最高尚的行为，竟没给你留下一点印象……告诉我，亲爱的……她跟萨尔维亚蒂卷逃后，你想自杀的事，是不是也忘了？”

“想什么，我不是没自杀吗？”

“没想过？……你信都写了，要向我宣布这项了不得的决定……有一次，你整理文稿时给了我……要不要看看？”

“不必了。”

“干吗不呢……你该看看……喏，就在这里：‘亲爱的，知道此举会使你不胜痛苦，唯有求你原谅。我没勇气活下去了！但，在幕拉上之前，我想跟你解释一下你不甚了然的事。我们的婚姻，跟你想象的大相径庭，说明这点，或许能减轻你的痛苦。’”

“伊莎贝尔，这叫我很难受。”

“你以为当初对我就那么愉快吗？……‘你常觉得我态度异样，其奥妙就在于，我们相遇的时候，我已爱上了蓓阿特丽丝·特·苏尔治。那我又为什么来追求你，殷勤备至，终成眷属呢？因为蓓阿特丽丝刚跟别人结婚，我想借此把她忘了，又因为我从你那里领略到一种她所不曾予我的温情，最后，因为人并不那么简单，我真心诚意地相信……’”

“够了，伊莎贝尔……把信烧了吧。”

“我才不烧呢……而且，念一念大有好处……对你对我都大有好处……好，顺顺你的意，我就跳过两页，但这一段得听听：‘你最大的失着，伊莎贝尔，（因为在这桩风流冤业里，你也有你的不是，）最严重的错误，是异想天开，跑去见蓓阿特丽丝，要她断了我的想望，归还你的丈夫。那一天，可怜的伊莎贝尔，你太得意了。使一个心地并不坏的女人顿生悔咎。你撺掇她离开我，但这也促使我离开你……打那次交涉之后（我长时期一直不知就里，但从种种迹象可以推知），我感到蓓阿特丽丝从我手里滑掉了，溜向了萨尔维亚蒂。可以说，我是死于你这次交涉的。'"

"这腔调活像演戏，多讨厌！"

"这是份底稿，贝特朗……但这最后的一段，你得听一下：'不要抱恨终天。我的生活，从哪方面说，都已完结了，我压根儿没想要挨到老年。对这件事，希望你像我一样，诚诚恳恳地接受下来。你还会有人爱的，伊莎贝尔，你是值得爱的。要是我没能使你生活幸福，则有请原谅。我这人不宜于结婚，但对你确有种亲善的好感。假如境况允许我活下去，我对你无疑会越来越依恋的。最后，有一言相告：倘若蓓阿特丽丝回来，无论是她一人，还是跟萨尔维亚蒂一起，务请能以好脸相迎。万一……'"

"这张纸拿过来给我看看……满纸荒唐言，难道真是我写的？"

"可不是，贝特朗……你自己去看吧。"

"真怪……我向你担保，对这个作如是想的人，我现在竟连一点儿印象也没有。'我压根儿没想要挨到老年……'你瞧，伊莎贝尔，我现在不是到了老年的槛儿上了吗？"

"对人生还不满意？"

“怎么不满意？在你身旁老去是种福气。”

“由此可见，贝特朗，不应为失恋而死，也无须为追求不到所爱而绝望。”

“在感情领域里，每种情况都可成为一种例证，你信不信，伊莎贝尔？一切都是可能的。你跟蓓阿特丽丝的交涉固然是成功了，但也可能失败，也可能从此要了我的命。”

“要敢于担点风险嘛，你现在不是活得好好的吗……但说了半天，你还没告诉我，该怎样回复这位漂亮的夫人？”

“她要怎样？”

“要见见我们……一起吃顿饭，晚上或中午都可以……总之，照你的意思办。”

“她少不了讲她的环球旅行……巴厘啦……吴哥啦……檀香山啦……会叫人烦死的。找个理由回绝掉吧。”

“那不行，贝特朗。她还以为我记恨呢……相反，我倒觉得挺好玩的。”

“你说她没叫你少受罪，见这样一个女人，有何乐趣可言？”

“噢，那就像经过惊涛骇浪之后，重新踏上陆地那样的快慰……看到蓓阿特丽丝，固然使我想起昔日的忧伤，同时也使我更能体会现时的安宁……再说，你那位相好还很有意趣。”

“你可是一向嫌恶她的。”

“嫌恶她，是因为她追着你，弄得你浑淘淘的，简直要取我而代之……现在，我可以承认，她是一个可人心意的女子，你很有眼光……我很高兴。”

“你知道，伊莎贝尔，我这阵子很疲倦，最怕无益伤神的应酬，不要强人所难吧。”

“别的我可以给你挡着，这回你得赏脸……”

“你总不至于说，伊莎贝尔，为了讨你喜欢，才要我去见特·苏尔治夫人吧？”

“谁说不是呢，贝特朗。”

——罗新璋译

海　啸

“揭起假面具？”贝特朗·斯密特诘问道。“你们以为揭起假面具真那么可取？我的想法正相反，世上除了少数美妙的友谊，社会生活就是靠假面具，而且只有靠假面具，才让人觉得能够容忍……假如因缘时会，某人把一向瞒着别人的真相坦露出来，准保马上就会对自己渴望真诚的疯狂心理后悔不迭。”

克利斯蒂安·梅内特里耶插进来说：

“我记得英国有一起煤矿事故……由于瓦斯爆炸，十几个矿工给埋在井底一条坑道里……挨过了一个礼拜，他们以为不会重见天日，此生休矣，便索性放任自己，当众忏悔……那种口气，可以想象得出：‘得，这下玩完了，我可不愿意不说一说就去见上帝……’不料出乎意外，后来居然都生还了……这一来他们说什么也不肯再见面了……人熟不堪亲，对太知道自己底细的人，出于本能，谁都避之唯恐不及，等假面具重新戴上，社会生活才得以维系。”

“不错……”贝特朗接口道，“当然，别的反应，也未始不是不可能。我记起有一次在非洲旅行，无意中目睹情人招出实情的场面，那真是够惊心动魄的。”

他清了清嗓子，向我们扫视一周，显得踌躇不决的样子。说来也怪，贝特朗虽然常在公众场合讲话，骨子里却很腼腆。他就怕人家听得厌烦。可这天晚上，谁也没有不耐烦的表示，他奋然说了下去。

“你们大概都忘了，一九三八那年，我为法文协会做巡回讲演，到过法属西非、法属东非，以及其他海外领地，英属、法属、比属殖民地（那时还称殖民地），我到处都去，心无所憾。这些国家难得有人来访，所以奉若王爷，而更好的，是受到亲如弟兄般的款待……我要讲到的那个不大的首都，城名就不说了，因为故事里的人物目前还健在……作为主人公，有总督，五十上下年纪，不留胡子，灰白头发；他夫人，年纪比他轻得多，金黄色头发，漆黑的眸子，伶俐活泼。为叙述方便起见，就叫他们卜沙赫夫妇吧。他们请我去他们宫里做客。所谓“宫殿”，其实是造在红色峭壁之间一座很大的别墅，格局倒像是军事工程，家具陈设也别具一格。我去盘桓两天，精神上得以松弛一下，很觉快慰。客厅里，整张的虎皮上置一红木桌，上面放着《新法兰西评论》《法兰西信使》，以及新出的小说。我见到那位年轻副官，杜加中尉，恭维他把这幢房子装点得很有格调。

“凭良心说，”他回答道，“你看着觉得舒服的一切，其实与我无关；那是卜沙赫太太……鲜花和书报，是她的拿手。”

“卜沙赫太太，”我问，“是个‘才女’吗？”

“当然啰……你该看得出来……吉赛儿，我们这里不分上下，都这么喊她——读到赛佛的高等师范。她嫁总督之前，在里昂当文学教师……总督到那里度假，与她再度相逢……我说‘再度相逢’，因为总督早就认识她；她是我们头儿一位知交的千金。他喜欢她，她也同意跟他到这里来。她似乎好久以来也恋恋于他。”

“尽管年纪差这么多？”

“应该说，总督那时还很有魅力。他结婚前，凡见过他的人都说，他在脂粉队里大为走红……现在是老了。”

“这类婚姻，对动脉血管颇有危险呀。”

“噢，那也不见得光是婚姻。头儿的生活历来颠沛艰苦……在非洲一待三十年……酷烈的气候，常年的烦忧，徒劳无益的工作……头儿，可是个超群逸伦的人物……十年前刚到这儿的时候，住在周围大森林里的部落，还全未开化，忍饥挨饿是家常便饭。在巫师的煽动下，他们自相残杀，掳掠妇孺，拿活人做祭祀……头儿到各部落进行安抚，使他们团聚起来，告诉他们这里可以种可可……那些人不知道什么叫未来，要说服他们去种五六年后才有收成的果树，可不容易呢。”

“失去了自由自在，懒懒散散的日子，能不遗憾？他们对总督，是什么感情？”

“很亲热，或者说很尊敬……那一天，我陪他到一个很原始的部落去……酋长走来向他跪下，说道：‘你待我就像待一个好吃懒做的儿子，你做了大好事……点化了我……今天，我很有钱了……’你会看到，他们很聪明，只要引导得法，也很容易教化，但真要是圣人一样的人，才能叫他们肃然起敬。”

“你的头儿是圣人？”

年轻中尉笑着看看我，问道：

“你说怎么才算圣人？”

“我不知道……为人要非常纯真。”

“啊！不错，头儿就是这样……我真不知他有什么毛病，也不贪心，或者除了一点……就是雄心勃勃，倒不是为功名，而是为事业……他喜欢平国治天下，希望治理的疆域越来越大。”

“他倒像利奥泰，此公说过：‘摩洛哥？还不是区区弹丸之地……我巴不得全世界都归我管。’”

“一点不错。小小寰球，叫头儿来管他才高兴呢……他一定比谁都胜任。”

“但你的这位圣人，原先是个唐璜吧？”

“也是圣奥古斯丁[①]……那是早年的毛病……结婚后，当真成了模范丈夫……天知道为什么，以他的地位，机会并不少……就说我吧，只是他的影子……”

“就已沾光不少？”

“我既非总督，也非圣人，外加还没结婚……默

---

① 圣奥古斯汀（354—430），基督教神学家，生平大部分时间在北非传教。

默无闻也有其方便的地方，有好处我就尽量享受……但是，还是谈谈你这次旅行吧，亲爱的大师。你知道，头儿想明天亲自陪你走一趟，送你到下一站呢。”

“总督倒确实提议让我乘他的私人飞机。他好像要到沿海去视察，有座纪念碑要揭幕……这次旅行，你也一起去吗？”

“我不去……除了总督和你，只有卜沙赫夫人，她不放心让丈夫独自乘飞机，航行在茫茫的森林之上；还有驾驶员，以及驻军司令安日利尼上校，他要随同视察。”

“我见到过他没有？”

“大概没有，但你会喜欢他的……他英气勃勃，人很风趣……从军事观点看，是张王牌……原先是摩洛哥情报处军官，是你老相识利奥泰手下的后起之秀……年纪轻轻就擢升上校，前程无量。”

“旅途很长吗？”

“噢，不长！在森林上空飞一小时，便到三角洲，再沿海滩飞一百公里，就是目的地了。”

宫里那顿最后的晚餐，气氛很愉快，安日利尼上校也应邀在座，以便准备旅行事宜。他身为上校，样子却像个上尉。脸长得年轻，心也年轻。他崇论宏议，滔滔不绝；又好作不经之谈，时常挑起争论，但很有学识修养。关于当地土著的风俗习惯，他们的图腾崇拜和清规戒律，他知道得比总督还详尽，但更使我惊奇的是，卜沙赫夫人的回答，更其画龙点睛。总督听他夫人说话，明显流露出一种赞佩之情，还不时暗中瞧我一眼，看看她给我的印象如何。晚饭后，他把安日利尼和杜加带到他的办公室，一起处理几件紧要事情。留下我和“吉赛儿”单独相对。她爱卖弄风情，我也颇解事凑趣，但她一旦觉得有把握，便径直问我对上校的看法：

“你对他的印象如何？你是作家，他应该能讨你的喜欢吧？他对我们可是个‘宝’。我丈夫做什么都非他不可……我在这里有点像给放逐了一样，他给我带来一点法国的气息……世界的气息……有机会的话，你可请他背背诗……他是本活诗集。”

“在飞机上倒可施展一下。”

“那可不行，”她说，“螺旋桨会把声音压过的。”

十点光景，总督和上校回到我们中间，但大家马上就分手了，因为明天动身，由于气候原因，定在清晨四时。

黑人仆役把我喊醒时，看到天公不作美。西风强劲。我一生已飞过几千小时，乘飞机就乘飞机，没什么顾虑。不过，我不大喜欢飞临原始森林上空，因为无法降落，万一侥幸停在林隙空地，人家要来营救，也不容易给发现。我下楼去用早餐，看到杜加已坐在桌旁。

“气象预报可不妙，”他很担忧的样子，“驾驶员提议推迟行期。可头儿听不进去。他说他自有吉星高照，再说气象预报也时常失误。”

“但愿如此，”我说，“因为我今晚要到巴托卡作讲演。除此之外，没有别的办法可去。”

“这件事上要表示大无畏精神，对我最容易不过了，”杜加说，“我又不随同旅行。不过，我同意头儿的意见……事先预告的灾难，是永远不会发生的。”

过了一忽儿，总督夫妇一起下楼。他身穿白帆布制服，胸前佩戴的奖章特别耀眼。卜沙赫夫人，漂亮，健美，像她丈夫的女儿。她还有些睡意来消，不怎么说话。在停机场（是从树林中开出来的一大片空地），见到上校，他满不在乎的样子，用嘲弄的眼神，看看风雨欲来的天色。

“圣埃克絮佩里关于高山气潭的描写，”他问我，“你还记得吗？在森林上空，下降气流还要来得糟糕。等会你自会领教到的。你准备颠簸吧……”然后他转向卜沙赫夫人，加上一句。“你该留下来才是，太太。”

“这不必考虑，”她口气很硬，“大家留我也留，大家走我也走。”

飞行员向总督行过礼，然后跟他走到一旁。我猜想，他一定为推延行期进行说辞，但遇到阻力。过了一会儿，总督朝我们走来，冷冷地说：

“上路！”

几分钟之后，我们已飞临在一片林海之上。螺旋桨的噪音很大，根本无法交谈。狂风怒号，森林像一匹纯种马，给陡然一勒，震颤不已。卜沙赫夫人紧闭眼睛；我拿起一本书，但不久飞机颠得根本无法看下去。那时我们飞行在森林之上约一千米高空，钻在乌云堆里，雨意弥漫。机舱里闷热难忍。飞机飞飞就突然往下掉，好像坠入一口深井，碰到结实的气层才给托住，猛可一震，真叫人担心机翼是否经受得住。

这噩梦般的旅行，我就不多加描述了。你们只要想暴风越来越猛，飞机颠得越来越厉害，驾驶员不时回头看我们一眼，满面愁容。总督镇静自若，他夫人还没睁开眼。这样，过了一个多小时，上校突然抓住我的胳膊，推我去看舷窗。

“你瞧！”他在我耳边嚷道，“海啸……三角洲看不到了。”

眼前的景象，煞是奇特。只见黑压压的森林，尽头处便是一片汪洋，黄澄澄的海水，浑如泥浆。狂风推波助澜，浪涛山立，冲向森林，淹没了部分树林。海滩已然消失不见。驾驶员用铅笔涂了几个字，侧身把纸条递给上校，上校又转给我。

“不见任何识别标志。收不到电信。不知何处可着陆。”

上校站起身来，因机身晃动，走路踉踉跄跄的，攀着椅背，把纸条送给总督。

“往回飞，汽油够不够？”总督问。

上校走去问话，回来告说。

“不够了。”口气很平静。

“那就低空飞行，看看是不是还浮现小岛和沙洲。

只能碰运气了。”之后对夫人说，她刚睁开眼睛来“别怕，吉赛儿。发生海啸了。我们想法找个地方降落，停在那里，等暴风停息，人家好来营救。”

听到这可怕的消息，她坚忍卓绝，镇静得反叫人没主张。飞机下降得很低。黄浊混沌的浪潮，被风吹弯的树木，透过乌蒙蒙的亮光，已能看得很分明。驾驶员沿着海水和森林交汇的海滨飞行，想寻片空地，找块海滩。我默然无语，但心想，这下完了，无可救助。

“真是所为何来！”我私忖道，“乘这架老爷飞机干吗呢？就为给二三百个不关痛痒的听众讲话？……这类旅行，仆仆道途，毫无实用，真是愚不可及！……但是又有什么办法呢？人总有一死。如果不终焉于此，或许在巴黎郊区撞上卡车，或许感染病菌，中了流弹……走着瞧吧。”

别以为，我描写这种听天由命的心情，借以自诩。事实上，我跟所有人一样，求生的欲望也是与“身”俱来的。尽管危险已是明摆着的事，我仍不信死就在眼前。理智这么告诉我，肉体却拒不接受。上校走去站在驾驶员身旁，跟他一起，在黄褐色的大海里搜索着什么。我看他手一指，飞机便朝一侧转过去。上校回过身来，他那张冷板的脸，这时也放出一丝光来。

“有个小岛。”他说。

“能降落吗？”总督问。

“我想可以……”

过了一会儿，他用肯定的语气说：

“是的，一定行……动手吧，鲍埃克。”

五分钟之后，我们在一溜沙滩上着陆，那无疑属三角洲地带。驾驶员摆弄得这么好，或者说运气这么巧，飞机正好卡在两株棕榈树之间，可以挡挡海风。这时风声虎虎，根本无法走出机舱。再说，出去了，又怎样？上哪儿？无论向左向右，几百米内都是湿沙地。机前机后尽是汪洋。我们得救于一时，但不能偷安于长久，要么出现奇迹。

这几乎已濒于绝境，我不得不对同行的女伴表示敬佩。她不但勇敢、镇静，而且心情很好。

“哪位饿了？”她朗声问道，“我带了一包三明治、几个水果……”

驾驶员这时已走到我们这边机舱里，说食物还是以俭省为好，天知道我们要到什么时候，才能有办法离开这儿。他又试了一次，想把方位用无线电传出去，但了无回音。我看了一下表，此刻是上午十一点。

下午，风小了一点。我们那两棵棕榈树，居然顶住了。总督这时蒙眬入睡。我感到心力交瘁，也闭上了眼睛。之后，不由得罅开一条缝儿，因为闷热困顿，有种怪异的感觉。这时，我发现上校和吉赛儿在互使眼色。他们两人隔着几步，脸上的表情是那么柔婉，那么放任，不能有任何怀疑的余地：这两人是情人与情妇。头天晚上我已有所预感，但说不出所以然来，因为他的举止言行，无可非议。我赶紧闭上眼睛，因为十分疲倦，也就惘然入睡了。

忽然，我给一阵狂风惊醒。风狂雨猛，飞机抖动不已，几乎要从那脆弱的“托架”上给掀走似的。

“出什么事了？”我惊问道。

“暴风又来了，海水涨潮了。”驾驶员的声音带着苦涩，“这一下我们真的完了，老兄。不出一小时，这块沙滩，连同我们，全得给海水淹没。”

他看了总督一眼，目光中带着责备的意思，或者说含有怨恨的成分，又加上一句：

“我么，我是布列塔尼人，我信教……我要祷告了。”

头天晚上，我从杜加的谈话中得知，总督是反教会的，政治上属于传统派，但对传教士很关切，传教士也帮了他大忙。这时，他了无反应，既不效法驾驶员，也不横加干涉。猛然间听得一阵断裂之声：左面那棵棕榈树给狂风刮倒了。看来，完结不过是几分钟内的事。这时，吉赛儿脸色刷白，出于不能自已的激情，向年轻上校扑过去。

“既然在劫难逃，”她说，“我愿意死在你的怀里。”

她把脸转向丈夫，又说了一句：

“我求你原谅，埃利克……我尽了一切力量，免得你受这个罪……现在，一切都完了，对你，对我……我不能再欺瞒了。”

上校浑身哆嗦，站起身来，想把这个忘乎所以的女人从身上推开。

“总督先生。”他嗫嚅道……

狂风震耳，下文听不清了。总督坐在四五步之外，看着这对情人，怔住了。只见他嘴唇颤动，不知是在说话，还是仅仅吐出几个音来。他脸色白得吓人，真怕他会晕过去。飞机只靠一侧的机翼沾着地面，卡在右边那棵棕榈树里，给风吹得像片破旗似的刷啦刷啦响。我该想想这致命的危险，想想伊莎贝尔和家里的亲人，但眼前的一幕是那么迥乎寻常，把我的心思全吸引住了。

驾驶员跪在机舱的前部，背对其余的人，径自念念有词，做他的祷告。上校似乎处于爱情与为难之间：出于爱情，他该把这个哀求苦恼的女人搂在怀里，但同时又感到为难，这会使一个他显然十分敬仰的上司丢人现眼。至于我，则缩成一团，顶着机身的撼动，尽量置身于这幕活剧之外，至少减少几位当事人的难堪。而且，想必他们也忘了有我在场。

总督攀着座椅，一步步走近他妻子。他的存在，他的幸福，都给这场可怕的灾难毁了，但他依然保持一种异样的尊严。他俊美的脸相，亦未被任何狂怒的表情改变。只是眼里含着泪水。等他走近，手搭在她肩上，说话声音特别柔和，听来有种令人心胆俱裂的力量。

“我压根儿没想到，吉赛儿，压根儿没想到……你过来坐在我身边……吉赛儿！我求求你……我要你这么办。”

她双臂抱住上校，拼命把他往自己这边拽。

“我的亲人儿，”她说，“为什么还要撑拒？一切都完了……我愿嘴对嘴，亲着你死去……我的亲人儿，别再顾虑重重，把这最后几分钟也给蹉跎过去……在先出于必要，我都听你的，你知道……你尊重埃利克，敬爱埃利克……我也一样……是的，确实如此，埃利克，我爱你！……但既然一切都完了！……”

这时，有阵更猛的震动，不知哪儿飞来一块金属片，打在她脸上。一股细细的血注挂在她脸颊上。

“顾全面子！”她挖苦地说……“多少次你对我就是这句话，我的亲人儿……我们把面子保住了，确是竭尽全力……可是现在呢？……现在要顾及的，不是面子，而是这可怜的，这剩下的几分钟……”

之后，她压低了声音冲着情人嚷道：

“胆小鬼，胆小鬼！死在眼前了……你还站着不动，对着幽灵毕恭毕敬。”

她丈夫伛着身子，拿块手帕，替她轻轻揩脸上的血迹。接着看看上校，刚毅之中带点哀矜，但并无苛烈的表示。我相信，这目光似乎是说："去把这可怜的女人抱在怀里吧。我么，我已超乎一切痛苦之上……"那一位失神落魄，似乎也默默回答道："不，我太尊重你了。原谅我吧。"我以为看到了特利斯当和马克国王[①]。这么悲怆的场面，我还从未见过。耳边只听到呼呼的风声，和驾驶员喃喃的祷词。从舷窗望出去，是沉甸甸灰蒙蒙的天空，锯凿形的云块在低空奔逐；俯身下视，浊浪排空，汹涌澎湃。

接着是一阵短暂的间歇。女人攥着军官的上衣站了起来，桀骜不驯的，以挑战的气概，对着他的嘴狂吻。他峻拒了几秒钟，继而出于怜悯或愿望，把眼睛从上司的身上移开，还她一个热烈的吻。总督脸色刷白，往椅背上一倒，仿佛昏了过去。出于羞恶之心，我本能地阖下眼皮。

我们这一伙人，这样耽了有多久？不知道。只有

① 特利斯当眷恋主后伊瑟，与马克国王势成水火，事见法国中世纪骑士小说《特利斯当与伊瑟》。

一件事我记得很确切，那是过了几分钟，或几小时，透过汹涌的风暴，似乎听见马达的声音。难道是梦中幻觉么？我竖起耳朵，看看周围人。几个同伴跟我一样，也在倾听。上校和吉赛儿已经分开了。她朝丈夫那边走过去一步。总督俯身看着舷窗。驾驶员站了起来，咬着耳朵问：

“你听到吗，总督先生？”

“听到了，会不会是飞机？”

“不像，”驾驶员说，“是马达的声音，没错，但比较轻。”

“那会是什么？”上校问，“我什么也看不见。”

“或许是海军的快艇？”

“他们怎么知道我们在这里？”

“我不知道，上校，但声音大起来了。他们在靠近。这声音是从东面来的，就是说从海岸那边来的……但上校，你瞧，那灰点子，喏，那里，在波涛间……是艘快艇。”

他突然歇斯底里狂笑起来。

“我的天！”吉赛儿叹口气道，又朝丈夫方向走近一步。

我脸贴在舷窗上，现在看得很清楚了，快艇朝着我们驶来。这时正值涨潮，快艇拼搏前进，不时消失在波峰浪谷之间，但在一步步靠近。水手用了一刻钟工夫才挨近我们；这一刻钟，我们觉得真是无穷无尽的长。他们已近在咫尺，用带钩的篙钩住我们的棕榈树，可是跨过去却是个难题。风一阵阵吹来，我们的飞机摇摇不停，动一动都十分危险。快艇本身也像瓶塞一样在海上晃荡。驾驶员好不容易打开机门，扔过去一把软梯，给水手们接住了。直到今天，我也说不清我们究竟是怎么上的船，五个人居然没有一个掉在海里。

裹着防雨厚呢上衣，从快艇里看我们那架飞机，不免感到后怕。自外面看去，谁都心里有数，这平衡的奇观，是保持不长的。吉赛儿镇静得出奇，约略理了理鬓发。开快艇的准尉告诉我们，有个哨兵看到我们飞机降落，上午就出来救援了。然而海浪太大，营救人员试了三次，都废然而返，到这第四次才成功。水兵还说，这次海啸在沿海村庄和巴托卡港口造成的损失很惨重。

当地省长在码头上迎接我们。那是殖民部的一位年轻官员，面对灾难造成的一大堆问题，他有点惊慌失措。然而，卜沙赫总督，脚一踏上实地，顿时又成了“头儿”。他不愧为帅才，吩咐采取必要的措施。他要安日利尼上校助他一臂之力，组织军队参与抢救，两人的举措给我很深的印象。看到他俩投身于同一任务，谁也不会想到他们之间有过怨恨，有过悔咎。卜沙赫太太给护送到省长府上，年轻的省长夫人给她沏了热茶，借她轧必汀[①]大衣御寒。惊魂甫定，她也不愿闲着，便去照料伤员和孩子。

“至于纪念碑的揭幕典礼，总督先生……”省长说。

“等活人都撤到安全地带，再管死人的事不迟。”总督说。

我做讲演的事，自然不成问题。我感到这出戏里的所有角色都急于要把我送往下一站。最后商定，我取道铁路前往。走前，我去向卜沙赫夫人辞行。

“我们这一行，真不知你会留下什么样的回忆！”

① 音译词。gabardine，华达呢。

她对我说。

不知道她指的是可怕的航行呢，还是爱情的悲剧。

“后来你没再见到他们？”克蕾尔·梅内特里耶问。

“别着急，”贝特朗·斯密特说……“两年以后，一九四〇年，我以军官身份应征入伍，在弗朗德勒前线一个殖民师的食堂里，又见到杜加，那时他已升为上尉。他跟我提起那次惊心动魄的旅行。“你真是死里逃生，”他说，“始末详情，你们的驾驶员都告诉我了……他对头儿很气愤，这场无妄之灾，动身前他就料到了。”

接着一阵沉默，气氛有点沉重，杜加补上了一句：

“告诉我，亲爱的大师，那天发生什么事啦？谁都只字不提，但其中必有文章。他们回来之后，总督夫妇与安日利尼上校之间，似乎有种阴影在弥漫开来……你知道吗？过了不久，上校提出要调动，居然获准……我觉得纳闷的是，头儿硬是同意了。”

“为什么纳闷？”

“我不知道……他本来很器重他……我还以为人家会设法挽留他呢。”

“人家？……你意思是说吉赛儿？”

杜加提起了精神，看着我：

“她最热切要他走了。”他说。

“安日利尼近来如何？”

“名副其实的上校，那还用说。现在指挥一个轻坦克兵团。”

接着是全线崩溃，经过五年奋斗，忧患和希望，我和你们一样，看到巴黎重新复活。一九四七年初，艾莲娜·特·狄安治有一天问我：

“你愿不愿意跟卜沙赫夫妇共进午餐？传说他要出任印度支那的总督……这是个杰出人物，有点冷峻，但很有教养。你知道吗？去年他用化名，出了本诗集……他夫人长得很漂亮。”

“我认识，”我说，“战前，我在他们家做过客，那时他是非洲某地的总督……不瞒你说，我倒是有点好奇，想再见见他们。”

我心里想，不知他们对这次会面是否感到高兴。他们生活戏剧里这重大的一幕，我不是唯一的知情人吗？然而，好奇心切，我还是接受了邀请。

难道经过战乱和忧患，我的模样竟大变不成？卜沙赫夫妇居然一时没认出我来。我朝他们走过去时，他们颇有礼貌地看看艾莲娜，似带探询的神气，恳请予以说明，艾莲娜便报了我的姓名。总督绷紧的脸欣然色喜，他夫人也含笑道：

“当然认识。在非洲，你到舍下来过，是吧？”

餐桌上，她是我的邻座。我循着她的思路行进，如履薄冰，试探冰层是否结实。最后看她完全气定神闲的样子，我斗胆提起三角洲的龙卷风。

“不错，”她说，“那次荒唐的旅行，你也在……真是名副其实的历险！我们差点把命都留在那儿了。”

她停了一忽儿，因为侍者正好上菜，用挺自然的口气说：

“在我们家里，你该认识安日利尼了……你知道，他给打死了。可怜的家伙。”

“哦，这倒不知道……在这次战争里？”

“可不，在意大利战场……卡西诺山地一仗，他指挥一个师，想不到把命丢在那里了……怪可惜的，他很有前途，我丈夫很器重他。”

我嗔怪地打量她，心想，她是否意识到我听了此话所感到的惊讶。她似乎心无芥蒂，脱然无累，很得体地略示哀婉，如同听人讲起一个陌生人的死。于是，我明白了，面具又牢牢覆在脸上了，简直成了面孔本身。吉赛儿忘了我知道底细。

——罗新璋译

移情别恋

“不行，不行！”伊兰娜心里想，“这种局面不能再拖下去了。雷蒙要不改变改变，我早晚会厌弃他的。这样待他，也许不太公平。他人挺好，相信他也的确爱我……唉，这或许就是我不爱他的原因。不管我多任性，他都乖乖服从；他在我面前太软了……是的，太软了，一个堂堂男子汉，我最看不上的就是这点。比如昨天晚上，我很想到蒲洛涅森林去吃饭，我一提上蒙巴那斯，他马上曲意逢迎，结果就去了蒙巴那斯。饭后，他想到我这里来（他这点心思我还不明白？），但我暗示想看葛丽泰·嘉宝的影片，他又让步了，于是上了电影院！”

她躺在床上，闭着眼睛，听着外面传上来的巴黎市声，回想她真心爱过的男人。萨尔维亚蒂，是个风月场中的老手，把她当鲜花一般摘撷下来，又马上丢弃了；法培尔这位剧作家，人诙谐风趣，但性情暴烈，玩世不恭；这些人中，第一个要数雷蒙的朋友，贝尔纳·盖斯奈，一个年轻有为的实业家，强硬，严峻，无意中对她很凶。

“贝尔纳是一事当前，先想自己，但他的自私也蛮可爱，”她想道，“不像雷蒙的一味顺从……”

雷蒙·朗培－勒格莱克，跟他父亲和几个兄弟，在康布雷城合开一家工厂，在当地算得是数一数二的了。他很有钱，在实业界也很有势。但财富、权势，伊兰娜都嗤之以鼻，她需要的是崇拜。她童年是在俄国度过的，那时正当革命时期，后来跟着家人逃难，流亡国外。这些可怕的经历，在她感情生活上留下强烈的印记。有很长一段时间，她以为自己不会再有激动的情怀了。思量起来很觉忧伤。“我这部机器真出了毛病了……”后来，有一天，她得以遇到马骆勒大夫。

马骆勒早年留学维也纳，是齐格蒙·弗洛伊德门下的最初几名法国学生之一。开业三十五年来，一直不留胡子，透过深度眼镜把什么都看得清清楚楚。他的语调温和而坚定，对病人，尤其对女性病人，有着异乎寻常的影响。

他很有耐心，对伊兰娜一周进行三次诊疗，一点一滴，把她的个性培补起来。他教她要敢于正视自己的过去，不要忌惮别的女人；使她恢复自信，重新获得工作兴趣。他帮她树立威望，以至伊兰娜在时装公司很快得到老板娘的宠信，当上高级助手。可是，马骆勒说，她不该依恋那些用情不专的狠心汉，何苦徒然增加自己的痛苦。而且，她应当感到可以不要依靠他马骆勒了。

“你已经用不着我了！”大夫对她说，“上这儿来，费用很大……你钱又不是很多……干吗白白破费呢？我很高兴，我们以后可以像朋友那样见面往来。这是大夫本人劝你别来了。你的时间，该让给别人了，他们比你更感需要。”

“你还得收留我，我求求你，”伊兰娜说，“你一不管，我马上又会犹豫畏缩，担惊受怕，想到自杀……不，我还不够坚强可以独自应付社会。”

马骆勒只好一再让步，因为伊兰娜长得很美，令人动心，能对她有所影响，也是大可得意的。伊兰娜只对大夫一人说过，雷蒙·朗培－勒格莱克，康布雷大工厂的小老板，渴望娶她做妻子。

“讨我做老婆，”她说，“好像我生来只配结婚过日子似的……雷蒙这小伙子，人挺不错，他希望自己弄个窝，有个家……这我不怪他，但不知他怎么想的，以为如此这般，我会给他带来幸福？我的过去，他不是不知道，他是在贝尔纳那里认识我的……然而，他对我，对他自己，对我们组织一个家庭的前景，可谓信心十足……男人可真怪！”

“不要三心二意了，”马骆勒曾经劝过她，“靠了这门亲事，你可以进入一个稳定的社会……原先有你一席之地的生活环境，已经毁掉了，弄得你从小就很痛苦。那么就进到法国圈子里来吧。”

“我看来永远进不去的。”她说，“我印象中，他们家未必会接纳我。朗培和勒格莱克这两大家族，从雷蒙的言谈之间，我开始有所认识。是北方那种布尔乔亚，非常保守，非常正统，非常讨厌……他们准会说：‘瞧这个疯疯癫癫的俄国女人！’再说，我也不爱雷蒙。”

“这话可是真的？你跟我说过，他年轻，人不错，很聪敏，卖相好……”

“那倒是！跟他在一起很愉快，以他的阶层而言算得有教养的了，而且脾气好，可以说太好了……他甚至提出，要是我怕内地生活过不惯，我们可以常年住在巴黎。他来管营业部的事……当然，这很有诱惑力……我家里人全都劝我答应下来……可是……”

“可是什么？”

“可是我不爱他。什么缘故呢？你太了解我了，大夫，用不着对你多说了。因为他心太好，人太蔫儿，未必是个出色的情人。他做事勤勤恳恳，但从不锻炼。身体很好，皮肤很白，可是胳膊和肩膀像个女孩子，没什么肌肉……我老实不客气对他说了……我故意使坏，他也不回报。总在猜度我的心思，俯首帖耳。我找丈夫，也不要他这种类型——你很清楚，不是吗，大夫？我寻的男人，要能替我指路掌舵，不准偏离一步。”

“一个会拿拳头揍你的人！”马骆勒说。

“倒不是非挨揍不可！但比起只会匍匐在我脚后跟的人，我倒宁可挨揍。”

他瞧着她笑了一笑。他们早就是很好的朋友了。

“你有一次说，”马骆勒接口道，“只有一天，你以为差不多要爱上他了，那天他跟你的一位女友几乎要做出对不起你的事了。”

她听了哧哧一笑。

“这倒不假……因为那天，我觉得他有点胆量……因为他给我带来不小的痛苦……但是，也没有太离谱，雷蒙有所顾忌，临了，还是把我那位女友放掉了——这倒好，同时把我也放掉了！”

“你想到吗？”马骆勒说，“真正需要做精神治疗的，已经不是你，而是你那位男朋友雷蒙。你该把你的就诊时间让出来，领他来见我。我替你把他改造成一个你会喜欢的男人。”

“当真？”

“我深信不疑。”大夫说。

“一星期三次，他可没这个时间……还有，谁跟你说来着，我愿意爱他？”

“你自己说的。”他不多费一词。

这个计划当时给搁过一边，但此刻伊兰娜躺在自己床上，揣摩雷蒙清秀的面孔，不禁快意地想起马骆勒医生的建议。

“我那时自溺很深，亏他救了我，”她心里想，“他难道不能叫雷蒙也改改吗？”

她接着想象雷蒙躺在马骆勒诊所那张蓝色卧榻上，讲述自己的梦境，自己的童年。

“啊！看来很难办！”她忖道，“一般法国人，尤其是这类法国人，难得会真心诚意向别人袒露自己的心思。但马骆勒一定能让他放下心来……谁知道呢？……”

第二天，雷蒙从康布雷回来，两人一起上意大利大街一家酒家吃晚饭。每周他们到那里去，厨司都特地为他们烤一份上等椒盐牛排。吃饭中间，她谈到马骆勒大夫：

“我常跟你说起，我从他那里得益匪浅……想必你也注意到了……对啦，你想到没有，那天我跟他谈到你，谈到你想娶我做妻子……”

“怎么？”雷蒙吃了一惊，“这种事，你也跟他讲？”

“自然啰，我跟他无所不谈的……否则，怎么做精神分析呢？”

“精神分析！”他嚷道，“我讨厌这个词……你没看到，这种治疗没完没了的……你那大夫在坑你，这两年来，每礼拜敲你一百五十法郎竹杠！”

“雷蒙，别这么说好吗？这不公平，你也知道。马骆勒有十倍的病人，看都看不过来。为了我，他回掉好多主顾，他们付的诊费要比我高得多……再者，以他的看法，我的治疗已经告一段落……他根据我谈的情况，认为倒是你需要听取他的忠告。”

雷蒙听了大不以为然。

“叫我去！……真是异想天开！我可没有病！”他抗辩道，“这类江湖骗术，我最头痛了。”

“这压根儿谈不上是什么江湖骗术……我当初不是也没病吗？只不过也像你一样，优柔寡断，缺乏自信。他重新给我以意志。”

“我的意愿，自己很清楚。”

“不错，在生意方面，职业方面，你有什么意愿，自己很清楚；但是，跟你家庭，尤其是跟女人打交道，你很腼腆，很笨拙……这不是责怪，亲爱的，这只是指出一个事实。”

他脸上火辣辣的，知道她说得有道理。

“这有什么办法呢？我青年时代住在内地小城里，

周围尽是忠厚勤谨的小市民，爱情在他们生活里是似有若无的……这方面经验少，胆又小，如此而已。这不是靠药能医好的。而且，腼腆归腼腆，倒正可以造就一个忠实的丈夫，你不要抱怨。”

“噢，我没什么可抱怨的。”伊兰娜说。

以后几个星期，她常旧话重提，谈了很多马骆勒的事，总算把他说服了。一天，她陪雷蒙去见医生；经过商定，以后他单独来求医，但每周不是三次，只来一次。

“次数少了点，”马骆勒说，“走着瞧吧。”

“我很满意，”伊兰娜出来时对雷蒙说，“你很给面子。”

说着，便当街拥抱他，雷蒙朝四下里看看，生怕给“北方佬”看到了。

他到马骆勒诊所去过两次之后，热切的劲头也不下于伊兰娜。

“你这主意真不错，我说不出有多感激你！”

“是不是？”伊兰娜说，“他这个人很神吧。”

“可不是，”雷蒙回答，“真是绝顶聪明，话都说到点子上了。我相信，这样下去，对我大有好处。”“我觉得你已经有了变化。”

经过三个月，疗效十分明显。

“你不觉得吗，雷蒙，”伊兰娜说，“你像变了一个人。现在，跟你说话，可以直截了当，不怕你犯疑心，碰了你的硬壳。你敢面对自己的实际，自己的意愿。我加倍喜欢你了，真的，我向你担保。”

“我也意识到自己大不一样了，”雷蒙说，“只是有件烦心的事，马骆勒要我除你之外，见见别的女人。他说，我一向过着内地生活，局限于家庭圈子，所以不大合群，一结了婚，等于进了死胡同，在赶入这条狭路之前，应该扩大扩大阅历范围。”

“他肯定有道理，”伊兰娜说，“马骆勒总是对的。就照他说的办吧。但是，多少得留点时间给我。”

“我巴不得全部时间都留给你呢，”他一往情深地说，“这你知道……只是马骆勒……”

“就照他的意思办吧。”

在下一次治疗时，雷蒙只得对大夫实言以告，他在巴黎的交游只限于商界，都是怪腻味的。

“那么伊兰娜周围呢？”

“你知道，她现在越来越喜欢离群索居，喜欢搞得很神秘……直到现在，她都不肯带我去见她的母亲和姊妹……”

“好吧，”马骆勒说，“那我来张罗一下，替你介绍几对年轻夫妇，都很有生气，跟他们相处，你会觉得很快活，很振奋。而且，伊兰娜也可以跟你一起来。我不希望你疏远她……绝对不要这样！……我的意思是，你们俩不要老是厮守在一起，重新落得疑心疑惑，犹豫不决。”

见到伊兰娜，大夫对她说：

“你那位雷蒙，我现在颇为了解了。我敢担保，到你们结婚之日，包你们成为天造地设的一对。”

医生举行了一次小小的家宴，一共六人：有他自己和夫人，还有汪妲·聂嘉尼娜，是马骆勒从绝望中救出来的另一个年轻俄国女子，以及汪妲热恋的钢琴家罗森克朗茨。晚会上，钢琴家兴会淋漓，使大家欢快无比。他是模仿的奇才，把剧场经纪人的狂怒、同行演奏家的台风和女性崇拜者的痴劲，学得惟妙惟肖。后来，在奥杰塔·马骆勒的恳请下，他坐到钢琴前，即兴创作，仿华格纳、德彪西和肖邦风格，弹得滑稽突梯。大家到很晚才分手，雷蒙对伊兰娜说：

“她长得很俊俏吧，这位马骆勒夫人。”

伊兰娜噘了噘嘴：

“要说俊俏，还不如说轻佻……相反，我倒觉得汪妲长得很美，有种野性的骠劲。”

“也许是吧，但她眼睛就盯着罗森克朗茨一人。看他都看成了一副傻相，听他说话也咧开着嘴，而奥杰塔至少还顾到有别人在场……我喜欢她打卷的短头发……而且，她长得挺好。”

“你怎么知道？”

“她的连衫裙敞得挺开……马骆勒真是福气不错！”

“那你说错了！”伊兰娜说，“应该说奥杰塔福气不错！算她走运，嫁上这样一个丈夫，她连替他解鞋带都不配。”

“你太刻薄了！”雷蒙说，“我倒不觉得她蠢。”

“她没开口罢了。”

“可是谁也没开口呀……不论是你，是我，还是她……罗森克朗茨一个人滔滔不绝，谁都插不上嘴呀。”

“而且也不希望有人插嘴，”伊兰娜说，“罗森克朗茨这个人很有趣。”

“很对你的胃口？”雷蒙问。

“不错。不瞒你说，这类男子，对我倒不无危险。可惜以我这样的微不足道，人家根本不理会。亏得如此！”

下个星期，礼尚往来，雷蒙回请马骆勒夫妇，但到最后一刻，只有奥杰塔一人来赴约，大夫临时给请去出诊了。奥杰塔跟雷蒙谈得很来劲，发现对打猎彼此倒有同好。伊兰娜听他们谈野兔、山鹑、麋鹿和野猪，开头还提起兴致，很快就厌烦了。

等到回去的车上只有他们两人时，伊兰娜对雷蒙说：“想不到你还是好枪法。”

“那你真是不认识我了。”雷蒙说，“以前每逢礼拜天我就到乡下去，打猎是我唯一的乐事。”

“我倒小看你这个运动家了。”

“可不是。我为什么不是运动家。”雷蒙有点生气。

“我不知道。反正，你的体型不像运动家。”

“什么时候你领教到我的耐力，就会吃惊的。在团部里，我一亮相，那些吃饷的朋友个个惊异。比起外表来，我要结实得多。”

“或许是吧，”伊兰娜说，“但我不大相信。既然你这么说……”

雷蒙一直在星期二上马骆勒诊所。经过半年，医生对伊兰娜说：

“我觉得，我们那位朋友走上正路了。”

“噢，可不是！”她说，“他变化之大，简直叫人不信。你想到吗，他一变而为专横、苛求、挑剔？我的小雷蒙，本来我要他怎么就怎么的……经你一调教，现在变得好斗起来！”

“这不是你求之于我的吗？”马骆勒反问道，“一个男人，为人处世，非得有点好斗的劲道才行。不然，就会给人家压垮的。你自己不也是吗，变得好斗之后，生活中顺利多了。”

“倒也是，”她语气之间不无保留，“但总得有个限度吧……现在，雷蒙跟我时常顶撞……昨天还吵了一架，他简直恶劣之至……而且这种好斗的架势，有时显得很可笑。雷蒙本来很谦让的，现在突然觉得自己了不得了……我不是开玩笑，他以为所有女人都倾心于他，追求起来也不知顾忌。”

“成功不成功呢？”

“那不得而知，”她答道，“他说话也变得藏头露尾的。”

沉吟片刻，伊兰娜又随口问道：

“奥杰塔和你，还跟他出去吗？”

“哪里的话，”马骆勒感到很惊讶，“要出去，我还不跟你打招呼……不用我了，他已经就道上路，我让他自己活动去了……再说，我也不认为他还会长期需要我。你期望的变化，已经办到。结局就靠你自己善自为之了。”

“什么结局？”

“咦！不是吗……结婚呀！”

“噢！”她刚回过味来，“我自己都不知道会不会嫁给雷蒙。”

“伊兰娜！”马骆勒说，“我可不让你再犹豫不决的了……啊！不行！”

但她转身就走，相当唐突。对马骆勒，她也不像早先那么信任了。雷蒙和奥杰塔时常在见面，这，她是知道的。开头，雷蒙还承认，得意的神气教伊兰娜觉得很有趣，很天真。那时，是跟马骆勒太太不失体统地见见面，到蒲洛涅森林的饭店里喝杯葡萄酒，或者到湖上划划船。后来，他就绝口不提奥杰塔了。但伊兰娜发现有些夜晚给侵占了，推说生意上有事。最后，有一个周末，不知他的去向了；一位好心的女友告诉伊兰娜，有人看到奥杰塔和雷蒙钻在一家万木掩映的高级旅馆里，那是一个相当神秘的去处，是露水夫妻惯于光顾的地方。“这就是咱们的名医！自以为是强中手，把我们当成傀儡，由他牵线调弄！好一个调节家庭关系的导师，指导夫妻生活的教授！他自己的老婆，就在他眼皮底下，跟一个他自己介绍给她的浑小子，通同起来欺骗他，而他竟毫无觉察！”

这个发现，使伊兰娜大为懊丧。她生活的力量，就得之于马骆勒。看他上当受骗，成了笑柄，她顿时垮了下来。她惊惶之余，多说了几句，提醒了医生。这回轮到大夫来发现真相了。那已没有任何怀疑的余地。他的夫人，不多不少，成了这后生的情妇。他盘问奥杰塔，奥杰塔从实招认，说完就离家出走，躲到靠近康布雷的一个村子里。这下，对马骆勒刺激太大了，只得暂时停诊，求一位同行来给他治治病。

“可怜的马骆勒！”皮阿斯大夫说，“他情绪低落之至！他得对自己做全面的精神分析之后，才能重新开业。”

慢慢地，又一一安排妥当了。马骆勒隐退了几个月，精神上渐趋平衡，跟他宠爱的夫人也很快重修旧好。这段逸事，只有几个知交知道，在社交界——他正在那里物色病人，他的威望依然无损。雷蒙·朗培－勒格莱克又回头去找伊兰娜，再也不提结婚的事。这小伙子，伊兰娜失而复得，高兴都来不及，就什么条件也没提。

总之，治疗是卓有成效的。

——罗新璋译

时令鲜花

艾惕安·卡尔吕从出租汽车里下来，正好面对蒙巴那斯公墓的大门。他手里捧的一大束菊花里，有橘红，有嫩黄，五彩缤纷，可谓斑斓秋色尽在其中了。门口站着两个看门人，他走过时，其中一位向他行礼致敬，他捧着花碍手碍脚的，只点了点头算是回礼。

“您认识他，头儿？”

“嗯，有点认识……他是位教师……他太太葬在七区，那是九月底的事……每星期四他都来……因为那天没课……他跟我说过……刚开始的时候。”

“早年丧妻……来不长的。”

“谁知道……真的，这可不好说……得分什么人。”

要是他们劈面去问这个穿黑服、留短须的男子，他准会回答，每逢星期四必来无误，到死方休，而且还巴不得早早死去才好呢！此刻，他笨手笨脚的，一忽儿像抱婴儿似的把花捧在胸前，一忽儿又搁在背后。吕茜尔的突然亡故，对他不啻是飞灾横祸，觉得无可弥补，心里无法承受。伉俪五年，吕茜尔把他的生活彻底变了个样。他原先神态俨然（有点讨厌，那是太太们的说法），只知道工作，别的都不以为意，他喜欢教书，批改作业，准备博士论文，身外的世界，对他几乎是不存在的。

那年他到山里度假，在旅馆里突然遇到吕茜尔——金发披拂，星眸流波，瞳仁带些淡紫色，浑圆丰莹的肩膀，略形倾侧的秀颈，真是绝世姿色。即使朝夕相处五年，他都不大敢相信如此佳丽会是真人。甚至枕席之间，他搂着那美艳的肉体，她抬眼望他，心甘情愿听任摆布，此时此际，他依然觉得她渺茫得像神话传说中的天仙，类乎莎士比亚和缪塞笔下的女性。他责备自己在情好欢娱之际，犹自掉书袋做这种类比，真是迂夫子一个！不，吕茜尔不是向壁虚构的公主仙女，而是一个笑容温柔、顾盼神飞、体态婀娜，使人看了清新脱俗的女人。她爱卖弄风姿，有时故意逗他，弄得他惴惴不安。他现在一想便想起她的娇媚之态，真是难描难画。

“我得之于一时，却失之于永远。”他心里自语，一边朝坟地，对他说来是神圣的坟地走去。

南三条，西二号。头几个礼拜，他还要借助路牌号码才找得到地方。现在，他熟门熟路，径直朝墓碑走去。那是一整块暗绿色的大理石，上面镌有：奥邦之女，吕茜尔·卡尔吕，1901—1928。他原想刻一句拉丁文铭文：Conjugi，amicoe（贤妻良友），但觉得死者未必会首肯，而作罢论。到她墓地之前，得经过不少名门世家的坟茔，这类碑石冥堂大都面目可憎，有哥特式的，有埃及式的，显摆钢铁巨头或南货大王的奢华靡费。他喜欢整块石板浑然一体，不事雕饰，算是他怀着挚爱为妻子挑选的最后一件礼物。最后一件？也不尽然，不是还有这束菊花么，她看到了一定会夸他酡红的色调选得好。难道她委实躺在这块石板底下了？他仿佛听见她说：

“又给我送花来了？你真好！”

他回想起，医生贴着吕茜尔的心口，听过之后宣布“完了”，他凭什么也不肯相信，不肯认账。她怎么能撂下他，自顾自去了呢？这可不像吕茜尔的作风，她一向殷勤周到，善解人意，从不会做使人绝望的事。

他把菊花斜放在墓碑下面，然后伫立默哀。每个星期，他强自要自己追忆美满婚姻的历历往事：定情订婚，蜜月旅行，长夜欢娱；尤其是那亲切甜蜜的时光，他坐在写字台前，抬起头来，看到她迅疾掷来的眼波和偷偷的艳笑，那含意只有他们两人知道，不足为外人道也。之后，是不胜盼切，等候孩子的到来。不论什么事情，从房间陈设到出门看戏，两人都能想到一块去。她把他的心思揣摸透了，有时他话还没出口，她已回答上了。而今，失去了妻子，失去了儿子。

“可怜的吕茜尔！你临末了说的话，还在安我的心。不料说到半截……”

这年冬天，他每星期四都来。每次的花都不同，足见慧心巧思，以此愉悦死者，正像生前博她欢心一样。圣诞节时，他想起，有一次小枞树上张灯结彩，树枝下放着彼此的礼物，把吕茜尔快活得像孩子似的；如今，却落得用绿枝、冬青、石楠来装点她的坟头。之后，一周复一周，白天长起来，手推车上又见新春的鲜花了。三月的一天，他带来了紫罗兰和报春花。天色碧净，太阳暖洋洋的，光影在大理石碑上婆娑。他欣欣然感到异常舒畅，但马上就自谴自责起来。

像往常一样，他惘然遐想起来。“是的，你喜欢春天。每年第一天出门可以不用穿大衣时，你爱在上装的翻领上缀朵鲜花，有种得意扬扬的气概。你那飘飘欲仙的步态，是再也看不到了……”想到这里，他不由得转过身去。这时，一位身穿重孝的少妇正朝这条小路走来，在几丈远的一座坟前停下。她臂弯里捧着一束花，俯身放在墓石上，举止是那么娴雅。接着，跪在墓座的石墩上默然沉思。

她的面孔给帽檐遮去了一部分。艾惕安偷眼瞧着，等她转过脸来。她站起来时，只见泪痕满面。她容貌净丽，神情肃穆。高广的前额，围着一圈黑发。一件紧身长上衣，勾勒出苗条的身段。她对周围看也不看一眼，竟自走了。在坟丘与墓圹之间三转二转，便走上了干道。听她的脚声在石子路上走远了，艾惕安便踱过去看看她刚才跪过的坟碑。上面写着：安多华·龚斯当，1891—1928。这么说来，她是来凭吊丈夫的，而不是父亲或儿子。转而一想：“兴许是情人。”但他不大相信。

下星期四，虽则不指望与她重逢，却还是照例按时而至。她没露面。他等了很久，在坟前沉思的时候，意绪比往常更凄苦，不禁自怜自惜起来。觉得自己的生活很空虚，连个知心朋友都没有。当初和吕茜尔琴瑟调和，自成一统，就怕亲友侵扰，连双方的亲属都疏远了。

“多大的不同哟，”他思量道，“那时的夜晚，夫妻两人何等欢喜，如今落得形单影只！独自匆匆吃完晚饭，毫无胃口可言，然后往椅子里一靠，翻翻晚报，看看书，也提不起兴致，这样挨过几个钟头，了无睡意，真是够凄凉的！”

那时有妻子陪伴，工作起来也精神奋发。他念一句句子给她听，回答总是那么灵敏，那么聪慧。到时一起回房。她换上睡衣，一头金发披散开来，那才迷人呢！这种情趣，何等快意，难道再也不会有了？

可不！抚爱缱绻，再也不会有了，既然重婚再娶，甚至连追求别个女人的想法，他都觉得近乎亵渎。怎么能把奉献给吕茜尔的词句，照式照样诉说给另一个女性听呢？怎么能把个陌生女人领进这一对吕茜尔充满忆念之情的住处来呢？每件家具上，都摆着她的照片。她的衣衫，还在大橱里，还在她亲手所挂的地方。奥邦老太，他那位住在内地的岳母，等丧葬事毕，就劝他把这类遗物送给慈善机构。

“对是对的……当然……但你留着也没用……只能教你看了伤心。”

这种想法，他觉得真是罪过，乃是庸人之见。

这时，他身边有个老妇人走过，拎了一洋铁罐水，想必是去浇水的。天空中云影驰过，遮住了太阳。艾惕安打了个寒噤，朝灰色的碑石最后看了一眼，就转身走了。但事非有意，他没有直接走上大路，而是拐了个弯，打安多华·龚斯当的坟前过。坟上供着一束蝴蝶花，还挺鲜灵。那位不相识的少妇已经来过了，不是昨天，就是今天早晨。

又隔两个礼拜四，没见到她。第三个星期，他刚到，她已经在那里了。艾惕安感到，他把花束从纸包里解开来的当口，她的眼波倏地掠过来一下。这天的花，全是郁金香，红的红，黄的黄。“不，这哪里像悼念。”他心里想。“根本不像……但你多半会喜欢的。你常说：你这张刻板的书桌，该叫它醒醒了。唉！现在该叫醒的，是你这个人了，你那芬芳的嫩颊，温润的前额。”然后，他也向穿黑衣服的太太瞟了一眼，看她带了什么花来。这天，她也一样，花的颜色比较鲜艳，但不是郁金香，而是康乃馨。

打这之后，每个星期四，他都见到她。她有时早来，有时晚到，但恪守星期四不变。“不会是因为我吧。”他私忖道。然而，每次等的时候，情绪总不免起点波澜。现在两人都很经心于花的选择，瞅另一位献什么花的眼神似乎也更坦然。彼此暗中好像在比赛，死者倒得益不少，因为花的品种愈趋名贵。才有玫瑰，他们就同时带来了，只是那位太太的是大红，艾惕安的是茶红。接着，是多彩多姿的剑兰，真像绚丽夺目的焰火一样好看。

他一般等她走远了才往回走，怕她发窘，好像他有意跟在后面，伺机跟她搭讪似的。显然，这不是她之所愿，因为她行色匆匆，从不回头看看。

五月的一天，他走过一条豪华的墓道，正朝吕茜尔的坟地走去，忽听得人声嘈杂，看到他认识的那位守卫，抓着那个常提水壶的老妇人的胳膊，不让她挣脱。看守墓园的人，似乎拉着穿孝服的少妇作证，等他一眼看见艾惕安，便说：

“好，您先生来了，这事儿跟您也有关。”

艾惕安手捧鲜花，走近人群。

“出什么事啦？”

“是这么回事，”看墓园的人说，“这女人正在偷花，给我抓着了……是的，太太……她偷的花里，除开旁人的，有您的，也有您先生的……我盯了好几个礼拜，这一回可叫我当场逮住了……”

那位少妇显得很惑乱。

“放了她吧，”她央求道，“我无所谓的。反正花也蔫了，我就是来重新换过的。”

“蔫了？”看门人说，“并没全蔫……她可会挑哩，每束花里专挑还行的……得，眼见为实，请到八区一〇七号去瞧瞧，就知道她怎么归整的了……她花钵里插的一丛铃兰，我敢打赌，没花她一个大子儿。那是东一枝西一枝捡来的。”

“这有什么不好呢？”少妇道，“又不是捡了去卖。”

“你干吗要这样做呢？”艾惕安问老妇人。现在他看得更切近了：她长相不俗，低头垂着目光。

“你干吗要这样做呢？”他又紧盯一句，“没钱买花，是吗？”

她抬起头来。

“可不，还用说吗……难道能有旁的原因？……您该咋办，太太，要是您儿子的坟在那儿……而丈夫手那么紧，别说剑兰，连买点紫罗兰的钱也不肯给？……嗯，您会咋办？”

“我也会这样做的。”全身穿黑的太太了无惧色地说。

“话是不错的，”看门人说，“但我有上头的命令。”

他掀了掀制服帽，放开了老太婆，来跟艾惕安兜搭。

“总之，先生……怎么说呢？您在军队里待过，没错儿？您知道，命令就是命令……倒不是我心肠比别人硬，咱们得替人办事……”

“既然没人告发就算了，”艾惕安劝解道，“那位太太和我，每星期四都要来换花的。上礼拜的花里，还找得到像样的，最好没有！”

“行……行……”看门人说，“只要你们乐意，皆大欢喜……”

之后，转身对给抓到错处的老婆子说：

“那你请便吧。”

艾惕安掏了点钱给老婆子，穿孝服的太太也添上一些。事后，艾惕安像每星期一样，去吕茜尔的坟前凭吊。但给这件事一搅，无法像往常那样凝神静思。那些亲切的面影，总召而不至。等穿黑衣服的太太一走，他毅然决然，追了上去。

“方才的事，真得感谢你，”她说，“幸亏你来了，你们男人说话总更有力。”

“可怜的老婆子！我们，就是说你我，对她的心愿，比谁都了解，为心爱的人，总想有所表示，不管多么微末。“

“是的……”她说，“为去世的人，也为自己。”

“为让他们活在我们心里。”

她看了他一眼，兼有惊异和感激的意味。

“你想的跟我一样……而且，好久以来，我就注意到你那份……深情……选的花……你很爱你太太吧，卡尔吕先生？”

“你知道我的姓。”

“有一天你没来，我看了一下……她死时才

二十七岁……多可怕。”“可不是！她真是十全十美……美丽，温柔，伶俐……”“我也一样，失去了天下最好的丈夫……真的，没有一个女人会受到这样的体贴和爱怜……简直太多了一点……只要是为我，安多华无不尽心竭力。他这一死，我真茫无所依了。”

“而他死的时候很年轻！是的，我得承认，出于……好奇和……同情，我去看过碑文……看到上面刻着‘1891—1928’……发生什么意外了？”

“是桩车祸……那天晚上给送回来时，就已不省人事……早晨离开我身边的时候，他还满怀幸福……他刚提为主任。”

“他在政府部门做事？”

“不……在一家大化工厂。三十七岁上，他在厂里已是第三号人物。很快就会当上总经理的。”

“你们有孩子吗？”

“可惜连这点安慰都没有。”

说着说着，他们走到了正门口。门卫长向他们行礼致意，神气之间不无揶揄的意味。

“得！”等他们走远去，他对下手说，“这两位……啵！那倒更好……不是吗？”

下星期四，好像有约在先似的，上完坟，一起顺路走出来。艾惕安讲起他的生活情况。他在巴黎一所名牌中学教高年级班，也写点东西。有份杂志约他撰写文艺评论方面的稿子。

“妻子死前，我有个剧本已开了个头。后来，就没心思再动笔了。”

“还该写下去，”她劝说道，“你太太会希望你这样做的。”

他一下子活过来了。

“噢，这个吗？肯定的！她鼓励过我，要我在这方面寻找自己的道路。”

龚斯当夫人说，她也喜欢戏剧。她曾专修文学，程度还不浅：得过两个硕士学位，一张英文文凭。

“那很不错了！但在实业界这个圈子里，你不觉得厌烦吗？”

“不，只要安多华在世。为了让他高兴，但凡来客我都款待……要依我的兴趣么，当然更愿意跟作家啦艺术家什么的交往，但是跟他……”

他问她，这公墓里圣勃夫和波特莱尔的坟去看过没有。她全然不知。他便自告奋勇陪她去看。她觉得这两座坟恶俗不堪。

“不能这么说，”他解释道，“时代不同，眼光自会不同。”

他们这就走了好长一段路，谈兴甚浓，没注意到天色骤变，连远处的雷声都没听见。走到正门口时，大颗大颗的雨点，便接连打了下来。

“我得叫辆出租汽车，”她说，“前面不远的地方，就有个站头。”

“我也如法炮制。这势头哪像雷阵雨，简直是滂沱大雨。”

他们急急赶路，一下子衣服都给淋湿了，便跑了起来。赶到车站，只有一辆汽车。

“你先上车。”他谦让道。

“你呢？”

“我再等一下。车子马上会来的。”

“这种天气，怕不保险。我的车子带你一程，不行吗？”

“你上哪儿？”

“就回家，”她说，“莫扎特大街。”

“那真太巧了。我住得稍远一点，在泵浦路。那我带你。”

双方你推我让，客气个不了，临了还是女方让步，把住址交了出来。等上了汽车，彼此倒局促起来，各人尽量往自己一边缩，也不说话。他想起，从前有一晚陪一位女教员走回家，正好给吕茜尔撞见了。她大光其火：“我要是没看到，你会说吗？”他嗫嚅地说：“当然……她有点不舒服，拽着我，我不能扔下不管……而且，她年纪比你要大上二十岁呢。”“这能说明什么？她还蛮登样呢。”

汽车开过蒙巴那斯火车站时，他无言地问吕茜尔：“看到我跟一位年轻美貌的太太挤在一辆车里，你会怎么说呢……而且是怎样的血肉之躯。”他接着想道：“我觉得，跟我同坐这辆车子的，是你，是你的乳峰鼓着这件黑绒线衫……啊！我很惭愧，感到生的欲望又复苏萌动了！……我多么需要你……”他喟然叹了口气。穿黑衣服的太太看了他一眼，那一瞥显得十分解事，又含着不胜幽怨。

“你感到不幸，是不？”她打破沉默，“我们都命不好。”

“你一个人过？”

“嗯……反正，和一个老妈子在一起，阿梅利……噢！她真是忠心耿耿。我丈夫是她带大的。家中里里外外全仗她一人……你呢？”

“我也是孤家寡人。每天上午有个管家妇来照料一下，下午五点钟走，给我做好一顿晚饭留着。”

他觉得难以启齿，不便告以自己此时此刻的真实想法，以及跟女人的肉体挨得这么近时内心的惶乱。太阳又露出脸来，照着荣军院的圆顶金光灿灿。

“这景色多美！”他感叹道，“你是不是跟我一样，有种说不清的怨艾情绪，觉得世上的一切依然这么美，而……”

她很动感情地说：

“我只是嘴上说不出，心里真是这种感想。”

他问她是否每周都乘出租汽车来。

“是的，就为这些花。我丈夫在世时，倒有辆车，但只有他会开。”

“我也乘出租汽车，为了同样的理由……捧着花……”

踌躇片刻之后，他畏怯地小声说：

“是不是……总之……或许你会觉得唐突，但既然我们在同一天，走同一条路，何必不共同租一部车呢？我来接你。”

“你太客气了……但我不想让阿梅利……看到我跟你一起走，天知道她会怎么想呢？”

“那么反过来。你在自己家门口喊出租汽车，过来接我。我在楼门口等。”

“这样好一点。但他们……他们能赞许吗，你说呢？”

“干吗不？我们各自尽各自的本分，寄托哀思，表示恩爱……”

“让我再想一想。反正，不能让你一人破费。”

“这不是个难题。你要是坚持，费用可以平摊。”

“咱们瞧着办吧，”她说，“好，我到了。”

她脱下手套，向他伸出手去，手很白嫩，手指纤纤，戴着一枚戒指。

下星期四，他们分头上公墓，但出来时，不约而同，一起朝车站走去，合租一辆出租汽车。路上她说：“你的提议，真是很客气，我考虑过了，觉得可以接受。说真的，每礼拜付两份车钱，也有点冤。而且有你在旁边，心里也宽舒点。那下星期四，我来接你。”

于是成了一项仪节。她乘车到泵浦路，鲜花搁在膝上；他在门洞下伫候，手里拿着花束。汽车一停，艾惕安就上去。他们说好不叫汽车开到公墓门口，免得让看门的看到他们结伴而来。他们在拐角下车，像串通好似的，脸上微透笑影，说声“回头见”，便隔段距离，一前一后走进去。

这样一起来回，走过几次之后，几乎无话不谈了。花，当然是他们之间的一大话题。两人都喜欢夏天的鲜花和乡野的草花，如羼杂着燕麦秆的矢车菊。现在他们挑花配色，固然是为了死者，同时也兼顾着对方。

艾惕安为写评论，要看很多书，负起指导少妇阅读之责，常常借书给她。她归还时，评论几句，剀切中肯，颇出乎他意外。她比吕茜尔要严肃得多。他刚冒出这个想法，便责备起自己的不该来。

他们商定：夏天不离开巴黎，除了回内地老家小住几天。吕茜尔的周年忌辰，在七月份。那天在教堂里，艾惕安看到嘉白莉埃尔·龚斯当很谦抑地坐在最后一排，大为感动。他现在也已知道这位黑衣太太的芳名。

“我不喜欢穿一身黑，”她曾跟他说到过，“但这是家里的规矩。”

八月份天气很热，她自作主张，变通一下，改穿白上衣黑裙子。

“当初安多华就不喜欢看我穿一身黑。”她像是分辩，又像是表示歉意。

有一晚，艾愓安请她到巴黎近郊一家露天餐厅吃饭。暮色朦胧，他们坐在一张小桌旁，谈得很尽兴，彼此很信托。

“安多华很喜欢到蒲洛涅森林来吃饭。的确，坐在这里十分惬意。巴黎的繁华和森林的幽静，兼而有之……他从办公室回来，常突然喊我：‘走吧……上蒲洛涅去……’他真是个好丈夫。”

“跟像你这样的女人一起生活，该不会有什么难处。”

“何以见得？”

“因为你样样都好，模样儿，聪敏智慧，性情又温和……”

“别说过头了。你还不了解我。我发起脾气来也很可怕，真难为了安多华。”

“是吗？那样子，我可想象不出。”

她粲然一笑，但马上收煞，脸上又挂起一层哀伤的帷幕。

“当然啰！可怜的安多华……他妒忌得近乎病态……我么，相信自己忠诚无亏，有时不免玩火取乐……他要是发作，我也不甘示弱……现在想来很后悔，有时是存心气他……不过常常是他不对。”

突然，她深感内疚，定定然看着他，目光里带着惊恐、恳切、爱慕。

“天哪，我说了些什么来着？你统统忘了吧……夜色这么美，使人想说说心里话，顾不得危险不危险……”她无可奈何地补上一句：“像这样的夜晚，我多么需要有他在这里，在我身旁……”

说罢，泪水涟涟，便转过脸去，揠揠眼角。

“再说，我还年轻，还很年轻，而我的人生已经结束……我真是最不幸的女人了。”

他把手放在少妇的手上。

“别这样说，并非一切对你都结束了……生活不是这样的……一年四季，周而复始，各个时令有各种鲜花……一味浸润于过去，没什么好处，不是上策……抚今追昔，在于体味人生，而不应失去其本意……是的……回忆之可贵，为能帮助我们生活，而不是妨碍我们生活，为能增强我们的勇气，而不是减弱我们的勇气……你我婚后都很幸福，知道和谐的婚姻未始不是不可能……你不信？”

她没把手抽回去，隔着泪水用探询的目光看了他一眼，然后摇摇头：

“不，我不信……值得悲哀的，倒不是满蕴着悲哀，而是失却了悲哀……我曾发誓要忠贞不渝。”

“我也是呀！”他的声气近乎粗悍，“之所以痛苦，还不是因为爱。”

餐厅领班过来请他们点甜食。她要了一客糖水草莓，随之把话题一转，谈些与个人关系不大的事。

第二天，她照例去接他上公墓。路上，两人都有点拘束、窘促。司机哑着嗓子，嘟嘟囔囔地抱怨行人，抱怨警察，抱怨天气。他们在坟前单独默想的时间，也比往常长。离开干道时，他们走过一堆乱石头，其中有石柱顶端，断碑残碣：永息……爱侣等字样依稀可见。她不由得停下步来。

“这些坟现在不去维持了，”他说，“坟地长年无人祭扫，便逐渐废圮，最后毁弃，出清地盘。”

“艾惕安，”这是她第一次喊他的名字，“我觉得这太惨了。这些死者无人照应，谁也不想念他们，等于又死了一次。”

他挽起她的手臂，她紧紧偎依着。

乘车回去的路上，提到一本书，他曾答应借给她的，便提议车子开到他住处好去取书。自从相识以来，她这是第一次踏进他的寓所。桌上，墙上，写字台上，都放着吕茜尔的照片。

“你不觉得吗，”他说，“这间死气沉沉的房间，你一进来，便生意盎然了？”

她猜想他会提出结婚的事，但她不愿这一切发生在这间专为怀念另一个女人而布置的房间里。

“今晚你有事吗？”她问。

“没什么事。咱们一起出去吃晚饭，好不好？”

她颔首同意，向他伸出手去，他捧着吻了一下。之后，她逃也似的走了。

到了街上，她独自转悠了一阵才回家。心里迷迷茫茫的，但觉得很幸福，她颇自讶：想不到对人生又会有如许意兴。

“没错儿，”她想道，“安多华准不希望我年纪轻轻就斩情绝爱……他会劝我重新结婚的……要是死的是我，他也……”

这些想法都对，只是她一直居丧守孝，意态矜持，有碍于在孀居不久之后，就向亲友宣布这样一个截然相反的决定。再者，阿梅利会怎么说呢？她肯定会责难的。但是，人生在世，难道是为别人活的吗？婚事应该从简，不必张扬，限于非备不可的礼仪。她已看到结婚那天自己的穿扮，一身淡妆，袒胸的白翻领，再系一条白腰带与之呼应。

——罗新璋译

雪中姑娘

“美国？”马泰拉教授道，“美国？……啊！这个杂然纷呈的国度，光怪陆离的世界，其复杂程度，固然我们欧洲作家难能想象……即或美国作家也概莫能外……我曾经从纽约到新墨西哥，由路易斯安那到亚利桑那，走遍了全美国；我曾经在十三间大学和三所女子中学执教法语，我敢说没有哪个是美国……不……而是有众多个美国……譬如说您笔下的波士顿是对的，而您这样写堪萨斯城时则错了，待到您再这样描绘洛杉矶，那就更大错而特错了……至于说巴比特[①]吗？就连巴比特，只要他读上一读《巴比特》这本书，他也会遇时而进，早已今非昔比了……不妨说巴比特已经死去……自从他问世之日便已不复存

① 系美国小说家、诺贝尔文学奖获得者辛克莱·路易斯所著同名小说中的主人公，此处兼指美国一切与他同具现代实业家气质的人。

在……你们这些向来寸步不离巴黎协和广场或者伦敦皮卡迪利广场的欧洲人，仿佛总以为美国人没有与我们相似的喜怒哀乐、琐琐凡情……不，他们有的，老天啊！美国人也是儿女情长，也是雄心勃勃和争风吃醋，几乎与你们并无二致……若说不同之处吗？是的，不同之处自然也有……但那无非是大同小异罢了。一位美国母亲，她首先是作为一位母亲；一位美国女性，她终归是位女性……至于美国人恋爱时，他们可能会受清教教义的束缚，并且天真地用弗洛伊德的伪科学使自己解脱，但他们毕竟是在爱恋着，因而他们演来的悲欢离合爱情戏剧，也就完全能够为我们理解了。”

教授顿了一顿，手往衣袋里摸一封信，接下去道：

“可是，有些事则是我们始料不及的……那时候我们就会铸成大错……喏，此处有一封信，是芝加哥一个未婚男士写给我的，名叫哈利·普鲁格，我从前的学生，说来……都已经是十年前的事啰，我无意之中造成他的不幸……普鲁格，一个多么好的小伙子，头脑一点儿不笨，操着一口美国中西部土音……那大概是一九三〇年吧，当时我正在圣品特大学教授文学，这座有趣的山区学校，早先是为给印第安人传布福音而创办的……在我全部教书生涯中，难得再遇上那么好的学生了……略显粗野鲁莽（许或是当地人的天性吧），然而是那样真诚，那样朝气蓬勃，那样充满热情……我已经养成个习惯，邀他们上家里来，一星期两三次，三五人不等，和他们做无拘无束的闲谈，要知道，人到中年的悲剧，其一就是难以再和青年人保持人情味的接触。热爱事业的教师便自然成了联系两代人的纽带。

“到达圣品特几个星期，在我最喜欢的学生中，我已不感到任何拘束。看见他们来到我的书房，动个不停，嬉笑玩闹，活像一群幼犬。首先到的取过一张椅子，其余的人席地而坐；人人都点着香烟或者烟斗。按说大家只应当谈谈卢梭、巴尔扎克、普鲁斯特；实际上学生们谈的主要是他们自己的事儿，以及当时使他们深为不安的生活。那时候正遇上大恐慌，而且一天天愈加严重。美国青年一代对自己的前途感到怀疑，小伙子们于是到法国小说中寻求答案，就好像文艺复兴时期的人到维吉尔著作里，或者像清教徒去翻《圣经》求签问卜一样。

“一个星期天，我站在卧室窗前，观看落雪，忽然见到普鲁格从刚刚停在家门前的小车子里走下来，我喜欢这个谈吐不俗、粗鲁但有见地的年轻人。

“‘喂！’我对妻子道，‘瞧，来客人了，我们的普鲁格。星期天！……他会来这儿干什么呢？’

“为了说明我何以惊奇，不得不提一句，美国大学生星期日几乎是不用来学习的。一些人上教堂去（在圣品特，上教堂的不很多，但有些大学却笃信宗教）；许多人是去体育场运动；几乎每个人都带着一个年轻姑娘。星期天来探访法语教师则是平常所没有的事。

“普鲁格没有熄掉马达，我看见他的车子仍在积雪的大路上抖动着，此时，他沿着石板甬道，耷拉着脑袋，神情十分阴沉，正朝我们房屋走来。我下楼给他开门（因为我太太和我，我们在圣品特没有雇人，只找了个黑人女佣，九点钟之后才来）。

“‘真够劲头儿，普鲁格！’我朝他道，‘星期天早晨还来说法语？’

“‘说法语？’他答道，‘啊，不是，先生，我为点私事……请多原谅，先生，我不该这个时候打扰

你，可是我刚才做了一件事……一件连自己也莫名其妙的事……我需要找人出个主意，我想也许……你会愿意帮我的……’

“我愈听他往下说，愈觉得他不似平日的普鲁格那样沉着冷静。瞧他那种窘态，我渐渐也不知所措了。

“‘坐下吧，普鲁格，’我边说边把他让进屋来，‘抽一支烟……先冷静一下。’

“‘谢谢了，先生……其实我的话不会很长……说来实在荒谬可笑……不如我一五一十对你直说吧，即便你听后责备我也好……’

“‘好啦！……到底是怎么一回事！我听你说……身边有火吗，普鲁格？那么，请开始吧。’

“他一本正经地开始说了起来，我真担心他别闯下什么大祸。我那时想：‘他怎么不去找院长呢？’菲力普斯是管理学生事情的，又不是我。

“‘我也许太认真，先生，’他郑重说道，‘甚至如你常说的：过于客观……你知道，先生，我们学校每月的第一个星期六都要举行舞会，本校学生有权邀请一个年轻姑娘参加……有些就在圣品特本地找舞伴，邀请教授或者附近房东的女儿……但那只是很少数，大部分人是从邻近城市约自己女朋友来……自然，我们没有权利留她们在房间住，因为那是学校宿舍……此外，还怕有碍风化，或者，如嫌这个词太可笑，就说：怕担风险吧……所以我们宁可为我们女客人在旅店租房间，譬如在圣品特客栈或其他小旅店里。’

“‘这一切我全都知道，普鲁格，’我说，‘在没有找到这座房子之前，我也住过圣品特客栈。我就不止一个星期六瞧见小客店里住满着妹妹、表妹以及未婚妻的……真有意思，可热闹了。’

“‘我相信，先生，’普鲁格接下去道，‘在上个星期六哈佛大学对圣品特大学的比赛上，你曾见到我，我当时和卡特琳在一块儿……你坐在我们上一排，而且为了卡特琳靠在你的膝头上，我还向你道歉来着。’

“不错，我记起来了，我见到你是和一个很漂亮的姑娘在一起……一个着红绒线衫的金发女郎，如果我的记性还可靠的话。’

“他为难地咽下一口唾液，往下说道：

“‘是的，她是金黄头发，并且我觉得很漂亮……我和她去外面玩都已好几个月……昨天晚上她就来参加舞会了。我们跳舞跳到半夜，然后我一直把她送到

旅店才回来，我正要睡下时……先生，你知道我住的宿舍，就住在哈里森堂一楼。’

“我确实记起有一天，我和几个小伙子一同去普鲁格房间饮茶，他的宿舍是在银行家哈里森赠送给大学的一座哥特式建筑的楼下。还记得我很赞赏他的安乐椅，对他的留声机则横加批评。

“‘我应当告诉你，先生，白天我曾领卡特琳来我房间看过。’

“‘你有权带年轻姑娘进你的宿舍吗？’

“‘是的，直到吃晚饭以前，先生……但是超过规定钟点，如果从哪个男生房间里走出一个女人的话，他就要被学校开除，这是一件很丢人的事……唔，我把卡特琳送到旅店，车子开回库房；我刚走进房间，正开始脱衣服，忽听到啪嗒一声，很轻，接着是第二下，然后又第三下。像是石子打在玻璃上的声音。我走过去向外面看，只见卡特琳身着一件白大衣站在窗前的雪地里。’

“‘我的天哟！’我很小声地朝她道，‘你怎么啦，亲爱的？’

“‘我进不了房间，’她说，‘我忘了带钥匙了。’

“‘啊！卡特琳，旅店看门人可以给你开呀！’

“‘我找不到看门的。’她回答说。

“‘怎么？我离开你时还看见他在那儿。’

“‘我感到冷。’她突然道，一边直打战。

“‘等一等，亲爱的，’我说，‘我马上下来，陪你回旅店。我一定能找到人给你开门。’

“这时，她走近窗口，低声道：

“‘拉我上去啰，哈利，那不是更亲切了……我在你房里待一会儿就走，等天明……’

“‘我心中很烦恼，感到为难，甚至想要发火。最严禁的事情莫过于此，可她偏要求我去做。你知道，这类错误院长是从来不会放过的。费尼根为这给开除了，而且他还是足球队的台柱，唉！可我连台柱都不是；总之，为着女人一时的任性，白白送掉自己一生的事业，我觉得很愚蠢……再说，先生，我又不是小孩子；只要想一想就明白，和像卡特琳这样漂亮的姑娘待一晚，诱惑会多么大，然而我还丝毫没有打算当真和她订立终身……这样的女子，带着逛体育场或者舞会，倒挺有意思……但是，有一天，先生，我们谈论过……不知你可还记得……在说到莫里哀……是的，当你解释《妇女学者》的时候，我们讨论过‘我将来希望娶什么样的女子’，那么，我现在可以奉告，这位未来的哈利·普鲁格夫人和卡特琳却没有多少共同之处。’

“‘可是，我虽然一边心里想得头头是道，如我对你说的，虽然我也想到这个女子行动有点蹊跷，撒谎说找不到看门人，一手炮制了整个这起事情，但一边我身上又像有什么似的，想利用这次机会。尽管我对自己说：“不！”然而我一面手已伸去拉她了。她一把抓住我的手。转瞬之间，我已将她抱了起来，很轻，冰冷。我把她放在长沙发上，关上了窗户。’

“‘卡特琳嘿嘿地笑了很久。她坐起身子，脱去湿大衣，露出跳舞的长裙……她是那样的美，先生，白裙子上闪烁着缤纷的金属片，双肩袒露，满头金发，靠在我的旧长沙发上，我竟忘掉我的恶劣情绪与不安……她向我要了一支烟，十分怡然自得，并且打听起我的家具、书籍、照片以及素描等的来历。’

“‘听我说，卡特琳，’我最后对她道，‘时间不早了，我明天上午还要打网球，你六点钟必须起身，应该睡了……我的床让给你，亲爱的，我把长沙发

搬到洗浴间，就睡在沙发上……明天早晨，我来叫醒你，然后设法使两个人平安脱身……如果运气好，兴许可以。'

"她做出嘲讽的样子。

"'你害怕我是不是？'她说。

"'她不再说话，开始解开裙子的搭扣……啊！先生，女人脱衣的姿势是多么袅娜动人……你有时说我以后会是个艺术家……那么我就希望做个画家，因为她脱裙子的时候，两只玉臂交举过头顶的姿势……几秒钟后，卡特琳就脱光了衣裳。我以前知道她身材生得好；她着游泳衫的身影，我时有所见。但是脱光了衣服！……啊！人体真是一件绝妙的物事！'

"'我喊了一声："卡特琳！……"到这时，我什么也不顾了。她笑盈盈地跳上我的床。"得了，也罢！"我心中想，"我这或许是拿自己的命运赌博，但是为着这样的赌注也是值得的。'"

"'卡特琳，你可是自己愿意的呀。'我依然道。

"'于是我也脱起衣服来，急急忙忙，连自己也不知道在做什么。我把衣服朝房间四个角落胡扔一气，然后纵身一跳便已在她身边了。'

"'就是在这个时候，先生，事情发生了想象不到的变化……也许是我太不懂得女人了，先生，连这已经定了的事……一定是我还没摸到这个娘儿们的脾气。因为，就像我上面对你说的，整个这件事全是这个女人一手造成的，她穿着跳舞裙，冰天雪地里跑回来，为的要在我房间里过夜，她刚才做出那样大胆的事当着我的面脱得一丝不剩，可到我脱衣服时，她反倒喊了起来，像是谁触犯她似的。'

"'哈利！'她用我的床单齐脖子将身体裹住，一边道，'你这样不觉羞耻！……早知你做得出这样粗野无礼之事，我也不上你宿舍来了！'

"'好啦，先生，我不可能把昨晚的事详细对你说了……尽管很出奇，但我怕……主要来说，我是又苦苦哀求，又强行硬来，又怒不可遏，又评理许诺，全都徒然；我在这个值得钦佩的姑娘身边待上一夜，什么也没得到……将近凌晨四点时，她睡着了……而我却不能合眼，我憎恨她，寻思着惩治她的法子。你还记得我们一起读过的一本巴尔扎克的小说吗，就是他为了报复一个卖弄风骚的妇人而写的那本？巴尔扎克在小说里描写这个妇人脸上带着一块烙铁烫的印记，

便是一个曾受她愚弄的男子干的。’

“‘是的，当然记得，’我说，‘这本小说叫《朗热公爵夫人》。’

“‘嗐！昨晚我要是有块烙铁，先生，我真恨不得趁她平静熟睡的时候，在那呼吸起伏的美丽胸脯上给她烙个痕迹。’

“‘我想我平时不是这样的，先生，倒是你责备我缺少浪漫，但是昨天夜里……唉！我气呀！……六点钟，我叫醒卡特琳，因为只有赶在工人到来之前将她送走，我才不致受院长处罚……星期天早晨六点，圣品特的街道上寥无行人，我帮助她从窗口出去，希望不会被人瞧见。

“‘我摇醒她时，她张开了大眼睛，流露出惊奇，接着她回忆起来之后，便马上十分高兴。我于是明白了，这次风流韵事，在她说来无非是一件滑稽的艳史，人微言轻她向至爱亲朋夸耀的美谈。’

“‘穿衣服吧，’我生硬不过地朝她道，一面捡起地毯上的衬衣丢给她，‘我已准备好了……我去车房寻汽车……你别站在窗口叫人瞧见，但要注意等着我，看见我就准备往下跳……我到时会帮你的。’

“‘谢谢，哈利先生，’她用挖苦的口吻说，‘你是名副其实的骑士了。’

“‘一刻钟后，我把福特轿车驶到窗下。雪下得正紧，跟现在一样。卡特琳推开窗子。’

“‘来吧，’我对她道，‘往我手臂上跳……别害怕。’

“‘我的样子，’她道，‘像是个害怕的女人吗？’

“‘她登上汽车，我就启动了，但我不是朝圣品特旅店方向开去……不，先生！……因为卡特琳还没曾受到惩罚，而我认为应该好好惩罚她一下才行……我驱车穿过市区，越过河流，直奔隆渥特树林而去。’

“‘喂，哈利，’她问道，‘你把我带到哪儿去呀？’

“‘见我不搭理她，而且她这人自尊心特重，于是故意显出一副高兴的神气。’

“‘多么好的主意！’她道，‘大清早兜风……林中雪景……真是引人入胜……你是位诗人，小伙子！’

“‘顺着林中道路行驶，大雪覆盖了道旁的斜坡和小沟，很不好走，我一边驾着车儿，一边就把我对她的意见直截了当地说了。在我和盘托出心中的不满之后，看了计程表知道我们已经离开圣品特足有六英里了，便停住汽车。我一言不发将卡特琳抱起，她又惊又恐，一时竟连话也问不出来。我抱着她穿过松林，直来到林间一块幽静而深秀的小空地上，皑皑一色，比她的大衣还要洁白三分。到了那儿，我慢慢地将她放在很深的雪地上站着；我始终一声不吭，全然不理会她的喊叫，也不回头看看她那时是什么样子，一直向汽车跑去，径自开走了……卡特琳此刻大概仍在一条杳无人迹的大路上，脚登银冰鞋，身着亮晶晶的跳舞衣，至少也得两个钟头才能回到圣品特……两个钟头，而且是天气好的时候……

"'就是这些，先生……在我这么做的当时，一切仿佛都很有理……可是回来的路上，我思忖自己是否做得都对……哦，我并非对这个女子大发善心，在此之前她可一点没怜悯我呵……我也不是害怕她有所报复……她是绝对不敢把此事说出去的……与其说出我来，她宁可编造谎话，说是遭人劫持，因为她一向在女友前把我形容得如何俯首帖耳，唯命是听……她就是去坐电椅，也不会道出我名字的……然而我不知怎么办……想着她这时的可怜相，脚上一双极薄的袜子，在那又深又陷的雪地上踽踽独行，我于是考虑，不管怎样，应否回去救她一救？……正好这时我从先生门前经过，便想起进来请教你……你看如何办好？怎么做才对？是让她卖弄风情卖弄个够呢，还是去跟她赔个不是？……麻烦在于，先生，此刻她的傲气虽给打掉了，这对她大有好处，可是我如果让步了，跑去救她，她登时就会故态复萌，又趾高气扬起来……称我是“可怜的哈利！”……我仿佛现在就看见她在窃笑了……总之，我不知如何是好，先生……我就照你说的去办吧。’

“‘立刻去找她。’我对他道，因为雪下得比任何时候都大了。

“然而我常为自己出的主意悔之莫及。”

——孙传才译

战俘还乡

这个故事发生在一九四五年法国的一个乡村里，就管它叫夏尔德村吧。村子虽不是真名，故事倒是真情实事。我们姑隐其名，自有显而易见的理由。故事是从德国开出一列火车遣送一批法国战俘回国开始的。一间十人的小车室里坐着十二个人，当然拥挤不堪，困顿之至，但是个个情绪振奋、心情愉快，因为大家知道，阔别五年之后，好不容易就将见到他们的祖国、他们的家乡、他们的亲人。

一路上，萦绕于每个人脑际的，几乎都是一个女子的倩影。想着她，情思绵绵，浮想联翩；有几个人则另流露出一点惶惶不安。等会见面时，她是否还是从前那个模样，没有变心吗？长年的孤寂，她会不会遇到什么人，发生什么事呢？破镜还能不能重圆？家中有小孩的，心中便踏实许多。他们的妻子，怎么说也应该照顾好孩子；有孩子在身边，小孩的天真活泼，会使最初的时日容易挨延过去。

车室的一角，坐着一个瘦高个子，他的面部很有表情，目光炯炯，有点狂热的色彩，不似法国人，倒更像西班牙人。他的名字叫勒诺·莱马里。老家正是贝利谷地方的夏尔德村。列车在黑夜中前进。汽笛声声，不时打破车轮轧轧的单调和沉闷。他同邻座攀谈道：

“成家了没有，萨蒂南？”

“那还用说……打仗前两年结的婚，孩子已有两个了……她叫马尔泰。你要看看吗？”

萨蒂南个头不高，性情愉快，面部带着刀伤。他这时从里边口袋掏出一个油污的旧皮夹子，扬扬得意地拿出一张已经撕坏的照片给人看。

“她太漂亮了，”莱马里道，“你这次回去担心不？”

“担心？……我都要欣喜欲狂了。哪有什么担心的？”

“因为她长得太漂亮，因为她孤零零的一个人，还因为别的男人那么多……”

“你真会逗笑儿！男人再多和马尔泰有什么相

干……我们夫妻之间一直美满幸福……要不要把她这五年间写给我的信拿给你看看……”

“唔！信！这不足说明什么……我收到的信也写得挺好……可是我照样放心不下。”

“你不相信你老婆？”

“噢，哪里……当然相信，至少从前是如此……大概还没有人能超过我……我们两口子结婚六年，从未有过不和。”

“那你还要怎样？”

“也许出于天性的关系吧，老兄……我这种人呵，向来不大相信有美满的事。心里老是在想，埃莱娜真是太好了，我配不上，她是那样美貌，那样聪慧……她是个知书识礼，样样都会的女人……碎布片儿，经她拼拼弄弄，成了一条裙子；农家小屋，她拾掇拾掇，便像个伊甸乐园……因此我心中思虑，战时有那么多人逃难到我们村里，更有些人不知比我漂亮多少……兴许还有外国人、盟军……村里的头等美人肯定要招惹他们注目。”

“这又怎么呢？只要她心上爱着你……”

“是的，老兄，但是你怎么不想一想，一个妇道人家五年无依无靠的，都是怎么一种生活？……这里不是她老家，她是嫁到我们夏尔德村的，举目无亲，应当说那种诱惑力还很强哩。”

“我说你呀，也太会逗笑了！你怎么这样爱胡思乱想……而且，即便有过什么事儿……只要她给忘了，又有啥大不了的？这就全在于你自己了？……喏，我嘛，你听着，谁若是对我说马尔泰不好……那么，我便干脆回答他：‘给我住口！……她是我妻子；那时候是打仗，她单独一个人；如今和平了……我们一切从头来。’”

“这我可做不到，”莱马里说，“我这次回去，若有一点闲言蜚语……”

“那你怎么啦？是把她杀了？你是疯了不成？……”

“不，我不会加害于她。甚至连责备的话也不会说一句。但是，我将悄悄离去。我要假名托姓，远遁他乡。钱财房屋，统统都留给她……我一样也不需要，凭着一门手艺……自己另立生活……也许我说的这些尽是傻话，但是我就是这么个脾性：宁为玉碎，勿为瓦全……”

汽笛一声长鸣，道岔和车轮碰得哐当哐当响，列车进站了。两人的谈话就停了下来。

夏尔德的镇长是村上的小学教师，为人忠厚，办事谨慎，是一位慈祥的长者。一天早晨，他收到部里的通知说，勒诺·莱马里乘搭八月二十日开往西南的兵车还乡。镇长决定亲自走一趟，去通知莱马里的妻子。到她家的时候，她正在小园子里忙着；全村便数这块园子最别致可爱，门旁两侧爬满着蔷薇花。

“莱马里太太，我知道您不是那种女人，男人来家，需得先关照她们一声，免得突如其来，闹出乱子……不，我甚至要说，您举止稳重、品德端正，是村里有口皆碑、无人不夸的女子……即使那些长舌妇，她们惯于对别的女人恶语中伤，而对您却挑不出一点儿毛病。”

“她们总会找些闲话说的，镇长先生。”她含笑说道。

“那我相信，太太……但是您不是使她们一个个都不攻自破了……不，我所以来通知您，首先想看看您听到这消息后如何快乐……而且请相信，见到您快乐，我也打心里高兴；其次我想，您可以准备一下，好好地为他洗尘……您就像我们大家一样，不是天天都有好吃的，但是遇上这样大的喜事儿……”

“您说得对极了，镇长先生。我一定要好好欢迎勒诺……您是说二十号吗？那么您看他几点钟能到家呢？”

“部里通知：‘兵车二十三时从巴黎开出。’这种车子开得慢……他应当在蒂维页车站下车，就是说还需步行四公里。所以最早也得中午前后他才能到家。”

“我向您保证，勒诺一定可以吃上一顿像样的午饭，镇长先生……到时我就不请您作陪了，相信您会见谅的……但我还是非常感激您走来一趟。”

“在夏尔德村，还没有哪个不喜欢您，莱马里太太……您虽然不是本地人，但大家都把您当作自己人一样看。”

二十日清晨，埃莱娜·莱马里六点钟便起床了。其实，她并没有睡什么。头晚，她将屋里屋外打扫得干干净净；砖地冲洗了，地板打上光蜡，又给褪色的窗帘举儿换个新鲜颜色的。然后，她到夏尔德村的理发师马夏尔家里，把头发烫了，晚间她便带着发网睡觉，为着使发型到早晨不致弄乱。她还把衬衣检看一遍，深怀深情地挑选了一件绸的，这多年来她一个人，一直未曾着过；再穿哪条裙子呢？明暗相间蓝白条子的那条，他从前特别喜欢。然而试了以后，她难过地发现，身体因食品定量配给而变瘦了，裙腰晃晃悠悠。不，还是穿自己裁剪的那条黑裙吧，配上鲜艳的衣领和腰带，似也悦目。

为了准备这餐午饭，她把他所爱吃的都回忆了一下……一九四五年的法国，短这缺那的……餐后吃点巧克力点心？……是的，那是他尤其爱吃的，但是没有巧克力……幸亏养着几只鸡有点新鲜蛋，他总是夸她的蛋比谁炒的都好……他喜欢吃牛肉和炸土豆，但是夏尔德村上的肉店已关门两天了……家中有一只小母鸡，前天杀掉已经拿去烤了。后来，还是一位女邻居言之凿凿，告诉她在紧靠近的小城里，一间食杂店把巧克力藏在“柜台下面”出售，她决定去买上一点。

“八点动身，九点钟便可以回来了……出门前把一切都准备好，回来时只要下厨房就行了。”

她很激动，心情也快活得了不得。天气如此晴美，照在山谷上的朝阳从未有像现在这样光耀夺目。

她一边唱着歌，一边着手摆餐具："这块红白格子台布……我们婚后的第一餐饭就是铺它的……玫瑰红的汤盆，他可爱那上面的图案了……再摆上一瓶汽酒……尤其放上几枝鲜花……他最喜欢桌上有点鲜花，而且他说过，我配的颜色比谁都好。

她扎了一束三色的花：白菊、矢车菊、虞美人，衬上点燕麦穗儿。然后，临离开家时，她半倚在自行车上，从打开的窗口，对着小客厅审视良久。是呵，的确一切看上去都完美无缺了。勒诺在饱经患难之后，回来看到家中房屋和妻子几乎没有变化，一定会感到惊奇……她从窗口对着大镜子照了照。可能稍许消瘦一点，但依然那么白净，那么年轻，而且仍然那样拳拳深情……她幸福得感觉自己身体都要瘫软了。

"好啦！"她自言自语道，"应该走了……几点啦？哎呀！已经九点……没想到竟耽搁这么久……好在听镇长说，火车将近中午才到……不到那时，我都早赶回来了。"

莱马里家的小屋孤零零的位于村子的尽头，因此谁也没有发现一个身材瘦削、目光炯炯的士兵踅进他们家的园子。士兵在园子里待上一会儿。阳光和幸福使他目眩，争妍斗艳的花朵令他陶醉，耳边且闻一片蜜蜂的嗡嗡声。之后，他柔声唤道：

“埃莱娜！”

无人应声儿。他一连唤了数遍：

“埃莱娜！……埃莱娜！……”

仍然鸦雀无声，他着慌了，挨身近前，由窗口望去，只见饭桌上放着两副刀叉，一束鲜花，一瓶汽酒。他的心顿时像被扎了一下，不得不倚住墙壁：

“天哟！”他心想，“她不是一个人过活！”

过一小时后，当埃莱娜回到家中时，一位女邻对她说：

“我瞧见他啦，您那位勒诺；他在大路上匆匆地跑着；我朝他喊，而他竟头都没有回。”

“他跑着？……到底朝哪个方向？”

“朝蒂维页车站跑。”

她扑向镇长家里，镇长全不知晓。

“我害怕，镇长先生……我怕极了……勒诺这人就是天生倔脾气，嫉妒心重，又爱多疑……他看见桌上两副刀叉……大概不知道我等的就是他……一定快点找他，镇长先生……一定呀……他会就这样一去不回，他是做得出的……可我多么爱他啊！”

镇长吩咐人骑自行车追去蒂维页车站，并报告了警方，然而勒诺·莱马里早已去得无影无踪。埃莱娜在桌旁坐等一夜，桌上的鲜花，因为时遇大伏天气，都已枯萎了。她连一点食物也未进。

一天过去了，接着一个星期，随后一个月也都过去了。

自那悲剧发生之日到现在，已逾两个寒暑，埃莱娜仍杳无丈夫的音信。如今我写出这段故事来，就是希望他能够读到，并且速速归去。

——孙传才译

大教堂

一八 ×× 年上，圣奥诺雷街一家画店的橱窗前，站着一名大学生。橱窗里陈列着一幅马奈的油画，名叫《夏特尔大教堂》。那时候欣赏马奈的人可谓寥寥无几，倒是这位过路学生独具慧眼；他看到画面之美，为之心醉神往。过了几天，他又特地跑来观赏。临了，他鼓足勇气迈过店门，想打听一下价钱。

“老实说，”画商道，“这幅画在这里已放好久了。您肯出两千法郎，画就算您的了。”

大学生一时拿不出这么许多钱，他虽然出身内地，倒还不是贫寒人家。他来巴黎上学之前，有个胞叔对他说过：“青年人的那套生活，我全清楚。急需钱用时，给我来信吧。”他要求老板保留一周，不要将画卖掉，自己当即给叔叔写了一封信去。

这小伙子当时在巴黎轧着一个情妇。她因为嫁了一个比自己年龄大的男人，禁不住闺中寂寞。人虽有点粗俗，且很傻气，但生得倒也水秀。就在大学生打听《夏特尔大教堂》售价的那天晚上，她跟他说：

“从前同宿舍的一个女友明天要从土伦来看我。我丈夫没工夫陪我们出去，我就指望您了。”

第二天，这位女友来时，又有另一位女友陪着。于是乎大学生只得陪着三个女子游逛巴黎，前后玩了几天。下馆子、乘马车、上戏院，全是他做东道主，一个月的月费很快便花光了，只好向同学开口。他正开始发愁的时候，叔父的信寄到了。信中附着两千法郎汇款。这下他真是如释重负，马上还掉欠款，又给情妇买了一件礼物。那幅《夏特尔大教堂》给一位收藏家买走了，许久之后，连同别的画一起，遗赠给了卢浮宫博物馆。

如今这位大学生已经成了著名的老作家。但他仍保持一颗青春的心。看到一幅风景画或好看的女子，他依然会情不由己，驻足流连。他从家中出来，在街上往往遇见一个上了年纪的邻妇。这位太太就是他昔日的相好。老妇脸上脂肪多得已面目全非。过去那么眉目清秀，现在眼睛下面垂着肉囊，嘴唇上还有灰茸茸的短毛。她步履艰难，可以想见脚力的软弱。作家看见了就打个招呼，脚步连停也不停，因为他知道她为人卑下，不愿想起昔日相爱的那段往事。

他有时去卢浮宫，上楼径往陈列《夏特尔大教堂》的展厅走去。他对着画看了又看，不禁喟然长叹。

——孙传才译

蚁

两片玻璃，四周黏以胶纸，玻璃之间，一群褐色的小虫纷纷攘攘，忙碌不停。盒子里放了一点沙子；蚁群在沙上爬出一条条路，汇集于一处。中央，一只个头大的蚂蚁，几乎总是一动不动，引人瞩目。它就是蚁后，靠这一群蚂蚁侍奉孝敬。

“养来玩，一点不麻烦，”卖蚁的说，“每个月只要从这个口子里滴一滴蜂蜜就够了……只要一滴……蚂蚁自己会来搬走，分而享之。”

“一个月只滴一滴？”年轻妇女问道，“一滴就够这一群吃一个月？”

她头戴白色大草帽，身穿一件隐花薄呢连衣裙，两只臂膀露在外面。卖蚁人望着她，有点发愁，又说一遍：

“一滴就够了。”

“多可爱的小东西。”少妇说。

她于是买下这群在玻璃盒里做窝的蚂蚁。

“亲爱的，你看到我养的蚂蚁没有？”她这么问道。

她手指撮着这个装着芸芸众生的薄玻璃匣，指甲上染着颜色。坐在她身旁的男人对她低着的颈背，正欣赏不已。

“你把生活弄得多有趣呀，亲爱的……跟你在一起，样样新鲜，花样儿也多……昨晚听巴赫……现在看蚂蚁……”

“你看呀，亲爱的，”她的语声里带着孩子般的热情（她知道他喜欢）……这只大蚂蚁，你看见吗？那是蚁后……这些是工蚁，全是为她效劳的……我自己喂它们……你信不信，亲爱的？一滴蜂蜜就够它们吃上一个月……这不是很有诗意吗？”

一个星期之后，她的情夫和她的丈夫，两人对这窝蚂蚁都厌倦了。她便放在自己房间的壁炉上，藏在镜子后面。到了月底，她忘了放蜂蜜，蚂蚁慢慢饿死。然而直到末了，仍给蚁后留着一点蜜，它最晚一个死去。

——孙传才译

明信片

“我四岁时，”纳塔莉说，“母亲离开父亲，嫁给了这个风流倜傥的德国人。我爱爸爸，但他为人懦弱，遇事忍让，没能坚持把我留在莫斯科。不久，尽管我满心不情愿，还是对继父渐渐产生了钦佩之情。他对我也表示出十分的好意。但我一直不肯叫他爸爸；末了，就同意我像妈妈一样，直呼他海恩利希。

“我们在莱比锡住了三年，后来，妈妈因为要处理些事情必须去莫斯科。她打电话给我爸爸，谈得颇为亲切，并且答应送我过去玩一天。我很兴奋，因为，首先是又要看到我的爸爸，其次是又要回到我的老家，在那里面我曾经玩得很痛快，而且一直保持着甜美的回忆。

“我没失望。大门前的号房和遍地积雪的庭院，跟我记忆中的影像一模一样……至于我爸爸呢，他更是不遗余力，决意要使这一天尽善尽美。他买来新的玩具，吩咐下面做一桌精美的午餐，并且打算天黑时在花园里放一阵烟火。

“爸爸这人心地很好，但也实在愚不可及。他带着满腔的爱所准备的一切，全告失败。这些新玩具，只能勾起我对旧玩具的想念，我讨着要时，他又无处寻觅。好端端的午餐，因为没有女主人盯着，任仆役胡乱做来，吃得我差点生病。再说放烟火吧，一支蹿天落在屋顶上，掉进了我早先房间的壁炉里，烧着了旁边的地毯。为着扑灭这场刚起的火灾，竟弄得全宅子的人排成一行用桶传水；爸爸还烧伤了手。因此，他想安排成高高兴兴的一天，在我的回忆里只留下吓人的火光和难闻的药水气味。

“当晚，我的家庭教师来接我回去时，她发现我正在流泪。我虽然年纪还小，但对感情的深浅还是很能分辨。我知道父亲喜欢我，他已经尽其所能地做了，只是没有办好。我既觉得他可怜，同时又隐隐地替他羞愧。为了藏起我这些想法不叫他察觉，我装出笑脸，然而眼角还是泫然。

“离别的时刻，他对我说，在圣诞节，照俄国的习惯要向朋友赠送明信片，他也为我买了一张，希望能讨我的喜欢。今天我一想起那张明信片，就觉得难看之极。可是在当时，我相信，我是喜欢那用硼砂做的亮晶晶的雪花的，喜欢那些在蓝色透明纸的夜空后面闪闪发光的红星，以及在硬胶水纸上可以滑动的雪橇，好像就要从画中奔驰而出似的。我谢过爸爸，搂着他亲了亲，便分别了。继之而来的是革命，我再也没有见过他。

“我的家庭教师把我直接带回妈妈和继父下榻的旅馆。他们正在换衣服预备上朋友家吃晚饭。妈妈身穿白色的长裙，颈上挂着一大串钻石项链。海恩利希是上下一套晚礼服。他们问我玩得可好。我以挑战的口吻回答说玩得很痛快。我还把放烟火的盛况渲染了一番，只是只字不提起火的事儿。之后，大概想证明爸爸多气派，我便拿出明信片给他们看。

“妈妈接过手中，马上哈哈大笑，道：

“‘我的天！这可怜的皮埃尔老改不了……这种东西送给丑怪博物馆正好！’

“海恩利希眼睛看着我，俯身向妈妈，压低了声音，愠怒地说：

“‘得啦，得啦……别当着孩子的面说嘛！’

“他从妈妈手里拿过明信片，看了明信片上亮晶晶的雪花笑了一笑，好像很赞赏，拨动雪橇在滑槽上滑来滑去，说：

“‘这样漂亮的明信片，我还没见过；千万仔细收好。’

“那时我只有七岁，但我明白他在撒谎，他跟妈妈一样认为这张明信片奇丑无比，而且他们两人是对的。海恩利希出于怜惜之情，想代我可怜的爸爸说两句好话。

“我一气之下把明信片撕了，并且从这一天起，恨上了我的继父。”

——孙传才译

纳伊游艺场

“鲍尼梵比我大五六岁，”莫弗拉说，“但他官运亨通，升得很快。我们虽然私交很好，我却总把他当上司看待，知感不尽。他出任工务部长时，举荐我进部长办公室；内阁倒台之际，又巧妙地把我安插到省政府里。

“后来他重新入阁，主管殖民地事务；我这时在巴黎职位不错，求他让我留任原职不动。我们之间关系很亲，两家有通家之好，时常一起吃饭，不是在他家，便是在我家。他夫人奈莉·鲍尼梵四十上下，风韵犹存，颇受丈夫宠爱，不愧为出色的部长夫人。我结婚也有十年了，你知道，我和玛特兰娜夫妻和顺，生活美满。

“今年六月初，鲍尼梵夫妇请我们在蒲洛涅森林一家餐厅吃晚饭。宾主一共六人，席间极为欢快。到了半夜，大家还意犹未尽，不想分手。鲍尼梵兴致特别好，提议上纳伊[①]游艺场去。他当权的时候，在游艺场里，喜欢穿扮得像哈伦[②]苏旦，大摇大摆走来走去，让别人看了悄悄指着说：'瞧，他就是鲍尼梵。'

"三对成年夫妇，想从儿童游艺中寻找童年的情趣，这情景就相当可叹。我们赢了几次彩，奖品有蛋白杏仁饼、玻璃帆船、动物面包等。三个男人用汽枪打转动的烟斗，水柱喷起的蛋球，等等。后来，我们走近环形小火车，除一二圈是露天的，其余都用篷布搭成一条隧道。奈莉·鲍尼梵提议上火车，玛特兰娜不觉得好玩，嫌靠椅不干净，但她不愿扫大家的兴，于是我们都买了票。上车时人流错杂，我们一行人分成了两拨儿。我和奈莉·鲍尼梵单独坐在一间小车室里。

"这小火车开得飞快，拐弯很急，能把人抛到对座的身上。鲍尼梵夫人在第一个拐弯时，差点儿扑到我怀里。这时篷布把我们蒙得昏天黑地，我简直没法

---

① 纳伊为巴黎西北部的高等住宅区。

② 哈伦（766—809）系阿拉伯帝国阿拔斯王朝有名的国王，为《天方夜谭》好几个故事所提及。

跟你说清楚这几秒钟里发生的事。人的肉体，有时会脱出意识的控制。总之，我感到奈莉斜躺在我腿上，我摸着她，像一个二十岁的大兵，抚摸从村里游艺场带来的姑娘一样。我去找她的唇吻，却不知自己所为何来，一点没受撑拒，正要碰到的时候，照来一片白花花的灯光。两人不约而同，急速分开，我看着你，你看着我，感到迷惘、惊异。

“我记得，当时曾想弄明白奈莉·鲍尼梵脸上的表情。她略微理理鬓发，正眼瞧着我，可一句话没说。刹那间两人都很窘。这时，火车已经停住，过了一忽儿，我们跳到环形月台上，找到了鲍尼梵、玛特兰娜，以及其他二人。

“‘这玩意儿对我辈说来真太年轻了一点，’鲍尼梵有点厌倦了，‘我想，现在该回家睡觉了。’

“玛特兰娜表示赞同，我们一起到了麦奥门，然后分路而别。我吻着奈莉的手，探寻她的眼色；她跟玛特兰娜有说有笑，未加表示就走了。

“我一夜没有合眼。这意想不到的一着，扰乱了我的心情，我的生活原本十分平静。我从来不是追女人的角色，结婚之后更不是。我一心一意爱着玛特兰娜，夫妻之间相互信任，毫无保留。对鲍尼梵，也很友爱，怀着真切的感激。见鬼的是，不管怎样，我非常非常想能再见到奈莉，探明她放浪形骸之后的目光是什么意思。是诧异？是怨望？你知道，男人不管多谦虚，内心里也是颇为自负的。我想象这是一种长期隐伏的激情，借偶然的机会爆发了出来。玛特兰娜躺在我旁边那张床上，鼻息轻微。

“第二天早上我很忙，没空去想这桩出人意表的事。下一天，电话里找我。

“‘殖民部的电话，’有个声音说，‘别挂，部长要找你说话……请别走开。’

“我背脊上一阵发寒。鲍尼梵从来不亲自打电话给我的。凡是邀请和回复，都在两位夫人之间传递。准是为了这桩蠢事了。

“哈啰！……’突然我听到鲍尼梵的声音，‘啊，是你，莫弗拉？……你能不能到我办公室来一下？……是的，很急……我要当面跟你谈……你马上来！劳驾。’

“我挂上电话……好啊，奈莉就是那种要不得的女人，自己勾引了人，（我可以赌咒，那晚是她故意倒在我身上的），又到丈夫面前去告状：‘你知道吗？你白相信贝尔纳这个人了……他不够朋友，才不值得你相信呢……’多可恨！

“我一边找出租汽车到鲍尼梵那边去，一边心里嘀咕会发生什么事情。决斗？倒求之不得，至少解决起来简捷痛快，但战后不兴拼命了。不，鲍尼梵少不了会说上一大堆责难的话，示意我们的关系到此告一段落。珍贵的友谊功德圆满了，说不定我的前程也到此为止了，因为鲍尼梵很有势力。还盛传他不久要当议长呢。但这不可思议的决裂，如何向玛特兰娜交代呢？

“去部里的路上，这些念头，加上其他更阴暗的想法，在我头脑里奔涌而来。我这才明白，自杀对处于困境而又无力应付的可怜虫，确是一种逃脱的方法。

“接待室里挤着好些求见者和办事员。我等了一忽儿，心跳得失掉了正常的节律。眼睛望着一幅壁画，画面表现安南人收割的场景。办事员终于喊到我的名字，我站起身来，正对着鲍尼梵办公室的门。是让他先讲？还是我抢先悔过？

“倒是他站起来，握着我的双手。我对他好意的接待，大出意外。或许他很通情达理，知道事出偶然，是一时冲动的结果。

“他说：‘抱歉得很，把你急忙间找来，但有件事，得马上做出决定。事情是这样的……你知道，我和奈莉下个月要到西非去转一大圈……在我，是视察工作，于她，是游山玩水，开开眼界……我决定，这次不仅带上部里的官员，还配备几名记者，因为该让法国人认识认识他们帝国的幅员……这计划我一直没想到要跟你讲，因为你既非殖民部官员，又非新闻记者，再说，你也有自己的职务，但昨天晚上奈莉提醒我，说我们这次旅行，和你们的假期，只差一个礼拜，你和尊夫人，比起随行的官员，对她说来，是更亲切更愉快的旅伴，或许在这样难得的情况下看看非洲，对你们不无诱惑力……所以，如果你们接受，你们夫妇也作为随行人员……只是我马上要个实信，因为办公室正在编制名单和日程。

“我表示感谢，并请他宽限几个小时，容我问问内人的意思。我起先很动心。等我独自一人时，想到这局面有其尴尬和可憎的一面，当着玛特兰娜警惕的目光，搬演带点爱情的阴谋，而我又是鲍尼梵请来的客人。奈莉固然漂亮，但我对她的评断也颇严厉。吃中饭时，我把这提议转告玛特兰娜，自然不说谁起的头，跟她一起找找对策，怎么回绝而不至于失礼。她毫不费事地想出说有约在先，不能赴非云云。

“我得知，后来奈莉·鲍尼梵讲到我时，不仅语气讥诮，甚至含有敌意。我们的好朋友，朗培－勒格莱克有一天在她面前提名道姓，说我可做赛纳州州长的候选人。她撇了撇嘴说：‘莫弗拉！亏你想得出！他人很和气，可是没魄力。他连自己想要什么都不知道。’

“鲍尼梵接口道：‘奈莉说得有道理。’这样，我没被提名，断了荣升之路。”

——罗新璋译

大师的由来

画家比埃·杜什正在收尾，就要画完那张药罐里插着花枝、盘中盛着茄子的静物写生。这时，小说家保尔－艾弥·葛雷兹走进画室，看他朋友这么画了几分钟，大声嚷道：

“不行！”

那一位正在描一只茄子，惊愕之下，抬起头来，停下不画了。

“不行！”葛雷兹又嚷道，“不行！这样画法，永无出头之日。你有技巧、有才能、为人正派。可是你的画风平淡无奇，老兄。这样轰不开，打不响。一个画展五千幅画，把观众看得迷迷糊糊，凭什么可以让他们停下步来，流连在阁下的大作之前……不行的，比埃·杜什，这样永远成不了名。太可惜了。”

“为什么？”正直的杜什叹了口气，“我看到什么画什么，尽量把内心的感受表现出来。”

“话是不错的，可怜的朋友。你已有家室之累，老兄，一个老婆加三个孩子，他们每人每天要三千卡路里热量。而作品比买主多，蠢货比行家多。没成名的、不走运的，成千累万，你想想，怎样才能出人头地？”

“靠苦功，靠真诚。”

“咱们说正经的。那些蠢货，想要刺激他们一下，比埃·杜什，非得干些异乎寻常的事。宣布你要到北极去作画啦，上街穿得像埃及法老一样啦，开创一个画派啦，诸如此类。把体现、冲动、潜意识、抽象画等专门术语，一股脑儿搅在一起，炮制几篇宣言。否认存在什么动态或静态，白色或黑色，圆形或方形。发明只用红黄两色作画，说是新荷马派绘画啦；或者抛出什么圆锥形绘画，八边形绘画，四度空间绘画，等等。”

这时，飘来一缕奇妙幽微的清香，宣告高司涅夫斯卡夫人的到来。这是一位美艳的波兰女子，她那深紫色的眼睛使比埃·杜什赞赏不已。她订有几份名贵的杂志，这些刊物都不惜工本精印三岁孩童的杰作，就是找不到老实人杜什的大名，便也瞧不起杜什的画品。她坐下把腿搁在长沙发上，瞅了一眼画布，顺便摇晃了一下金黄色的秀发，那么娇嗔的一笑。

“昨天，我看了个展览，”她的嗓音珠圆玉润，柔婉娇媚，“那是关于全盛时期的黑人艺术。噢！何等的艺术敏感，何等的造型美，何等的表现力！”

画家送上一张自己颇感得意的肖像画，请她鉴赏。

“蛮好，”她用唇尖轻轻吐出两字。之后，她失望地，婉转地，娇媚地，留下一缕清香，走了。

比埃·杜什抄起调色板，朝屋角扔去，颓然坐倒在沙发上：“我宁可去当保险公司跑街，银行职员，站岗的警察。画画这一行，最最要不得口帮闲们只知瞎捧，走红的全是画匠。那些搞批评的，不看重大师，一味提倡怪诞。我领教够了，不干了！”

葛雷兹听毕，点上一支烟，想了半天。临了，说道：

“你能不能这样做，向高司涅夫斯卡夫人、向其他人，郑重其事地宣布，这十年来，你一直着意于革新画法？”

“敝人我？”

“你听着……我写两篇文章，登在显著地位，告诉知识界的俊彦名流，说你开创了一个意识分解画派。在你之前，所有肖像画家，出于无知，都致力于研究人物的面部表情。这真是愚不可及！才不是那么一回事。真正能体现一个人的，是他在我们心中唤起的意念。因此，画一位上校，就应以天蓝和金黄两色作底，打上五道粗杠[①]，这个角上画匹马，那个角上画些勋绶。实业家的肖像，就用工厂的烟囱、攥紧的拳头打在桌上来表现。比埃·杜什，就得拿这些去应市，懂吗？这种肖像分解画，一个月里你能不能替我炮制二十幅出来？”

画家惨然一笑，答道：

“一小时里都画得出。可悲的是，葛雷兹，换了别人，大可借此发迹呢！”

“但是，何妨一试。”

“我不会胡说八道。”

“那好办，老兄。有人向你请教，你就不慌不忙，点上烟斗，朝他脸上喷一口烟，来上这么一句，‘难

① 五道粗杠为法国上校军衔标志。

道你从来没看到过江流水涌吗？’”

“这是什么意思？”

“什么意思也没有，”葛雷兹说，“这样，人家会觉得你很高明。你等着让他们发现，介绍，吹捧吧，到时候，咱们再来谈这桩趣事，拿他们取笑一番！”

两个月后，杜什画展的预展，在胜利声中结束。美丽的高司涅夫斯卡夫人，那么柔婉娇媚，珠圆玉润，香气袭人，跟着她新进的名人，寸步不离。

“噢，”她一再说，“何等的艺术敏感，何等的造型美，何等的表现力！哎，亲爱的，真是惊人之笔，你是怎么画出来的？”

画家略顿一顿，点上烟斗，喷出一口浓烟，说道：“难道你，夫人，从来没看到过江流水涌吗？”

波兰美女感动之下，微启朱唇，预许着柔媚圆满的幸福。

风华正茂的斯特隆斯基，穿着兔皮领外套，在人群中议论开了：“真高明！真高明！但是，告诉我，杜什，你从什么地方得到启示的？是得之于敝人的文章吗？”

比埃·杜什吟哦半晌，扬扬得意地朝他喷了口烟道：“难道你，老朋友，从来没看到过江流水涌吗？”

“妙哉！妙哉！”那一位点头赞叹道。

这时，一位有名的画商，在画室里转了一圈，抓住画家的袖子把他拉到墙角，说道：

“好家伙，真有你的！这下，可打响了。这些作品，我统统包下了。不告诉你，你就不要改变画风，我每年向你买进五十幅画……行不行？”

杜什像谜一样不可捉摸，只顾抽烟，不予理会。

画室里人慢慢走空。等最后一位观众离去，葛雷兹把门关上。这时楼梯上还传来渐渐远去的阵阵赞美。跟画家单独相对时，小说家兴冲冲地，把手往袋里一插：

“哎，老兄，”他说，“你信不信，他们全给骗了？你听到穿兔皮领那小子说什么了吗？还有你那位波兰美女？那三个俊俏的少女连连说：‘崭新的！崭新的！’啊，比埃·杜什，我原以为人类的愚蠢是深不可测的，殊不知更在我预料之外！”

他抑制不住狂笑起来。画家皱皱眉头，看他笑得呃呃连声，突然喝道：“蠢货！”

“蠢货？”小说家愤愤然了，“我刚开了一个绝妙的玩笑，自从皮克西沃之后……”

画家傲然环视那二十幅肖像分解画，踌躇满志，一字一顿地说：“是的，葛雷兹，你是蠢货。这种画自有某种新意……”

小说家打量着他的朋友，愣住了。

“真高明！”他吼道，“杜什，你想想，是谁劝你改弦更张，新法作画的？”

这时，比埃·杜什消消停停地，从烟斗里吸了一大口烟。

“难道你，”他答道，“从来没看到过江流水涌吗？”

——罗新璋译

伊雷娜

“我很高兴今天晚上能和你一道出去，”她开言道，“一星期来把人累得够呛。工作又忙，不顺心的事儿又多……但是，有你在这里，这些我就懒得去想了……听我说……我们一起去看部好影片吧……”

“今晚，”他没好气地说，“你别想拉我出去看电影。”

“多叫人扫兴……”她道，“方才我还高兴了一阵子，想你能陪我去看这部片子……不过也不要紧……我知道蒙巴那斯区有家新开的夜总会，马提尼克人跳的舞真美妙……”

“哦！不，”他极力反对说，“黑人音乐，算了……我都听腻了。”

“那你究竟想做什么呢？”她问道。

“你不是很知道吗，”他说……“先去找家安静的小馆子吃餐晚饭，随便聊聊，然后回到你那儿去，在长沙发上一躺，想入非非……”

“得了！别说了！”她也一口回绝道，“别说了！你的确太自私了，我的亲爱的……你好像很惊奇，是吗？……那是因为没有人对你直说……从来还没有这样一个人……女人把你的意愿奉为金科玉律，你已经习以为常了……你好似现代苏丹……你的后宫，通向五湖四海……扩大到十个国家……别不服气，就是后宫……女人都是你的奴隶……而你的老婆连奴隶也不如……你若是想耽于梦想，她们就得眼睁睁看你做梦。你若是想跳舞，她们也就得摇摆不停。你要是写了几行文章，她们就只有洗耳恭听的份儿。你想调剂一下身心，她们便只好权当山鲁佐德[①]了……我再说一遍，对不起，我的亲爱的！……世上至少还有一个女子不肯听你任意摆布……”

她顿了一下，接着用温和的语调往下说：

“够伤心的了，贝尔纳！……方才见面，一团高兴……满以为你能帮我忘却烦恼……你到这里来，只

---

① 《一千零一夜》里讲故事的王后。

想着你自己……那么请便吧……等你学会尊重别人的存在时，再来吧……”

整晚，贝尔纳躺在床上，苦思不寐。伊雷娜说得有道理。自己的行为着实可憎。艾丽斯，那么温柔、钟情而又随和的姑娘，他不仅骗上了手，又抛弃了她，而且在骗上手的时候对她并无爱情。他怎么会成为这样一个人的？为什么感到需要征服和驾凌旁人？为什么做不到“尊重别人的存在”呢？回首往事，他青年时代的艰难，以及女性的兀不可犯，又历历如在眼前。因而他遑一己的私利包含着报复，借玩世不恭掩藏着胆怯。这可不是一种很高尚的感情。

“高尚？”他转念一想，“何必庸人自扰呢。无毒不丈夫嘛。爱情上面，你不吃人，人就吃你，这是自然之理。不过，凡事退让，甘居人后，甚至在一个女子的幸福中寻找自己的幸福，这有时也未尝不是一种解脱？”

夜阑人静，晚间的汽车越发稀疏，都赶着回车库了，过一辆车要沉寂半天……在一个女子的幸福中寻找自己的幸福？难道做不到吗？谁注定他长此冷酷无情？人不是在每一个瞬间都可以重新开始新的生活吗？而重新做人，哪里还能找到比伊雷娜更好的伴侣？伊雷娜穿着她仅有的一件晚礼服，长袜是经过织补的，外套也已磨损，但依然那样楚楚动人。伊雷娜那么好看，又那么穷。穷虽穷，仍如此乐于助人。一次又一次，他瞧见她接济一些比她更穷的俄国学生；倘若不是她，他们也许早已饿死。她在一家商店里一星期要工作六天；在革命前，她却是一位娇生惯养的大家闺秀。她绝口不提这些事……伊雷娜……她难得有一晚空闲，想去外边散散心，原是很自然的，怎么可以和她争执不让呢？

末班车隆隆开过去了，车玻璃窗也给震得格格作响，现在再没有什么声音来打破这漫漫的长夜。贝尔纳对自己都觉厌倦，很想睡去。遽然心里感到一片宁静。他下了决心，要为伊雷娜的幸福奉献自己，做一个温柔、体贴、对她百依百顺的朋友。对，百依百顺的。主意既定，他便镇静下来，几乎马上睡着了。

第二天清晨，他从睡梦中醒来，仍是满心喜悦。他下床穿衣，一边唱着歌曲，自少年时代以来还未曾有过这种情形。“今晚，”他思忖着，“我去看伊雷娜，请她原谅。”

他正系着领带，这时电话铃响了，传来伊雷娜甜润的声音：

“喂！是你吗，贝尔纳？……请听我说……我睡得很不好。我懊悔极了……昨晚本不该那样对待你……务请原谅……我也不知自己是怎么的……”

“正相反，都是我不好……”他说，“伊雷娜，昨天一夜我发誓要改一改。”

“你胡说什么哟，”她道，“千万不要改……嗯！不要！你身上的可爱之处，贝尔纳，正是那种任性，那种苛求，那种被娇养惯了的脾气……这不是挺愉快吗，倘如有个男子要你做点牺牲……我正想告诉你，我今晚有空，也不硬要你做什么……就听你安排……”

贝尔纳挂上电话，难过地摇了摇头。

——孙传才译

附录一

作者简介

安德烈·莫洛亚（1885—1967）为法国两次大战之间登上文坛的重要作家。出生于工厂主家庭，早年曾在本厂主持厂务。第一次世界大战时，应征服役，奉派至苏格兰第九师，担任英军与法国炮队之间的翻译联络官。其时根据军旅生活所见所闻，写成《布朗勃尔上校的沉默》（1918）一书，一举成名。战后离开工厂，潜心文学创作，长篇小说方面，著有《非神非兽》（1919），《贝尔纳·盖斯奈》（1926），《氛围》（1928），《家庭圈子》（1932），《幸福的本能》（1934），《乐土》（1945）及《九月的玫瑰》（1956）。另外，还出有短篇小说集《栗树下的晚餐》（1951）和《钢琴独奏曲》（1960）。

莫洛亚的文学成就，还特别表现在传记创作方面。所写传记，人物生动，情节有趣，富有小说情趣。在传记写法上，有过革新之功，被誉为写出法国文苑里最好的几部传记。主要作品有《雪莱传》(1923)、《迪斯雷利传》(1927)、《拜伦传》(1930)、《屠格涅夫传》(1931)、《服尔德传》(1932)、《夏多布里昂传》(1938)、《乔治·桑传》(1952)、《雨果传》(1954)、《三仲马传》(1957)、《巴尔扎克传》等。此外，莫洛亚还是一位出色的历史学家，著有《英国史》(1937)、《美国史》(1943)、《法国史》(1947)等多种。关于自己的生平，出有《一个叫“我”的朋友的肖像》(1959)和《回忆录》(1970)。生前曾刊行一部自选《全集》(1950—1956)，计十六卷。

由于多方面的成就和文化界的影响，他于1939年当选为法兰西学院院士。1965年国庆，戴高乐总统颁令授予荣誉团一等勋章，表彰他一生在文化艺术方面的贡献。莫洛亚为法国近代文化名人。他的大量作品属于法兰西优秀文化之列，并被译成多种语言，在世界各地广为传播。他对英国题材致力尤多，在英语世界的影响不亚于在法国本国所受的欢迎，成为增进法国与英美等国了解和友谊的文化使节。他一生笔耕不辍，精进艺事，认为“艺术乃是一种努力，于真实世界之外，创造一个更合乎人性的天地”。

附录二

罗新璋

艾尔勃夫一日

罗新璋

缘　起

一九七九年夏，得知《世界文学》要复刊，上一年上海人民出版社出了我的一本《巴黎公社公告集》，雅不欲别人以为不才只会翻翻官样文章，焉知不别有所长？于是试译莫洛亚《在中途换飞机的时候》和《大师的由来》两个短篇送去。"文革"后该刊复刊，是外国文学在我国复苏的第一只春燕，各路好汉跃跃欲试，一时稿挤，听说头两期试刊稿已排满。可不久在报上看到刊出的第二期要目预告，拙译两篇居然登第。后来得悉，是主笔政的陈冰夷先生，慧眼识珠，他很欣赏莫洛亚，便动用手中大权，排闼送进第二期！当时全国外国文学刊物只此一家，凡发在上面的作品都备受瞩目，北大教翻译的盖家常先生，觉得拙译处理颇类傅译，还邀我去给高班同学讲课传法云云。

莫洛亚百年诞辰册

说到莫洛亚，书柜中有一本书 *André Maurois* 1885—1985, 是纪念莫洛亚百年诞辰的小册子，冠有艾尔勃夫市长的序，略谓：“后生不知前贤，今天的艾尔勃夫市民已不大知晓莫洛亚巨大的文学业绩，但众多法国大学生，甚至国外研究家（包括来自中国的），都沿循莫洛亚的足履，来我们城市盘桓。”想必对不才两年前的过访，还记忆犹新？看到封面上莫洛亚站在厂区的照片，想起区区亦在那个位置留过影，在艾尔勃夫跑过一天。对，这是我一生中最难忘的一天！而且，有书为证，当地报纸曾以《中国教授在艾尔勃夫的一天》为题，做

莫洛亚百年纪念招贴

过详细报道。找到这份报纸，所有细节都有了。百尺楼里藏书八千册，若真看过，足可名家，惜乎落得徒拥书城，作治学秀而已！书柜里塞足常用书。暂时不用或弃之可惜的，都请进纸箱堆在房角。为找这张宝贝报纸，只得移山倒海，附带打扫卫生，忙了两天，还是没有找到，这倒可写成个故事，且含有个教训：本来秘以自珍，结果多藏厚亡！

报纸没找到，幸而翻出《一九八三年出国学术交流小结》副本，现将其中一段抄录如下：

这次交流的重点之一，是围绕莫洛亚的文学活动。莫洛亚为法国两次大战之间登上文坛的知名作家。到莫洛亚出生城市艾尔勃夫访问时，受到市府秘书长接待，并晤见市长尤伊诺（Ren é Youinou），安排我在该市的参观访问。应邀至莫洛亚中学校友会会长家午餐，并由该市史学家协会主席拉杰斯（Pierre Largesse）[1]陪同，参观莫洛亚故居、工厂、中学、墓地。这次访问，当地报纸在十一月十八日头版有消息，四版上有详细报道。后在巴黎，拜访莫洛亚之女米雪儿（Michelle），谈她父亲的人品与作品。其子杰哈尔（Gérald）于圣诞节前，专设晚宴招待，有莫洛亚之友协会主席等人作陪，吸收我为该协会理事（共十六人，均为部长、院士、议员、市长等名流，苏、中各一人）。

回国后，根据采访内容与研究心得，编为《莫洛亚研究》一集，撰《莫洛亚生平及其创作》一文，以及零星文章二三篇。

"零星文章二三篇"，却没写到艾尔勃夫之旅！有了上面引文，便可讲故事或编故事了，编是因记忆不确，难免羼入 fiction（虚构）也！

作为提交科研处的汇报，写得有板有眼，实际这

① 姓得好，定然好客。法文 Largesse 这个词，义为慷慨，大方。

次过路访问缘于一时兴起。

偶尔成行

那天，对不起，因记事本已不见踪影，其间从水碓搬劲松，从劲松搬太阳宫，由“水”而“木”而“火”，迭经搬迁，至少丢失一个纸箱，正好亡佚其中?！所以，那天是几号，已觉茫然。那次文学之旅，是十一月十一日从法国北部埃特勒塔（Etretat）开始的，那是个漂亮的海滨旅游胜地，有莫泊桑与勒布朗（Maurice Leblanc,《亚森·罗平探案》的作者）的旧宅。约十四日到鲁昂（Rouen），第二天专程去踏访大作家福楼拜故居。大概十六日一清早，乘火车离开鲁昂回巴黎。火车开了两站，停靠月台，从车窗望出去，见站牌上 Elbeuf 字样。艾尔勃夫？莫洛亚故乡！突然心血来潮，拎起旅行包就下车。在法国乘火车，中途上下车无须签票，高兴就下车，再搭合适车次，都是自动检票，没有别的手续和费用。两分钟前还没想到要到艾尔勃夫漫游，这时已走在艾尔勃夫整洁的街市上了。法国气候比我国温和，十一月中旬，还是金色的晚秋，艳阳高照而不觉得热，恰逢这种难得的好天气。

莫洛亚是我喜读的作家，喜读是喜读他的原文，简洁，典雅，有文字之美。读到好处，不禁叹曰：这才是法文！而文妙不可译。任何人来译，即使莫洛亚自己动手译，假如他善中文，也无法尽传其妙。想当年从事中译法之初，为提高外语运用能力，读了一批文学作品，最后锁定在莫洛亚的 *Pour Piano seul*（《钢琴独奏曲》）。这是一本中短篇集，故事曲折，文笔清新，字里行间时见俏皮幽默。法国评论家谈到本国短篇创作，称莫泊桑之后，一人而已。如“韦梅尔（荷兰画家 Vermeer，1632—1675）的小品画，其中所含的情致与才分，绝不少于鲁本斯和德拉克洛瓦的大制作。”有一段时间，每晨精读一小时，因他的文字，好读易学，翻稿子时用得上。不像普鲁斯特的长句子，读都读不连欠，遑论派上用场了。原为中译法而读，临到为法译中选材，自然就想到莫洛亚短篇。傅雷先生致敝人函中曾嘱告：任何作品，不精读四五遍决不动笔；因莫洛亚的书太熟了，久而与之俱化，译前没再重读，就看一句翻译一句，翻的就像自己想说而说不出的，如苏东坡之读庄子，恍若在翻自己，一个更高明的自己，就只欠原作者的卓著才情和经多见广。心存仰慕，一旦有机会，能身履其地，看看作家生于斯写于斯的环境，当然不肯错过了。

身着法兰西学院院士礼服的莫洛亚（一九三九）

艾尔勃夫，在中国人看来，是个小城，只有二十万人口，以毛纺业为主。问了两个路人，都不知作家的故居何在；后一人指点，可去前面市政厅问。这是一幢三层矩形建筑，高敞华美，在传达室填单，拟求见秘书长。顺序召见，轮到我时，说是为踏访莫洛亚遗迹而来。莫洛亚是当地的骄傲，没想到文名远播，从中国来了位稀客，便引我去拜见市长大人。自诩 grand lecteur de Maurois（照字面直译为，莫洛亚的伟大读者！但此处法文无“伟大”之意，意为大量阅读，深嗜笃好），卖弄了几句，市长听得很感兴趣，与秘书长商议之下，急召史学学会会长，共同为我拟定一份充实的日程。

告别市长及其助理，历史学家拉杰斯先生驱车带我去看莫洛亚家的工厂，这爿呢绒厂，进门就是两长排平行的厂房，织造车间高达六层，当年颇具规模，作家少时曾引以为傲。莫洛亚通过毕业会考后，本拟报考高等师范学校，因有志于写作，哲学教师阿兰劝谕，写作要有生活，先应了解世情，观察社会，不如进他父亲的工厂。莫洛亚从一个个车间学起，掌握生产流程，熟悉营销业务，主持行政决策，从爱好文艺的小老板而成为掌管厂务的大老板。这二十年（1905—1925）的经历，为他写《贝尔纳·盖斯耐》（1926）提供了足够的素材。当年兴旺发达的大厂，经过半个世纪的风雨，已被新厂新产品挤垮，只得停工停产，厂房不久就要改作超市了。

接着去看莫洛亚的旧宅。这是路拐角的一幢两层楼房，临街上下八排长窗，一家独住算得宽敞阔气的了。走过去不远，就是莫洛亚中学校友会名誉会长马赛尔·哈凯（Marcel Haquet）先生家。少年莫洛亚在艾尔勃夫中学上学（1893—1898），聪颖好学，成绩

莫洛亚中学校门

优异，几成优胜奖的专业户（un abonné de Prix d' Excellence）；他去世后，为纪念本地的知名作家和出自该校的第一位法兰西学院院士（1938），

学校于一九七〇年改称莫洛亚中学。我们进哈凯先生家时，主人还在学校，由其夫人出面接待。言谈之中，玛德兰娜·哈凯对莫洛亚作品知之甚稔，还是莫洛亚文学的热诚护卫者。等哈凯先生中午回来，略事寒暄，便一起进餐厅。餐厅盛大，餐桌亦大，四人分坐两边。此时此际，令我更佩服主妇的能干了。玛德兰娜一边参加愉快的谈话，一边端出一道道可口的菜肴，包括新出炉的烤鸡，一顿饭吃了两个多钟点！

谢别好客的主人，拉杰斯先生驱车城外，同去参谒莫洛亚夫妇墓。一九一〇年，莫洛亚在日内瓦的剧

嘉妮·特·斯琴吉维茨

场，初遇嘉妮、特·斯琴吉维茨小姐（Janine de Szymkiewiez，1892—1924），惊为天人，注目不能旁移。“她就是《俄国小兵》里的皇后，《战争与和平》里的娜塔莎，《烟》里的伊丽娜。”莫洛亚善写女性，以细腻的笔触，写出一个个有教养有才情、高雅而迷人的女性形象，深得读者喜爱，尤其是女性读者。不少评论家都指出这一点，但没深入探究原因。原因其实很简单，莫洛亚“金屋里”就藏着一位如花美眷，范本在此！他曾说过，与美人相对，就是一种幸福。幸福，就这么简单，又这么难得。壮岁悼亡，我们这位富有浪漫气质的小说家痛不欲生，恨不能生同衾死同穴，坟地上两墓相并，为自己也预留一生圹。又遇上工潮，家务厂务两不顺心，便逃离艾尔勃夫，到京城走文学之路去了。四十多年后，莫洛亚以八十二岁高龄仙逝巴黎，未能叶落归根，la Sylphide（窈窕女子）旁是空穴！

最后一个节目，是去市图书馆。最让我惊讶和不好意思的，是馆方临时置一长桌，列出莫洛亚全部著作（一生出书八十余种），各种版本译本，以及书刊上有关评论，够几位馆员忙乎一阵子的，以供中国堂堂莫洛亚权威御览！在我印象中，此处收集莫洛亚作品最全，一则出于乡土情谊，再则得益于作家签名本。记得有难得一见的《肖邦》，是一九四一年纽约版，因“二战”时莫洛亚侨居美国。《乔治桑传》里，已较多写到肖邦，此系单册，以莫洛亚优美的文笔，写肖邦优美的乐曲，可谓相得益彰，很想一读，甚至很想一译。当时已有复印术，但尚不普及，恨没复印一份，后来遍觅无着！排在桌子上的书册，林林总总，不及遍翻，能好好看上三天，足可造成一位速成莫洛亚专家；若顺序倒过来，先来图书馆抱佛脚，再访各路神圣，就不至于班门弄斧了。心里确实想能看上几天，但微末如我，不宜让人家围着转，再扮下去，这冒牌莫洛亚专家就要露馅了。“凡事当留余地，得意不宜再往！”摘抄一二，记录材料来源，历一小时余，推说明天巴黎有约，一副大事在身的样子，要去赶火车，便于傍晚时分（人家也要下班了）依依惜别！

上了火车，一整天繁管促弦，这时才松弛下来。想昨天，自己背着行李，风尘仆仆，徒步走到（旅游我喜欢边走边看）鲁昂城郊，去专访福楼拜故居，因非开馆日，只得隔着门栅，怅望而归，真正是文化苦旅；而今天，只因灵机一动，艾尔勃夫下车，上蒙市长接见，旁有史家驾车，到处奉若上宾，不殊霄壤之别，而我还是我！境况变化之大，无巧不巧，完全出于偶然——偶然，真莫名其妙也！这天天也高爽，光也明媚，人也客气，给我留下斑斓秋色般美好回忆。按我辈生活，本属平淡的一天竟有如许胜事，良可自慰。

布尔乔亚排场

回巴黎后几天，即按玛德兰娜所示电话号码，电法兰西学院院士哲嗣。我刚做自我介绍，杰哈尔便说：你在艾尔勃夫已大名鼎鼎了，当地报纸对阁下一日行踪已有长篇报道！哲嗣自谦，说他只得其父的管

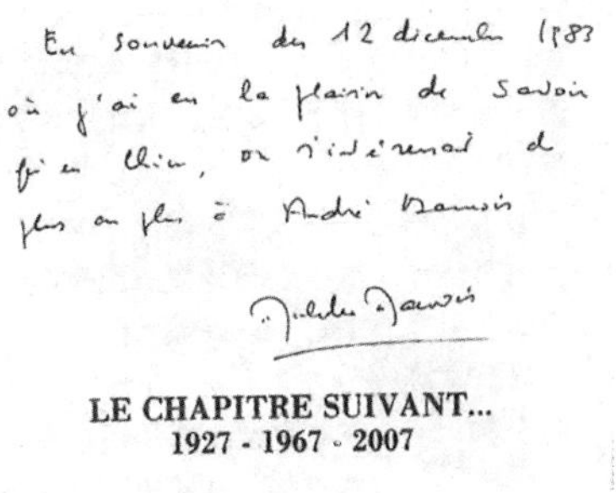

米雪尔题赠本文作者书 .tif

理才能，进入商界；家父的文学才能早已独传其姐，建议我先去见米雪尔。米雪尔也是作家，已出有几本书，便约好到她在纳伊的府上拜访，事隔二十年，所谈已淡忘，只记得一事。莫洛亚七十一岁时，老枝发新花，写了最后一本小说《九月的玫瑰》，记一倦于世情的老作家，去拉美各国访学途中，遇一热情的女翻译，该书前言申明："谁在小说里认出真人真事，只证明他不懂何为小说何为人物。"莫洛亚还专门撰文辩解："与许多评论家的说法相反，这不是一本自传体小说。"当问及作品的真实性，米雪尔答得很爽快："这是夫子自道（C' est autobiographique）！"

圣诞前，杰哈尔邀我去他府上晚餐。杰哈尔也住在纳伊高等住宅区，一见面，就扬起一份《艾尔勃夫报》，上面载有有关鄙人的"一日帝王起居注"。——回旅馆后，细读之下，猜出是图书馆照应我查阅资料的那位年轻而美貌的女馆员所写。生花妙笔，看来是位文学爱好者；具体详尽，想必得诸史学家之转述。而恰恰这份不该丢的报纸，竟找不到了，何况文章还是美人亲撰！

莫洛亚在纳伊书房（一九五八）

走进客厅，杰哈尔对莫洛亚短篇的中译者表示热诚的欢迎与极大的好意，他很关切其父的文学声望，询问在中国的译介情况。接着指着墙上的莫洛亚照片，回忆起当时的情景，以及他家呢绒厂的变迁。名家之后喜欢铁路与收藏，专门收藏铁路文物。餐厅就装修成总统专列，壁挂桌椅俱为总统套房之物。他指着我的座椅说，这曾是戴高乐将军的宝座！——此乃区区一生坐过的规格最高的座椅！作陪的有莫洛亚之友、协会秘书长 Jean - Paul Caracalla，经杰哈尔推荐，荣任我为协会理事。菜肴精致，上菜有专司其职侍者，尽显大富之家气派。我国俗谚所谓“三代富贵，方知饮馔”，自可了悟。莫洛亚写资本家《贝尔纳·盖斯耐》的小说，问世时就毁誉参半。保尔·尼赞（Paul Nizan）在《人道报》撰文称："就我所读过的文学作品，没有比莫洛亚先生的更布尔乔亚的了。他竭力赋予布尔乔亚以令人愉快的面貌，让人看到布尔乔亚很有品位，也很讲情趣。"杰哈尔府确有布尔乔亚生活优裕、懂得享受的氛围。饭后在客厅喝咖啡，他打开一盒名贵的雪茄，称是真正哈瓦那产品，每支都是用精选的整张烟叶卷成，说是能令人抽醉。敬烟过来，我说从未抽过雪茄，他说如此名品不妨一试。生平只这一次客串抽根雪茄，时髦几口，学点应酬之道。莫洛亚早年讲到前妻时，说"嘉妮爱奢华和财富带来的种种乐趣""喜欢把房间装饰得别有情趣"，至此对布尔乔亚排场，得聊窥一角。

故居门前街留名

十五年后，一九九八初夏，前度罗郎今复来，这次摇身一变，作为译论家，参加中日法三国翻译研讨会。会后，想再领略巴黎风光，去了西面的布洛涅森林。在巴尔扎克时代，名媛贵妇驱车长野大道（All é e

马约门地铁站指路牌

de Longchamp）兜风，不失为优雅的社交，也是一种暗中的较劲。莫洛亚小说，也多次写到布洛涅森林。其哲嗣曾在那里一家大饭店宴请过我，可惜杰哈尔已去世多年。地铁乘到马约门（Porte Maillot），看到站台上指路牌有去莫洛亚大街（Boulevard André Maurois）方向，得未曾闻！前曾听杰哈尔说，《七星丛书》版拟收莫洛亚写的传记，此事未果，因为未见出版。莫洛亚是二十世纪上半叶新派传记的巨擘，其《迪斯雷利传》《夏多布里昂传》《三仲马传》《巴尔扎克传》，堪称大家手笔。莫洛亚的作品，印数很大，颇受赞誉，但文学史上地位似不高。以我国而论，莫洛亚的 *Sentiments et Coutumes* 出版于一九三四年，傅雷先生于一九三五年七月即已译出，题作《人生五大问题》，于次年三月由商务出版。我几乎要写下，此为我国译莫洛亚之始，其实不然。最早译出的，是莫洛亚一炮打红的处女作《布朗勃尔上校的沉默》，

埃森捷拉庄园

还是出于大名家林纾手笔，作者姓名译作马路亚，书名易为《军前琐语》，与原题恰好悖反，惜此原稿为林纾“未刊作品”，没有面世[1]。莫洛亚的作品，胜在文采、格调、理趣，示人一种“生活的艺术”或说生活的智慧，闪耀着睿智的光华。他最好的作品里，都有些扣人心弦的片段，令人不由得深深感动。他的长篇中篇短篇，我国已都有译本；其传记也已译出近十部，莫洛亚对我国有教养阶层已不算陌生。看到

① 近时得知，福建人民出版社于一九九四年出有《林纾翻译小说未刊九种》，第六种即安德烈·马路亚原作、林纾和毛文锺 同译的《欧战军前琐语》，P291—329。

巴黎街道以莫洛亚姓氏命名，私衷颇感欣慰。

从地铁口上来，见树荫夹道的大街，两旁是明丽雅致的住宅，屋前有一小方花圃。想必其中一幢，当为作家故居。莫洛亚《回忆录》写道，晚年住在巴黎时，傍晚常偕其续弦西蒙娜（Simone de Caillavet），经此道去布洛涅森林散步。想不到：

故居门前街留名，世情身后岂衰微？
亦有震旦飞来客，夕阳芳草数徘徊！

于一九九八年八月十七日

重版后记

罗新璋

刘硕良先生近日发来短信，告“《栗树下的晚餐》选入‘开放的记忆’丛书，”嘱我就重印该译本拟一出版后记。

漓江出版社一九八〇年创立以来，以出版诺贝尔奖文学奖译丛崛起于华南，成外国文学又一出版重镇。半个多世纪以来，著译者与出版人美美与共，砥砺前进，曾创辉煌，业绩骄人。今回首历程，不忘以往，重刊佳籍，《栗树下的晚餐》入选，不胜荣幸。从众多出版物中，经天纬地，刘公慧眼识珠，足见其广博的阅读视野与高雅的文学趣味。

《栗树下的晚餐》系我第一本翻译习作。作者莫洛亚是我喜读的法国近代作家，文字优美，风趣幽默。改革开放后，出于爱好和练笔，译出其三四个短篇。一九八五年，柳鸣九先生创意推出一套“法国廿世纪文学丛书”，约我译一本莫洛亚小说，始开始抓紧时间赶译。这时，广州中山大学同窗好友孙传才，因其夫人不寿，不胜悲痛，询及我有何可译，想忘情于迻译以转移心态。告以我正忙于赶进程，喜得他来助我一臂之力。孙君于教学之余，于译事也有浓厚兴趣，译过巴尔扎克中短篇。遂请他分担八九篇，并很快译来，用字讲究，译笔上乘。欣喜能将两人所译，按作品发表先后，排出目录，合十六万字，于一九八五年七月交稿。列入柳鸣九主编“法国廿世纪文学丛书”第一辑第一本；漓江出版社于一九八六年九月初版，印一万三千五百册，定价 1.60 元。

莫洛亚在法国近代作家中，以才情、文字胜。而美文不可译，对才薄学浅的我辈实是一大挑战。只因交稿期近，无暇再加推敲，而所得成绩，离我们想望的译文胜境尚有不小距离。祈出版后，能获读者指正，再做改进。

莫洛亚曾在欧美等国享有崇高的文学声誉。人走茶凉，人死名丧。莫洛亚的文名，从文学史著作和出版情况看，如今已不及其在世之日盛。但好的文学作品，靠自身力量，自能流传于世。“开放的记忆”丛书辑印《栗树下的晚餐》，即是近期的显例。《栗树下的晚餐》自一九八六年出版以来，因涉及版权，鲜有问津者。此次漓江拟重刊佳籍，保持原生态，以存其真，也是一种出版方略。改革开放以来，汉语更趋成熟，更形优美。拥入适应新时代的许多新表达法，如“第一时间”“敢于说不”等。本书《在中途换飞机的时候》这一篇中，就有一句“Il faut avoir le eourage de dire: Non”，那时中译作“应该有勇气说——否？”今天看来太文气，不顺。凡译文中不顺不达之处，请当下读者多多包涵。

二○○三年应《万象》杂志之约，曾写有题为《艾尔勃夫一日》的回忆文章，刊于当年十月至十一月号。现作《附录》置于《栗树下的晚餐》书末，以飨读者不弃之恩。

罗新璋　拜启

二○一八年四月廿七

图书在版编目（CIP）数据

栗树下的晚餐 /（法）莫洛亚著；孙传才，罗新璋译 .-- 桂林 : 漓江出版社，2021.4
（旅伴文库 · 锦囊旧书）
ISBN 978-7-5407-8940-4

Ⅰ . ①栗… Ⅱ . ①莫… ②孙… ③罗… Ⅲ . ①短篇小说 – 小说集 – 法国 – 现代 Ⅳ . ① I565.45

中国版本图书馆 CIP 数据核字（2020）第 192475 号

LISHU XIA DE WANCAN
栗树下的晚餐
［法］莫洛亚 著
孙传才 罗新璋 译

出版人：刘迪才
丛书策划：张谦
责任编辑：谢青芸
书籍设计：石绍康
责任监印：张璐

出版发行：漓江出版社有限公司
社址：广西桂林市南环路 22 号 邮编：541002
发行电话：010-65699511 0773-2583322
传真：010-85891290 0773-2582200
邮购热线：0773-2582200
电子信箱：ljcbs@163.com
微信公众号：lijiangpress
印制：三河市中晟雅豪印务有限公司
［河北省三河市泃阳镇错桥村 邮编：065299］
开本：880mm × 1230mm 1/32
印张：12.75 字数：173 千字 插页：16
版次：2021 年 4 月第 1 版
印次：2021 年 4 月第 1 次印刷
书号：ISBN 978-7-5407-8940-4
定价：48.00 元

请记下你与日子的美好相遇

请记下你与日子的美好相遇

请记下你与日子的美好相遇

请记下你与日子的美好相遇

请记下你与日子的美好相遇

请记下你与日子的美好相遇

请记下你与日子的美好相遇

请记下你与日子的美好相遇

请记下你与日子的美好相遇

请记下你与日子的美好相遇

请记下你与日子的美好相遇

请记下你与日子的美好相遇

请记下你与日子的美好相遇

请记下你与日子的美好相遇

请记下你与日子的美好相遇

请记下你与日子的美好相遇